評論集

民衆詩派ルネッサンス　実践版

――一般読者に届く現代詩のための詩論

苗村吉昭

Namura Yoshiaki

民衆詩派ルネッサンス　実践版

——一般読者に届く現代詩のための詩論＊目次

民衆詩派ルネッサンス　実践版

――一般読者に届く現代詩のための詩論

はじめに

　いまの現代詩は一般読者から関心を払われることが少なく、現代詩の書き手の中で細々と鑑賞されているというのが実情である。その大きな原因は、社会的な環境や人々の嗜好性の変化によるものであるが、一部の現代詩の書き手たちが一般読者には必要のない言語実験に突き進み、その先鋭的な試みがあたかも現代詩の主流であると誤認させてきた人たちの言説にも一因がある。それでも、一般読者に広く受け入れられている現役詩人はいるし、その作品が届いていないだけで、知られれば広く受け入れられる可能性が高い詩を書いている人たちがいる。本書は、そのような現役詩人十人について論じることで、一般読者に届く現代詩を書くための指針を導き出そうとしたものである。第一章から第十章の初出は「詩と思想」二〇二〇年三月号から十二月号までに「実践版　新・民衆詩派詩論」として連載したものである。本論として収録するにあたって一部字句修正を施した。また、本文中に「最新詩集」や「第〇詩集」という表記があるが、あくまでも初出執筆時点での記述であることをお断りしておきたい。

　詩人別の本論で採り上げることに馴染まなかったテーマは補論として収録した。補論は今回新たに書き下ろしたものだが、第十一章から第十三章の基盤となる考察は二〇〇八年に行っているので、分析対象作品が考察時点の影響を受けているものがある。また、本書では、読者の理解の助けとなるように新たに図表を掲載することにした。図表はそれぞれの詩人の主張を基に私が作成したものだが、主張者の意図するものでない場合がある。図表化の説明責任は苗村にあるので、予めお含みいただきたい。

最後に、本書で頻出する「新・民衆詩派」という用語について説明しておきたい。「民衆詩派」は大正時代に興隆した民主主義的詩人のグループを指す呼称で、民衆の生活を題材としたり民衆の視点に立った詩を日常語で平易に表現しようとした。今日の詩史的観点からは「民衆詩派」の評価は極めて低く、現代詩の書き手からも、彼らの活動がほとんど顧みられていないのが現状である。しかし、社会や人生の出来事を題材として詩を広く届けようとした「民衆詩派」の命脈は現代詩にも受け継がれているというのが私の見立てであり、小著『民衆詩派ルネッサンス』(二〇一五年、土曜美術社出版販売)で「民衆詩派」詩人たちの活動をまとめた。

「新・民衆詩派」は、「民衆詩派」の理念を継承し、その挫折から学ぶ意図で、私が作った呼称であり、本書で導き出された一般読者に届く現代詩を書くための指針に従って詩作に取り組む未来の書き手たちを想定したものである。つまり、本論で採り上げた十人の詩人が「民衆詩派」の末裔を自認しているわけでもないし、十人の詩人を「新・民衆詩派」詩人と呼びたいわけでもない。私は、本書により十人の詩人たちから積極的に学んで水準の高い現代詩を書こうとする人たちが出てくることを願っているのであるが、その人たちが現在・過去・未来を貫く詩への熱い思いを共有するために、心に秘めているだけでいいので「民衆詩派」の名を継承して欲しいのである。

本論

第一章　新川和江から始めよう

本書の目的は、一般読者に届く詩を書き続けている現役詩人の作品を分析することにより、現代詩が抱えている問題を考え、今後の詩作に実践的に活かせる指針を示すことである。「詩と思想」二〇一九年三月号では「特集　新川和江」が組まれ、一般読者に広く受け入れられている詩人としての総合的な評価が行われたが、本書の基幹となる詩論を実践している詩人として、最初に新川和江を採り上げたい。

さて、私の娘は現在高校生であるが、学校指定の『新版五訂　新訂総合国語便覧』（二〇一九年、第一学習社、340頁）では、新川は次のように紹介されている。

新川　和江　しんかわ　かずえ　一九二九―。茨城出身。西条八十に師事。豊かな情感をなめらかな調べで表現。技巧を感じさせない安定感をもつ。『睡《ねむ》り椅子《いす》』（五三）、『絵本・永遠』（五九）、『ローマの秋・その他』（六五）、『比喩《ひゆ》でなく』（六八）、『ひきわり麦抄』（八六）などがある。

また、前述した「詩と思想」二〇一九年三月号には、竹本寛秋「新川和江の表現機構——中学校国語科教材を手がかりとして——」の寄稿があるが、現行の中学校教科書では、三省堂『現代の国語2』に「名づけられた葉」が、光村図書出版『国語3』に「わたしを束ねないで」の詩がそれぞれ掲載されている、と記している。このように、中学・高校の学校教育を通じて新川和江の名は今後も知られていくのであろうが、竹本は新川の詩が教育現場での定番教材となっている理由を以下のように推測している。

まず、新川和江の詩は言葉が平易である。次に、韻文の教材としては曖昧さが少ない。さらに、思春期の生徒が共感する内容を扱っている。かつ、教師としても生徒に深く考えて欲しいトピックを含んでいる。〈女性〉の問題や〈名づけ〉の問題など、社会的文脈に問題を発展させることもできる。おまけに受験対策として教えたい表現技法も詰め込まれている。韻文の授業を苦手と考える教師が多いと言われるなかで、新川和江の詩は教材として極めて扱いやすいものとして迎えられるはずだ。

（前掲書57頁）

竹本の指摘を簡略化して整理すると、新川の詩の特徴を以下のようにまとめることができるだろう。

〔表現面〕
①言葉が平易で曖昧さが少ない。
②模範的な表現技法を用いている。
〔内容面〕
③読者が共感する内容である。
④深く考えるべき社会性がある。

中学・高校の学校教材として使用される詩が必ずしも一般読者に届く詩の同義とはならないが、分析の評価軸を定める上での一つの基準とはなり得るだろう。ここで、通常であれば新川の詩を見ていきながら、これらの要素を深掘りして考察していくのであるが、新川は自身の詩作態度について、極めて聡明に語ったり書き残したりしている。特に『続続・新川和江詩集』（二〇一五年、思潮社）に収録されている吉田文憲によるインタビュー「いま在るところをみなもととして」（初出は「現代詩手帖」二〇〇七年十月号、以下本稿では「インタビュー」と記す）からは学ぶべきことが多い。そこで今回は、このインタビューを中心に、新川詩論の要点を再構築してみたい。なお、以後の分類・題名・配列は苗村の恣意的なものであることを申し添える。

【環境整備篇】　心を羽ばたかせる状況を作る

いま自分が日常をうまく越えられなくなってきたように思うんです。ものすごい量の情報が入ってくるでしょう。テレビ、新聞、それから詩集、詩の雑誌。ダイレクトメール。返事を出さなければならない用件の手紙。それに押しまくられて、ごく身の回りのことを考えることで精一杯になってしまって、心が羽ばたかなくなってきた。

（「インタビュー」151頁）

引用したのは、後で出てくる「十文字法」の説明の前振りの部分ではあるが、よい詩を書くためには、まず、私たちが「心を羽ばたかせる環境を作る」ことがスタート地点であることを思い出させてくれる。これは、必ずしも静かな書斎に籠もって集中して詩作することを意味しない。新川は『詩の履歴書「いのち」の詩学』（二〇〇六年、思潮社、以下「詩の履歴書」と記す）において次のようにも記している。

改まって机に向かう、というその改まり方がもの書きぶって気障《きざ》で、そう思うだけで心がしなやかさを失い、強張ってしまう。今風に言うとカタマッテしまう。詩はそのようにして書かれるものではなくて、何気なく立ち上ったり、お茶をこぼして濡れた食卓を拭いたりしている時に、脳裏の一隅にふと立ちあらわれるものなのだ。それを捕えてしまえば、あとはまあ、机に向かってまとめられなくもないが、しばらくは文字にしないで、その立ちあらわれたものに、頭の中を、気ままに歩いてみて貰いたいのだ。するうちにそのものの素性や性格や目的がはっきりとしてくる。ぽちぽち言葉も吐くようになる。それを聞きとって書きとめるには、構えた姿勢はとらずに、普段と変わらぬようすでいたほうが、よいのである。

（「詩の履歴書」185—186頁）

「普段と変わらぬようすでいたほうが、よい」という新川のアドバイスは、日常雑事に追われながら詩を書かねばならない大多数の詩人たちに勇気を与えてくれることだろう。しかし、その新川でさえ「日常をうまく越えられなくなってきた」と嘆く。だから、私たちは詩作を阻害する要因を一時的に遮断して、心を羽ばたかせるための環境を意図的に作り出す必要がある。その方法は、詩人それぞれによって違うだろうが、何よりも「ごく身の回りのことを考えることで精一杯」にならぬように、日頃から気をつけておかねばなるまい。

【心得篇】もうひとりの自分の意識

私は自分のなかにもうひとり読者がいて、その読者と相談しながら書いているんです。表現についても「これでわかる?」って聞いて「ちょっと通りが悪そう」と言われると、また工夫する。読んでくださる方々への、それが礼儀だと思っていますから。

(「インタビュー」134頁)

当たり前のことだが、一般読者に届く詩を書くためには、読者に伝わる表現を心掛けねばならない。「読者に伝わる表現=平易な表現」というわけではないが、伝えるためには独りよがりの表現を排し、他者に分かる表現を心掛ける必要がある。そのためにはできるだけ自分の作品を客観視して見つめ直し、その表現の効果を想定し、適宜修正を施すべきであろう。少なくとも、書きっぱなしの詩を発表するのではなく、創作時点からある程度の冷却期間をおいて作品を見直した方がいい。書きたてホヤホヤの熱を取り去ってからでないと、自作詩を客観視することは難しいからだ。自分の中にもうひとりの読者が現れるためには、作品を書き終えてから少し時間が必要なのだ。

【心得篇】　知性と感性の割合の調合

私は知性——理性と感性の割合を調合するんですね。どちらかと言うと感性のほうを六、理性を四、あるいは感性を七、理性を三くらいの割合にすると読者の量がぷっぷっぷっとアップする。いまの詩人たちには知性をたくさん配合しなければならないと思い込んでいられる方があるけれども、知性などは評論や散文ではたせばよいことであって、詩にひとびとが求めているものはそういう要素ではない。若い詩人たちはそれを心得違いをしていますね。むしろ感性のほうが大事。それと、ものの見かた、考えかたの独自性。まあ知性もなければだめですけれど。

（「インタビュー」149頁）

ここでいう「感性」は、次章で取り上げる「抒情」という要素を多分に含んでいると私は考えている。また新川は『詩が生まれるとき』（二〇〇九年、みすず書房、以下「詩が生まれるとき」と記す）において、『ひきわり麦抄』所収の詩「苦瓜を語るにも……」に関連して、次のようにも記している。

現代詩は、「うたう詩から考える詩へ」という移行の時代を持った。くわしく述べる紙幅は無いが、第二次世界大戦と、そして敗戦という未曾有の体験をした詩人たちは、甘やかにうたってばかりはいられなかったのである。しかしこの詩では〈語る〉と〈うたふ〉を五分五分に扱っている。うたうことは即ち称えることで、詩の持つ美徳のひとつであると、私は考えているからである。

（「詩が生まれるとき」204頁）

「苦瓜を語るにも……」は、後の項目でも関連するので、ここで見ておこう。以下の新川の詩の引用は『新川和江全詩集』（二〇〇〇年、花神社）による。

苦瓜を語るにも……

苦瓜《にがうり》を語るにも　水盤をうたふにも

場合場合に釣り合つた重さのことばを量り分けようと
わたくしのなかの天秤は
終日　揺れやむことが無い

われわれもつねに量られてゐる
死とのあやふい均衡において
からうじて今日わたくしは
生かされた　と思ふ

夜更けに空を仰ぐと
南の天涯にもやはり秤があつて
をとめ座とさそり座の間《あはひ》
いづれかに傾《かし》がうとして幽かに揺れるのが見える

「うたう詩」から「考える詩」へ移行した現代詩は、詩人に感性よりも知性を重視した表現をこれまで強いてきたのかも知れない。しかし、その結果、一般読者が現代詩から離れていったのであれば、現代詩人はいま一度、意図的に感性比率を増加させるべきであろう。

【心得篇】　共有財産としての言葉を越える

それから言葉の問題になりますが、小学校なんかでは「自分の言葉で書きましょう」といったことを先生がおっしゃるけれども、自分の言葉というのは一語としてないわけです。言葉は共有財産ですから。けれども、自分の言葉としなければならない。それには使おうとする言葉とできるだけ時間をかけて付き合って、手垢がいっぱいついていますから、よく揉み洗いして、それからその言葉ができたところへ、瞬間的に心を飛ばす。言葉が発生した現場へ気持ちを飛ばせるということをしないと、自分の言葉として使わせてもらってはいけないのではないかと。

（「インタビュー」150頁）

一定数の人々が理解して意味が分かるという観点から、言葉は共有財産である。言葉はまた通貨と性格が似ていて、ある範囲内で価値があると認められて交換し合えるという前提で流通していく。一枚の紙切れが人々の欲しいものと交換できるのは、記号に過ぎない言葉が人々の思いを伝えられることに似ている。従って、日常言語から完全に遊離した詩の言語なぞというものは成立しない。純粋な詩だけの言語の成立を標榜する人たちは、言わば外国語圏を形成しようとしているようなものであり、特殊な訓練を積んだ人たちだけが理解し合える狭い世界の構築を目指しているといえる。一般読者に届く詩を産み出すためには、詩人といえども私たちが日常使用している言語を使用せざるを得ない。その上で、詩のための「自分の言葉」とするために、手垢がついた言葉はしっかりと洗い落とす必要があるということを、新川は主張しているのである。

別のところでは「詩的と一般に思われている語をなるべく避けて通ることは、現代詩のＡＢＣで、今更言うまでもないこと」（「詩が生まれるとき」211頁）とも述べており、詩「いちまいの海」を例として用いている。ここでは、詳細に分析する紙幅はないので、引用のみに留めるが、各自で味読いただきたい。

いちまいの海

うつくしい海をいちまい
買った記憶がある
青空天井の市場で
絨毯商人のようにひろげては巻き
ひろげては巻きして　海を売っていた男があったのだ

午睡の夢にみた風景のようで
市場のことは　はっきりとは思い出せないが

その海に
溺れもせずにわたしが釣り合ってゆけたのは
進水したての船舶のように
けざやかに引かれた吃水線をわたしが持っていたからだ
しかしそれも一時期のこと
引っ越しの際にまたぐるぐる巻きにして
新居の裏手の物置へ
がらくたと一緒にしまいこみ　忘れたままでいたのだが

一羽の鷗が物置の戸の隙間から
けさ不意に羽搏き　翔び立ち　わたしをひどく狼狽させた
今頃になってよみがえって　どうする
剝げおちた吃水線を引き直す時間もわたしに与えず
裏庭を水びたしにしはじめている

あの海を　どうする

詩を書くための道具は日常言語を用いざるを得ないが、できるだけ日常手垢にまみれた言葉の使用をさけ、かつ一般的に詩的と思われている言葉の使用をさけること。このことを完全に実践することは難しい。また、読者のなかには、「日常手垢にまみれた基準はなに？」「一般的に詩的と思われている言葉の具体例は？」と問いたくもなるだろう。しかし、これはＴＰＯ（時と場所と場合）によって変化するので、一律に提示できないのである。詩人はそれぞれの経験と訓練により、自らの詩の言葉の選択を行わざるを得ない。そのため私は、この項目を【技術篇】ではなく【心得篇】に分類しているのである。

【心得篇】　虚構としての詩

詩として定着すると、これが私の真実です、と言える。私の体験した事実とは言わないけれど、私の真実は私の詩のなかにありますと言うの。ほんとのことであっても、フィクションですと言うのがプロだと亡くなった山本太郎さんがおっしゃっていました。

（「インタビュー」144頁）

私はリアリズム重視の立場を採るが、リアリズムの詩といっても、単に事実そのままを書けばよいというものではない。実際に起きた出来事の、どの部分を切り取り、どのように描き、どう誇張（あるいは飛躍）するのかという企てがあって詩は成立する。つまり、事実の要素が強いか弱いかの違いはあっても、詩は虚構なのである。反対に虚構であっても、新川の言うように、たとえ自分が体験した事実でなかったとしても、詩としての真実がなければ一般読者の心を打つことはないだろう。しかし「真実とは何か？」という問いに対して、私は答えることはできない。従って、ここでもまた【心得篇】として、真実を備えた詩を虚構として作り込む覚悟が必要である、との言及に留めることになる。

【技術篇】 敢えて嘘を書くこと

それは「嘘」を書くわけです。嘘というときこえは悪いけれど、リアリティを出すには「嘘」をつく必要がある。（中略）実際そのままを書いたら記録にしか過ぎない。そこにひとつの嘘、虚構を入れることで作品になるわけです。その嘘のつきかたがむずかしい。嘘だと思うと一所懸命、ほんとうにあったことのように書くでしょう。ほんとうにあったことを書くと、これはほんとうにあったことを書いているんだから、そこにリアリティが出ないはずがないという油断が、作者にある。でも嘘のほうは一所懸命つくわけですから、かえってそれがほんとうにあったことのように、読者には見えてくる。

（「インタビュー」135頁、＊は筆者）

＊印の「それ」は、『水へのオード16』所収の詩「ヒロシマの水」の第三連の表現を指しているので、引用しておこう。

久闊を叙する前に
わたしはいきなり　こう言ってしまいそうです
「つまるところ　平和とは　コップに一杯の水ね」
そうして　ホテルでけさ経験したことを話すでしょう
習慣通りに飲もうとしたのですけれど
コップが持ち上らない　重くて重くて口へ運べない
灼け爛れてべろりと皮膚の剝がれた手が

あの画集にもある「青い炎を出してもえる指」が
無数に　それこそ無数に八方から伸びてきたのです
それが見えたのです

この詩において、表現上は「コップが持ち上らない」と書いたが、実際にはホテルでコップが持ち上がらなかったわけではない、ということを「「嘘」を書くわけです」と新川は説明しているのである。こういう嘘は詩では許容されるが、この嘘を引き出すために周到に事実の描写が積み重ねられていることを忘れてはならない。この嘘は、あるときは「誇張表現」となり、あるときは「詩の飛躍」と言い換えることもできるだろう。スムーズに「詩の飛躍」が行われる詩はよい詩であるといえる。

【技術篇】　五感に訴える表現としての物体

読者の感覚に訴える表現をしなくちゃいけない。読者が手で触ったような、舌先で舐めたような感じ、そういう五感に訴える表現ですね。それをするためには、物体を出さなければならない。抽象的な観念の言葉では表現にならない。

虚構である詩が一般読者にリアルに感じられるのは、作者と読者が詩の表現を媒体として、ある種の身体感覚を共有できるときであろう。その実現のために、抽象的な観念の言葉ではなく、皮膚感覚に基づいた五感に訴える表現を新川は推奨している。また、別の場所ではこのようにも述べている。

（「インタビュー」150頁）

記号としての言語には、実体感が無い。こうした言語を軽々と用いて詩を書くことは、現物を見ずに売買の約定を結ぶ、先物取引に似ている。詩に書こうと目星をつけた対象と、私は、物物交換のような手応えのある取引がしたいのだ。対象が具体的なモノであるなら、モノと質量ともに釣り合った言葉を差し出したいし、抽象であるなら、モノに換えて取引に応じて貰うよう、手持ちのモノを融通する。モノをいちいち原初にまで遡って考えるという、時間のかけ方もする。

（「詩が生まれるとき」193頁）

抽象的なことをモノに換える手法の一つに、比喩表現がある。しかし表現技法に深入りするよりも、ここでは言葉の実体感を出すためのキーワードとしての「物体」を記憶に留めておきたい。小野十三郎のモノをして語らしめるという手法も、同様の趣旨から産み出されたものであろう。

【技術篇】 優れた詩の具体的な作り方（十文字法）

これは人様に押しつけることではないけれど、「十文字法」という書法を自分に課しているんです。どういうことかと言いますと、ここに一本の木があるとするでしょう。この木をモチーフに詩を書こうとするとき、この木しか見ないのではいけない。この木からもっとも遠いところ、たとえば地球を半周したところに生えている一本の木を思うこと。その木の周りに住んでいるひとたちの暮らしを思うこと。その木の枝にとまる小鳥のことを思うこと。梢をそよがせる風のことを思うこと。そしてまたここへ帰ってくる。それが十文字の横の一本、つまり空間。今度は縦ね。どこまで伸びてくかわからないけど、その根っこのことを思うこと。それから天へ伸びようとしている梢のことを思うこと。それが時間を示す縦の線なの。その十文字を作品のなかにできるだけ大きく描くこと。それがすぐれた詩の、私の測りかた。

（「インタビュー」151―152頁）

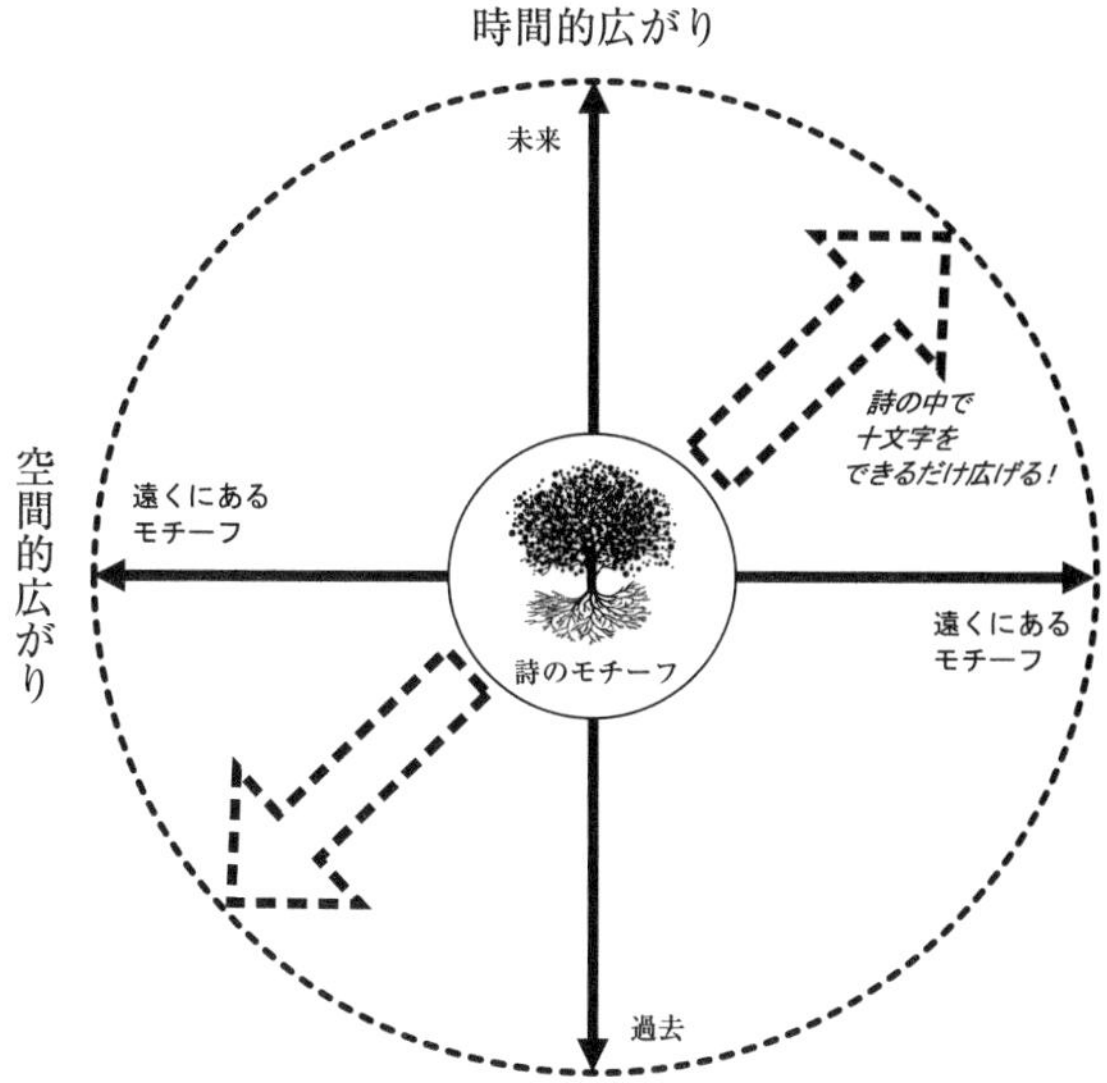

［図表１］ 十文字法のイメージ図

軸	No.	新川の例示	一般化	あなたの詩の構想（書き込み欄）
中央	①	目の前の一本の木を見る（それだけではダメ）	詩のモチーフ（A）を定める	
空間軸	②	地球を半周したところに生えているもう一本の木を思う	関連する遠くのもの（B）を考える	
	③	その木の周りに住んでいるひとたちの暮らしを思う	遠くのもの（B）の周辺を考える	
	④	その木の枝にとまる小鳥のことを思う	遠くのもの（B）の細部を考える	
	⑤	その木の梢をそよがせる風のことを思う	遠くのもの（B）に影響を与えているものを考える	
	⑥	その木から目の前の一本の木に帰ってくる	AとBを対比（あるいは飛躍）させる	
時間軸	⑦	目の前の木の根っこのことを思う	詩のモチーフ（A）の過去（あるいは下）を考える	
	⑧	目の前の木の天へ伸びようとしている梢のことを思う	詩のモチーフ（A）の未来（あるいは上）を考える	
全体	⑨	空間軸と時間軸を詩の中でできるだけ大きく描く	詩のモチーフ全体（A及びB）を拡張させる	

［図表２］ 十文字法による創作手順

詩の中に空間的広がりと時間的広がりを入れ込むことの重要性を、分かりやすく説明している箇所である。この実践事例として、先に引用した「苦瓜を語るにも……」の解説を行った後に、新川は「調査」の重要性も説いているので、読者は18頁の引用詩を再度確認して頂いた後に、次の記述を読んで欲しい。

そういうものをモチーフにするときは、この時期の星座はどうなっているのか、ちゃんと百科事典で調べて嘘はつかない。鳥も渡り鳥であるのか、留鳥なのか。巣をこしらえたりするのにどうするのか。そういうことを嘘をつくのはまずいんですね。（中略）でも、そのあとのことは全部私の想像です。百科事典を開いても出てこないこと。大きな時間と空間をとり入れたい。

（「インタビュー」153頁）

十文字法の実践のためにも、詩に用いる素材については、しっかりと調べ上げて、その土台の上で、壮大な嘘をつかねばならない。これが詩の飛躍を実現させるための技術である。なお、図表1と2は、新川の説明を基に私が作成したものである。実際に詩作をするときにご活用頂ければ幸いである。

【内容篇】　読者が生きるためのヒントを入れる

さて人は、詩を読む時、深遠な道理というほどのものではないにしても、そこから何かを得ようとしているのにちがいない。詩人という人種の、世間の常識や既成の概念からちょっと外れた（あるいは大きく外れた）、ものの見方考え方に興味をもって読む人もいるだろうし、言葉の操作に関心をもって、字面やその配置を丹念に眺めたり、朗読をして音声上の響きをたしかめたりする味わい方をする人もいるだろう。けれどおおかたの素朴な読者は、実人生を生きていく上でのヒントとなる一行を、詩の中に求めている。教えられ、勇気づけられ、そうして、久方ぶりの雨に濡れる草のように、慰められることを――。私自身、素朴な読者でいる時間のほうが多いので、はっきりそう言うことができる。

（「詩の履歴書」30―31頁）

新川は続く文章で「では、書き手の側に回って詩作をする時に、読者の求めに応じ得る言葉をちりばめているかといえば、そうではないのだから恥ずかしい」（「詩の履歴書」31頁）

と謙遜しているが、中学教科書に掲載されている「名づけられた葉」や「わたしを束ねないで」には、確かに読者が生きていくうえでのヒントがある。ここでは「名づけられた葉」を見ておこう。

名づけられた葉

ポプラの木には　ポプラの葉
何千何万芽をふいて
緑の小さな手をひろげ
いっしんにひらひらさせても
ひとつひとつのてのひらに
載《の》せられる名はみな同じ　〈ポプラの葉〉

わたしも
いちまいの葉にすぎないけれど
あつい血の樹液をもつ
にんげんの歴史の幹から分かれた小枝に

不安げにしがみついた
おさない葉っぱにすぎないけれど
わたしは呼ばれる
わたしだけの名で　朝に夕に

だからわたし　考えなければならない
誰のまねでもない
葉脈の走らせ方を　刻《きざ》みのいれ方を
せいいっぱい緑をかがやかせて
うつくしく散る法を
名づけられた葉なのだから　考えなければならない
どんなに風がつよくとも

読者はこの詩を読んで、艱難辛苦に耐えながらも自分らしく生き続けていく意味を見つけることだろう。勿論、新川のすべての詩から、読者が何かを得られるとは限らないが、読者の求めるものを想定して詩を構想することは、読者に届く現代詩を創作する上での王道であるに違いない。

新川はまた、「私の詩はほとんど〈問いかけ〉の詩であることに最近気づかされた」（「詩の履歴書」31頁）とも述べている。読者が生きていくためのヒントは、必ずしも作者が提示する必要はない。読者が差し出された詩から学び取れる詩こそ最上の詩なのかも知れない。

最後に、本章冒頭で用いた『新訂総合国語便覧』では「近現代の文学　詩」の標題の基に詩の動きが概説してあるのだが、その最終項目が「言語詩派」となっていて、以下の評価がくだされていることをお知らせしたい（333頁）。

安保闘争の時期に、新世代の詩人たちが現れる。彼らは、言語の意味を解体し、詩的言語の自立をはかる、言語至上主義の傾向を特色とした。（中略）彼らは現代詩の重要な指標を打ち立てたが、その一面で、言葉の日常的な意味や論理を否定し、難解なイメージを構成しがちで、一般の読者を現代詩から遠ざける状況を作ったといえる。

私の娘を含めて、現在の高校生の一部は、このような記述の教材で学び、現代詩の状況を理解していく。あるいは、大多数の生徒は、こんな詩のことなど理解する必要もないと判断して通り過ぎていってしまうのだろう。私は現代詩人の一人として、「近現代の文学　詩」の概説が、このような記述で終えられていることが残念でならない。難解な現代詩の存在を全否定する必要はないが、現代詩をいま一度一般読者に近づけることに賛同して貰える人々は、まずは新川和江に学ぶことから始めようではないか。

本章の新・民衆詩派指針 ✓

【環境整備篇】

□心を羽ばたかせる創作環境を意図的に作る。

【心得篇】

□自分の詩をできるだけ客観視する。

□知性と感性の割合を最適配分する。

□日常手垢にまみれた言葉や一般的に詩的と思われている言葉の使用をさける。

□虚構としての詩を意識する。

【技術篇】

□虚構を成立させるためにしっかりと詩の素材の調査を行う。

□五感に訴える表現として物体を活かす。

□詩の中で空間的広がり（横軸）と時間的広がり（縦軸）の十文字をできるだけ大きく描く（十文字法）。

【内容篇】

□読者が生きていくために有益なヒントを入れる。

第二章　池井昌樹と夕焼けを見る

「新・民衆詩派」とは、本書で取り上げる詩人たちを指すものではなく、本書で導き出される指針に賛同して一般読者に届く詩を書こうと試みる人たちのことを想定した用語である。つまり、現時点では実態のない概念上の詩派のことなのであるが、今回はそのような指針や方法論を最も嫌うであろう池井昌樹について、私は敢えて論じたい。はじめに、一般読者に広く受け入れられている『池井昌樹詩集』（二〇一六年、ハルキ文庫）の著者紹介欄を確認しておこう。

池井昌樹　Ikei Masaki
一九五三年、香川県生まれ。十三歳で詩作を始める。七一年、二松学舎大学在学中に、「現代詩手帖年鑑」に詩が掲載となり、七二年「歴程」同人となる。七五年、大学卒業後、会社勤務をしながら詩作を続け、七七年、第一詩集『理科系の路地まで』を上梓。

九七年『晴夜』で藤村記念歴程賞、芸術選奨文部大臣新人賞、九九年『月下の一群』で現代詩花椿賞、二〇〇六年『童子』で詩歌文学館賞、〇八年『眠れる旅人』で三好達治賞、一二年『明星』で現代詩人賞受賞。

補記すると、二〇一九年九月に刊行した詩集『遺品』（思潮社）が単行詩集としては第十九詩集となり、選詩集としてはハルキ文庫の他に、『池井昌樹詩集』（二〇〇一年、思潮社・現代詩文庫）がある。また、詩・池井昌樹／写真・植田正治／企画と構成・山本純司『手から、手へ』（二〇一二年、集英社）はロングセラーとして知られている。

私が初めて池井昌樹の詩を意識的に読んだのは、「現代詩手帖」一九九九年十二月号に掲載された「瀧」だったように思う。「一九九九年代表詩選」として、第十一詩集『月下の一群』（一九九九年、思潮社）からの転載であった。

瀧

つまとふたりでいるときも
ぼくはひとりで
たきのねがする

だれもがみんないきていて
だれもいない日
陽のてる日
ちちとさいごに会った日も
むすこにヒゲの生えた日も
だれもがみんないきていて
だれもどこにもいない日は
もっとひとりになりたくて
もっとだれかに会いたくて
よく陽のあたるしずかなみちを
いまもひとりで
たきのねがする

この詩は代表詩選百三十人の中で、異彩を放っていた。池井の詩に対して多くの人が最初に抱くであろう、ひらがな表記の多用と七・五調を基調としたリズム感からくる心地よさは分かった。しかし、この詩は現代詩として通用するのか、そもそも、あの有名な堀口大學の訳詩集とわざわざ同じ詩集名をつける必要があるのか、といった分析を私は詩をよく味わう前に始めてしまっていた。このような知性重視の読み方に対して、池井の詩は決して開かれないということに気づくのに、私はその後十数年を要することになる。いまの私は『月下の一群』の中で、次の詩を最も愛している。

ひだまり

ぼくのはたらくほんやのちかく
ぱんやのかどのひだまりに
とけこみそうな
きえいりそうな
このうえもないえみをうかべて
あなたはぼくをまっていました
あかちゃんがね
できたらしいの
あなたがぼくにそうつげてから
もう十余年たちました
あかちゃんははや十余歳

となりのふとんでねむっています
あなたはすこしこじわをふやし
ぼくもしらがをふやしましたが
ほんやのちかくのぱんやのかどに
もうひだまりはありません
あかちゃんがね
できたらしいの
あのささやきをみみにしてから
あのささやきをくちにしてから
はや十余年たちました
ひとがうまれるまえのことです

この詩の冒頭では、ある日の池井昌樹の日常が切り取られている。そしてその日から十数年が経った日を対峙させて、「もうひだまりはありません」と詠うのだが、そこに悔恨があるわけではない。ただ郷愁がある。そして最終行は文意からは「あかちゃんがうまれるまえのことです」となるはずだが、「ひと」という言葉を置くことによって、池井の個人的な経験を超えて普遍化されていく。しかし、決して計算して生み出された詩ではないだろう。池井の心象風景がこれらの言葉を纏って自然と立ち現れた感じがする。このような詩を漠然と「抒情詩」と捉える人もいるが、果たして抒情とは何だろうか。

手元にある『広辞苑　第六版』（二〇〇八年、岩波書店、電子辞書版）によると「抒情・叙情」とは「自分の感情を述べ表すこと」とある。「抒情的」は「感情豊かで情緒的なさま」とあり、「抒情詩」は「本来は叙事詩・劇詩とともに、詩の三大部門の一つ。作者自身の感動や情緒を表現する形式をとった韻文の作品。近代では詩の主流をなす」とある。しかし、その濃淡は別として、感動や情緒を表現しない詩が詩として成立し得るのだろうか。安藤元雄・大岡信・中村稔監修『現代詩大事典』（二〇〇八年、三省堂）の「抒情詩」の項（339―340頁、執筆・杉浦静）では周到な詩史的な解説が見られるものの、最終的には「五〇年代後半以降は、詩の表現領域がそれまでの抒情詩概念を含みつつ、拡大複雑化したことや、詩の作られ方の転換により、抒情詩が詩における抒情性に拡散深化している状況にある」と総括され、益々わからなくなってくるのである。しかし、ここで重要なことは、抒情詩か抒情詩でないかを判定したいのではなく、池井詩の本質としての抒情性に迫りたいということなのである。

先日、音楽を聞いていて、こんなことを思った。なぜ音楽は、言葉を用いずに、勇ましい感じや哀しい感じなどを聴衆に伝えることができるのだろうか、と。音楽には、音程、リズム、旋律、速度、強弱、和声、音色によって、私たちの心に感情の共振を引き起こす、ある種の法則のようなものがあるからだろう。おそらくプロフェッショナルな作曲家たちは、音楽技法を熟知して、その効果を想定しながら必要に応じて使い分けているに違いない。そのようなことを考えていると、詩における抒情とは、音楽ではなく言葉によって感情を伝達する手法ではないのか、と思い至った。うれしい、悲しい、哀しい、苦しい、つらい、と直接的に伝えるのではなく、うれしい感じ、悲しい感じなどを、言葉だけで伝えるのが詩における抒情性ではないのだろうか。多彩な音楽表現に対して詩で用いることのできる道具は言葉だけだ。しかも、その言葉は前章で確認したように、日常私たちが使用している言葉でなければならない。日常言語を使用しながら日常言語を脱する手掛かりとして詩の抒情性がある。そして抒情性を表現するためには、韻律や文字の視覚効果、象徴力のある言葉の組み合わせが必要なのである。

しかし、現代詩の中で著しい抒情性が忌避されてきたことも確かである。金時鐘訳『尹東柱詩集　空と風と星と詩』（二〇一二年、岩波文庫）に収録されている金時鐘「解説に代えて　――尹東柱・生と詩の光芒」から重要な箇所を引いておきたい。

> 抒情とか情感というものは、それ自体は個々人の心情のうごめきですので他人のあずかり知らぬことではありますが、にもかかわらずそれが感性の共感のように誰にも意識されることなく染みついてしまっているものであるとしたら、それはもう、一大

思想と呼ばねばならないほどの心情の統制です。

（前掲書177頁）

金時鐘が「心情の統制」というのは、日本統治下の済州島で天皇を崇拝する皇国少年として育った自身の経験を振り返って導き出された重い言葉である。金時鐘『朝鮮と日本に生きる　――済州島から猪飼野へ』（二〇一五年、岩波新書）も併せて見ておこう。

植民地は私に日本のやさしい歌としてやってきました。けっして過酷な物理的収奪ではなくて、親しみやすい小学唱歌や童謡、抒情歌といわれるなつかしい歌であったり、むさぼり読んだ近代抒情詩の口の端にのぼりやすいリズムとなって、沁《し》み入るように私の中に籠もってきました。これ皆が定形韻律のやさしい歌でありました。統治する側の驕《おご》りをもたない歌が、言葉の機能の響き性（音韻性）としてすっかり体に居着いてしまったのです。ご承知のこととは思いますが、言葉は情感に働きかける音韻性（響き性）と、理性を育む意味性とで成り立っています。

（前掲書50頁）

小野十三郎が、短歌のリズム、詠嘆、抒情などを引きずり続けているいる詩人たちを批判した「奴隷の韻律」論は有名であるが、戦時下の詩歌の利用のされ方に強烈な危機感を感じた人たちが、「知性＝理性」を重視した現代詩を立ち上げようとした問題意識はよく分かる。しかし、その結果が今日の現代詩を一般読者から遠ざけてしまう一要因となったとするならば、私たちは詩の抒情性について、今一度、しっかりと考えてみるべきだろう。

金時鐘のいう情感に働きかける音韻性と理性を育む意味性は、詩の問題に限定すると、前章で採り上げた新川和江のいう「知性――理性と感性の割合を調合する」ということに行きつく。新川は、いまの詩人たちは知性をたくさん配合しなければならないと思い込んでいるが、知性などは評論や散文ではたせばよいことであって、詩にひとびとが求めているものはそういう要素ではない、むしろ感性のほうが大事だ、と述べていた。池井昌樹の詩は全面的に感性重視の詩である。「詩にひとびとが求めているもの」が、確かに池井の詩の中にあるのだ。

こうした観点から池井昌樹の詩「ひだまり」を読むと、「ひだまり」という言葉から私たちが抱く暖かさにまず気づくことだろう。しかしやがて日が陰り失われてしまう儚さも併せ持っている。同じ「ひだまり」には私たちは二度とめぐり合うことはできないけれど、違う場所、違う時間に、また「ひだまり」と出会えるかも知れない、私たちに、あの「ひだまり」を見つける気持ちがあるのであれば。そんな希望も感じられる「ひだまり」という言葉である。そして、この「ひだまり」の表記の代わりに、「日だまり」、「日溜まり」、

「陽だまり」、「ヒダマリ」「HIDAMARI」などを採ることもできるが、池井の中には最初から「ひだまり」というひらがな表記しかなかったであろう。続いて韻律である。

ぼくのはたらく（七音）
ほんやのちかく（七音）
ぱんやのかどの（七音）
ひだまりに（五音）
とけこみそうな（七音）
きえいりそうな（七音）
このうえもない（七音）
えみをうかべて（七音）
あなたはぼくを（七音）
まっていました（七音）

冒頭の六行を分解して示したが、七音節の多用と同音の繰り返しにより一定のリズム感を出していることが分かるだろう。しかし、これらの表層的な表現の分析をいくら精緻に試みても、決して池井の詩の本質に到達することはないだろう。

二〇一九年十月六日に、神戸市のラッセホールで開催された「詩のフェスタひょうご」で、池井昌樹の講演「詩と私」を聴いた。池井は戦前の文士のように味のある講演を行ったが、質疑応答の時間に次のように、自分の創作姿勢について説明している。以下は当日の講演から苗村が池井の許諾を得て採録したものであるが、文責は苗村にある。

私にとって、一番苦しい時間というのは、自分の中に詩がない時間です。だから、詩と言えば、感動がやってきて胚胎する、それを取り出すために、短くて一週間くらい、長くて一月《ひとつき》くらいですかね、ずっと中にいるんです、生き物が。で、もちろん、一番最初に立ち上げるのは紙の上です、やってきたときに。で、その第一稿だけなんです。その後は、心の中で、何度も何度も反芻するんです。その間、家内と話をしていても、食事をしていても、何をしていても、上の空なんですね。それで、ずっと反芻して、その内に詩が取り出せる。その間は私は楽しいんです、楽しいというか普通なんですよ。一番苦しいのは、中になんにもないとき。それが一番苦しい時間なんで、だから修行僧か武芸者みたいに、刻苦精励して詩を書いてきた訳じゃないんです。

このような創作態度は誰にでも真似できるものではない。池井の詩作法は、いわゆる天才的な詩人のそれであり、凡人の私には決して真似ることができない。しかし、それで終わってしまえばこの詩論の意味はない。池井と同じことはできないけれど、せめて、その足跡をつけて後を追いたい。

池井は、更に、講演日の二、三日前に書いたという次の詩を朗読する。

泉

あなたの詩
なぜひらがなで?
そう問われたら
あのはなは
なぜあんないろ?
そうこたえます
あなたの詩
なぜ七音《ななおん》で?
そう問われたら
あのはねは
なぜななつぼし?

そうこたえます
なぜひとは
なぜ?
と問うのか
たんぽぽの
たんぽぽいろを
てんとうむしの
ななほしを
おさなごが
じっとみている
いやみていない
なにひとつ
わけなんかない
なにもない
こころのなかに
こんこんと
わきでるいずみ

この詩の朗読後に、池井は次のように説明を続ける。

こういう風にね、一篇の詩がやってくるでしょう。それをね、胚胎したら、これを取り出すまではね、てこでも離さないんですよ。それでね、なんて言うの、心というか魂というのがあるとしたら、その魂に完全に刻まれるまで待つんです。だから、ほぼ、私は、自分の詩を暗唱できる。そういう立ち上げ方をしています。だから、自分の中に詩がない時間というのが、一番辛くて、気怠いんだ。その代わり、人としてやらないといけないことを、僕は何一つやって来なかったんじゃないかという、そのことにね、全然気づいていない、父親としての、夫としての自分がいます。ときどき、嫌になることがある。

池井はまた「私の詩にWHYっというのはないんですよ。HOWしかないの。これは詩を書く人間にしては、見下げ果てた行為なんだけど、「いかに」というそういう思いしかないんですよ。「なぜ」ってね、ことを考えたことは、僕は一度もないんです」と答えている。池井は、自分の詩にひらがな表記が多いことも七音節が多いことも理由は分からないという。しかし、最初から、そのような詩風だったわけではない。十九冊の単行詩集を読んでいくと、第八詩集『水源行』（一九九三年、思潮社）あたりから大きな詩風の変化を感じるが、収録詩篇のひらがな表記が決して多いわけではない。第十詩集『晴夜』（一九九七年、思潮社）からは明らかにひらがな表記を多用した詩が登場するが、精緻な散文詩も同時に収録しており、表面的な表記法が池井の詩の本質とは言い難い。講演では、第一詩集『理科系の路地まで』（一九七七年、思潮社）所収の中学生の頃に書いた詩「祭りのにおい」と「雨の日のたたみ」を朗読して、次のように話している。

私にとってそれらはね、カビ臭さとか、畳の匂いとか、そういったものは、悪臭でもなんでもないんです、芳香なんですよね。つまり、この世にはじめて転がり出てきたばかりの、畳の上に、生まれてはじめて転がり出た子供の、見た、聞いた、嗅いだ、触れた、はじめての感動の喜びなんです。喜びしか書いていないんだ。そこに、私《わたくし》なんかでる幕は、これっぽっちもないんです。やってきた感動を、ただ、取り出してるだけなんです。さっき、みなさん、どの詩も体言止めが多い詩でしょ、と申し上げたのは、それなんです。体言止めが多いというのは、感動しか列挙してないからなんです。私のことなんか、ちっとも触れてないんだ。詩、ってそういうものなんだ。やってきた感動を胚胎する、それを、そっと取り出してやる。誰のものでもない、誰のものでもある、その感動を取り出してやる。それだけの作業なんです。私《わたくし》を他者に伝えることじゃないんです。私《わたくし》を他者に伝えること、それは演説なんです。演説と詩とは、まったく違うものなんです。ただ、そのことを思い出すために、私は随分長い時間を費やさなければならなかったんですね……

池井は、詩は「やってきた感動を、ただ、取り出してるだけ」「誰のものでもない、誰のものでもある、その感動を取り出してやる」「私《わたくし》を他者に伝えることじゃない」という。しかし、一時期名声を得るにつれ「がんばろう」とし始めてから、「書けない、書いてもおもしろくない」という状態に陥いる。池井は語る。「当たり前なんですよ、私は私《わたくし》を、他者に伝えようとしはじめていたんだ。やって来る感動を、忘れてしまっていたんですわなぁ。名作を、他者に伝えようと、しはじめていたんだ」と。この部分は、表現者としては対応が難しいところである。一流のアスリートは脱力して最高のパフォーマンスを発揮するが、凡人にはそれができない。しかし、たとえ池井昌樹になれないにしても、その足跡はつけたい。詩作の【心得篇】として、詩とはやってきた感動を胚胎して、それを、そっと取り出すことである、ということだけはいつまでも覚えておきたい。

講演の中で、人間が便利な生活に慣れてしまって、その愚に気づいたとしても、決して後戻りができないことや、チンパンジーが携帯電話に習熟することなどのエピソードを話した後で、池井はこんな話をしてくれた。少し長いが、大切なところなので、一緒に確認しておきたい。

一昔前まで、スクランブル交差点のような大きな交差点で、信号が青に変わるのをみんな待っている、その頃ってみんな、上を見てましたよね。たとえばそれが夕暮れ時だと。仕方ないんですよ、信号が青に変わるまでは、誰も待ち人ですからね。待つしかない。そうしたら、みんな夕焼け空を見上げていたと思いますよ。夕焼け空を見上げているどこの誰とも分からない隣人を、ちょろっと目にすることも豊かな気持ちになったものなんだよね。孤独と孤独が通じ合う、ふれあう、といいますかねぇ。いま、どうです？　みんなうつむいているでしょう。ちょっとお試しになったらどうですか。みんなうつむいて、信号待ちながら、何してます？　カァー！って、ものすごい速さで何か携帯を操作していませんか？　例えば、カァー！っと、はやく青にならんかなぁ、ってやっているときはバリアが張り巡らされていますわねぇ。他者を入れない、自己も外に出ない、目に見えないバリアです。そのバリアのすぐ外に、ものすごく凶悪な、よからぬことを心に企んでいる誰かが立っている、かも知れないじゃないですか。そういうときにね、例えば、「ああ、きれいな夕焼けですねぇ」って、声に出さなくたっていいんですよ、その彼、あるいは彼女に向かって、声に出さなくてもいいから、「きれいな夕焼けだねぇ〜」と心でつぶやいただけで、ひょっとしたら、何か悪巧みを心に持っていた彼・彼女の中から、その企みが、なくなってしまう、かも、知れないじゃないですか。私は甘いですか？　でもね……　詩って、夕焼け空だと思うんですよ。詩を書くって、夕焼け空を見上げることだと思うんです。なんのやくにもたたない。なんのたしにもならない。でも、なくてはならないもの。詩って、そういうもんじゃあないですかね。私は、そう思いますが。

しかし、引き返せない。後戻りはできない。これも、時代の必然、歴史の必然、というもんでしょうかね。

「歴史の必然は、僕らの生みの母親だが」、ヴァレリーという人がねぇ、そういうことを言ってます。「歴史の必然は、僕らの生みの母親だが、父親は誰も知らない」……　ヴァレリーは、父親が誰か知ってたんでしょうね……　父親って、誰だと思います？　……私は、神さまじゃないか、と思う。いまどき神さまだ、って心の中に思われました？　もし思われたとしたら、その方の心の中には、いまどきだから、神さまの代わりに、じゃあ、誰が御座すのでしょう？　ガリレオやニュートンは、神さまに向かって天文学を開いたんですよ。バッハもハイドンもモーツアルトもシューベルトも、神さまに向かって音楽を捧げたんです。ヴェルレーヌもランボーもボードレールも三好達治も中原中也も、みんな、己の心に御座す神さまの捧げ物として詩を書いたんですよ。心の中に神さまを持たない私たちが、例えば、中也の詩を理解できますか？　理解はできるだろう。解明も、解釈もできるだろう。でも、感動は、できない。
本当には、できない。私はそう思うんだけど、いかがでしょうかね。
ここで、池井の最新詩集『遺品』の作品も合わせ読むべきだろう。

私の名前

まちでしごとをしていたころは
おにいさん
ほんやさん
てんいんさん
うしろから
いろんななまえでよばれては
ふりむいた
いろんなひとがたっていた
あのひとも
このひとも

いなくなり
あのまちも
きえうせて
けれどわたしはまだここにいて
やくたたず
かいしょなし
もうろくじじぃ
うしろから
どんななまえでよばれても
もうふりむかない
しらんぷり
なにかしら
なにかしている
なんのやくにもたたないなにか
なんのたしにもならないなにか
けれどなくてはならないなにか
せっせといきをふきかけながら

いっしんふらん
みがいてるんだ
みせてあげない
おしえてあげない
いつのひか
うしろから
わたしのなまえをよぶこえに
こんどこそ
はればれと
ほんとうに
ふりむくために

私たちが池井昌樹から学ぶことは、まず池井の視線に合わせて、夕焼け空を見ることではないのか。池井は決して講演用に気取った語りをしているわけではない。私はこれまで何度か池井から話を聞いたことがあるが、池井は話す相手が私一人しかいなくても、大勢の聴衆が目の前にいても、同じように純粋に詩を語る。私はその詩に対する純粋さに心打たれるのである。「なんのやくにもたたないなにか／なんのたしにもならないなにか／けれどなくてはならないなにか」。私もまた、池井の足跡をたどりながら、そう思うときがある。夕焼け空を見上げるとき、池井の目を借りて詩を考えるときがある。そして池井の純粋な詩心を支えるために池井の詩の形がある。

私は池井のひらがな表記が多い詩に、柔らかい温もりと、どこか物寂しい郷愁を感じる。それは、かつて愛唱した近代詩の魅力を私に思い起こさせるが、一方で現代を厳しく生きる、古くて新しい詩でもある。現代詩を読むことがない人たちの中にも、こよなく近代詩を愛する人たちがいる。その人たちは詩に抒情を求めているのであり、知性を求めているのではないだろう。まして難解な言語実験詩などは、興味の対象ですらないだろう。池井昌樹の詩は、そのような人々へ夕焼け空のように開かれているのだ。

池井昌樹・谷内修三・秋亜綺羅の鼎談「谷川俊太郎と「感想」という方法」（「現代詩手帖」二〇一四年九月号）で池井は、「かつての近代詩のようなものを書いていても、現代に生きながら書かざるをえなかった詩を書きつづけていれば、これは現代詩人なんだよ」（59頁）と発言している。そして書かざるをえなかった詩の中には、必ず感動があることを、今一度忘れないようにしたいものである。

本章の新・民衆詩派指針 ✓

【心得篇】

□詩とはやってきた感動を胚胎して、それを、そっと取り出すことである。

□純粋に詩を愛し、現代に生きながら書かざるをえなかった詩を書きつづける。

【技術篇】

□日常言語を使用しながら日常言語を脱する手掛かりとして抒情性がある。言葉だけで抒情性を表現するためには、韻律や文字の視覚効果、象徴力のある言葉の組み合わせが必要である。

第三章　最果タヒに共感する詩人はみんな嘘つき？

私の住んでいる滋賀県栗東市の人口は約七万人、隣接する守山市は約八万三千人である。日用品をよく購入する守山市のショッピングセンターの二階にある、さして大きくもない書店の棚の一角にまで最果タヒの詩集が並んでいる。二〇一九年九月二十八日発行の「日本経済新聞」（宮川匡司「詩人の肖像⑪」大阪本社版30面）によると、リトルモアから刊行された詩集『死んでしまう系のぼくらに』、『夜空はいつでも最高密度の青色だ』、『愛の縫い目はここ』の三部作の発行部数は累計八万部に達しているという。五百部から多くても一千部程度の発行が標準的で、しかもその大部分を献本により消尽している閉鎖的な現代詩人の活動に比べて、最果の活躍は突出している。「今、最も詩集が売れている若手詩人」（前掲の「日本経済新聞」より）である最果は、一般読者に届く現代詩を書くための指針を策定する上で、当然に考察対象とすべき詩人であろう。今回も、まず論考対象詩人の輪郭を捉えるために、最新詩集『恋人たちはせーので光る』（二〇一九年、リトルモア）の著者紹介欄を引用したい。

最果タヒ（さいはて・たひ）

一九八六年生まれ。二〇〇四年よりインターネット上で詩作をはじめ、翌年より「現代詩手帖」の新人作品欄に投稿をはじめる。二〇〇六年、現代詩手帖賞を受賞。二〇〇七年、詩集『グッドモーニング』を刊行、中原中也賞受賞。二〇一二年に詩集『空が分裂する』。

二〇一四年、詩集『死んでしまう系のぼくらに』刊行以降、詩の新しいムーブメントを席巻、同作で現代詩花椿賞受賞。二〇一六年の詩集『夜空はいつでも最高密度の青色だ』は二〇一七年に映画化され（『映画　夜空はいつでも最高密度の青色だ』石井裕也監督）、話題を呼んだ。二〇一七年『愛の縫い目はここ』、二〇一八年『天国と、とてつもない暇』。

小説家としても活躍し、『星か獣になる季節』『少女ABCDEFGHIJKLMN』『十代に共感する奴はみんな嘘つき』など。対談集に『ことばの恐竜』、エッセイ集に『きみの言い訳は最高の芸術』『もぐ∞』。二〇一七年に清川あさみとの共著『千年後の百人一首』で一〇〇首の現代語訳をし、二〇一八年案内エッセイ『百人一首という感情』刊行。

現代詩手帖賞、中原中也賞、現代詩花椿賞といった受賞歴から判断すると、現代詩の有力詩人たちによる作品選考において優秀であると判定されていると共に、書籍販売実績から一般読者に強く支持されている書き手であると結論付けることができるだろう。正に理想的な詩人のはずなのだが、正直に言って、私には最果の作品が、なぜここまで高く評価されてきたのかが分からない。それは苗村の作品鑑賞能力の低さを示すものだ、という批判を甘んじて受けるとして、読者にはまず「現代詩手帖」年鑑号で毎年の代表詩として収録された最果の作品から、次の四作品を鑑賞していただきたいのだ。四作品には、後の説明の便宜上、AからDの符号を付しておく。

〔作品A〕 **世界**

空を飛べないなどとだれが言った?
もうすぐここ運動場は爆発をする、爆風、その瞬間わたしたちは実際に飛ぶだろう
　　　それでも

だれかはそう、
言うのでしょうか
　　爆発をした　↓　飛ぶことが可能になった
酸性雨のせいで　↓　建物が溶けてたいらになった

　　　　　　　　　　だから、向こうに富士山が見える
いつのまにか海に沈む、けれどわたしたちは、だからわた
したちは、はじめの爆発でともに飛び立たなければならな
い。さあ行こうか、空から
崩壊を眺めよう

（杉の木をちぎりとって何度も、つきたてていけば稲の穂
を撒ける小さな穴がぽつぽつとあいてそれが少しずつ村に
なっていくだろう）
（雨雲はいつのまにかやわらかいベッドにしか見えなくな
る）

ああ目の下で緑色になっていく大地

★未来派の話をしましょう
絵画、彫刻、音楽、詩、すべてを越境した芸術を、生み出そうとしたかれらの話をしましょう、けれどそれは、ほんとうにたどり着くはずだったのは／・・人間ではなかったでしょうか。楽器は音楽と彫刻をかねそろえ、それを、美しい言葉をつむぐ人が抱きかかえている、けれどそれでさえ絵画はない。わたしたちの目の前でそれがなしとげられるとすれば美しい人、美しい声を持ち、いつまでも美しい言葉のみを知る人
その人自身だ
　　　　／／「決して人は動かなければ、頬を伝った雨はいつまでも同じところに落ちていく、しずくが削っていくであろう小さな岩はそのうちに山にも谷にもなりえる

のだ、わたしたちが恐れているものはなんだったのか、そのころには忘れてしまえているだろう」

「自然、そう」

(脅威とはなんだったのだろう)


いつまでもうがいをつづける、いつまでも黙り続け、いつまでも、そうすれば病気にはならない。いつまでもうがいをしていつまでもひとりでいる、脅威は足の裏でつぶしてしまった。わたしたちはだから脅威になるのかもしれない。

(うつくしい)

人と人の間を疾走している。きみたちはわたしたちをなんと呼ぶ?　名前がない間わたしたちは疾走をしている。そうして竜巻をつくりあげていく。きみたちをめちゃめちゃに切り裂きながらわたしたちはああ孤独だと叫んでいる。(ああ)

（うつくしい世界）
——詩集『グッドモーニング』10月

＊　引用は「現代詩手帖」二〇〇七年十二月号の「二〇〇〇七年代表詩選一四〇篇」による。

［作品B］　きみはかわいい

みんな知らないと思うけれど、なんかある程度高いビルには、屋上に常時ついている赤いランプがあるのね。それは、すべてのひとが残業を終えた時間になっても灯り続けていて、たくさんのビルがどこまでも立ち並ぶ東京でだけは、すごい深い時間、赤い光ばかりがぽつぽつと広がる地平線が見られるの。

東京ではお元気にされていますか。しんだり、くるしんだりするひとは、きみの家の外ではたくさんおきるだろうけれど、きみだけにはそれが起きなければいいと思っています。ゆめとか希望とかそういう、きみが子供の頃テレビからもらった概念は、まだだいじにしまっていますか。それよりもっと大事なものがあったはずなのにと、貧乏な部屋の中で古いこわれかけのこたつにもぐって、雪のニュースを見ながら考えていませんか。

きみが無駄なことをしていること。

きみがきっと希望を見失うこと。

そんなことはわかりきっていて、きみは愛を手に入れる為に、故郷に帰るかもしれないし、それを、だれも待ち望んですらいないかもしれない。朝日があがってくることだけが、ある日きみにとって唯一の希望になるかもしれず、死にたいと思うのも、当たり前なのかもしれませんね。

当たり前なのかもしれません。

しにたくなること、夢を失うこと、希望を失うこと、みんな死ねっておもうこと、好きな子がこっちを向いてくれないことが、彼女の不誠実さゆえだとしか思えないこと。当たり前なのかもしれない。

きみはそれでもかわいい。にんげん。生きていて、テレビの影響だったとしても、夢を見つけたり、失ったりしていて。

きみはそれでもかわいい。

とうきょうのまちでは赤色がつらなるだけの夜景が見られるそうです。まだ見ていないなら夜更かしをして、オフィスの多い港区とかに行ってみてください。赤い夜景、それは故郷では見られないもの。それを目に焼き付けること、それが、きみがもしかしたら東京に、引っ越してきた理由なのかもしれない。


——詩集『死んでしまう系のぼくらに』9月

＊ 引用は「現代詩手帖」二〇一四年十二月号の「二〇一四年代表詩選一五〇篇」による。

［作品C］ 星

好きと嫌いと優しいとかっこいいと素敵とまたね

で出来上がった私たちに
車がつっこんで、だれかが死んで、そのうち恋が
うまれて、そのうち子供ができて、そのうち誰か
がまた死んで、だれかが死んで、老いて、全員い
なくなって、次の子たちが走り回る
野原　揺れる猫じゃらしと枯れた木々
きみが大切って気持ちにどれぐらいの意味がある
んだろう
好き　終わったあとでその気持ちだけ残ったら
きっと夕日に吸収されて
地球の上をまわるだろう
ときどき私やきみという存在が無駄で　あいだの
気持ちだけが本当に世界に必要だったものなんじ
ゃないかと思うよ　土が空気を吸っている　町か
ら少し離れた川べりで　きみのあの日の言葉がい
まも、ころがって、水をなでている

きみより尊いいのちなんてないよ
――詩集『夜空はいつでも最高密度の青色だ』5月

＊ 引用は「現代詩手帖」二〇一六年十二月号の「二〇一六年代表詩選一四〇選」による。

［作品D］ 恋人たち

誰でもないよね。

抱き合って、語り合う二人の顔は、そのときさっと消え失せて、誰でもなくなる、そうやって、愛は成立していくのだと、遠くから見ている、私は知っている。彼らだけが彼らの顔をつよくつよく記憶して、まぶたをつよく、閉じる、その力で、光りだすこと。私だけが見ていた。ほんとうは、彼ら以外のすべてのひとが、見ていた。愛ということばが生まれてから、それらのまぶしさは信仰の対象となり、彼らは余計に孤独となった。本当はただ、顔が消えただけだ、愛し合うことで、誰でもない人間となる瞬間が生じたというだけ。
誰を傷つけても今のきみなら、無実だぜ。

うつくしい心などどこにもないけれど、
ただ満ちていく浜辺がある、冬の、交差点。
――詩集『恋人たちはせーので光る』9月

＊引用は「現代詩手帖」二〇一九年十二月号の「二〇一九年代表詩選」による。

鑑賞作品を「現代詩手帖」年鑑号から選んだのは、最果の既刊詩集を通読した上で、私が作品の優劣を付けられなかったからであり、「現代詩手帖」が当該年の代表詩として掲載した選定基準を尊重したことによるものだ。なお「詩と思想」年鑑号では、二〇一五年一・二月号に「きみはかわいい」、二〇一七年一・二月号に「にほんご」の作品掲載がある。

さて、作品AからDを通読してみると、作品を追うごとに表現上の難解性が緩和されていくとともに、内容面での通俗化が進んでいることが分かるだろう。特に作品Aと作品B以降の間には、大きな断絶がある。この作風の断絶に踏み込む前に、作品Aが優良な詩であるのかどうかを考えていきたい。

作品Aからは、若者特有の心の不安定感や感受性の鋭敏さを感じる要素はあるだろう。しかし、一篇の詩として他者に作者の思いを伝える上での、作品構築の見事さはない。つまり、導入部で読者の注意を引きつけ、展開部で巧みに繋ぎ、それを捻り込んで展開させ、結論部で読者に気づきを与える、といった周到な詩作品としての企てはないのである。野球に譬えるならば、一番バッターが何とか出塁し、二番がバントで繋ぎ、三番がヒットで走者を進め、四番が走者一掃の長打を打って得点を上げてチームの勝利に貢献する、といった展開の「型」のようなものが優れた詩にはあると私は考えるのだが、作品Aでは、それぞれが好き勝手にバットを振っているような進行スタイルである。これを既存の概念に囚われずに、瑞々しい感性で作品を構築した「型破り」と善意に評価する人もいるかもしれないが、作品Aの場合は初めからセオリーを無視した「型なし」と捉えるべきであろう。そういう観点から、作品Aを読み返して見ると、各連の繋ぎの悪さや、文字配列の異様さ、不明瞭なメッセージ性などが目につく。私はこの作品から、爽やかな読後感も、新しい世界の見方も感じない。しかし、そのような型でしか表せなかったものを作者が作品Aで敢えて具現化したという解釈も可能と言えば可能である。

作品Aが掲載された「現代詩手帖」二〇〇七年十二月号には川口晴美による『グッドモーニング』の書評「プラスチックな朝を生きる」が掲載されているが、川口は「説明されて理解するのではなく、描写から想像するのでさえなく、最果タヒの詩は言葉そのものの力で、読み手を《壊れ》の現場に召喚してしまうのだ」（139頁）と、その表現を肯定している。また石田瑞穂・倉橋健一・稲川方人による鼎談討議「私を書く、生の彼方へ　二〇〇七年展望」の冒頭では、稲川方人が「口語自由詩の段階的成立が「内面の構成」としてあったとすれば、いま、その「構成的内面」の微分的な葛藤から解放されたリファレンスのない段階に、いよいよわれわれの現代は踏み入ったという感じがしました」（前掲の「現代詩手帖」10頁）という衒学的な言い回しをした上で、新川和江と最果タヒが六十年くらいの年代差があっても同じことを書いていると思った、と述べている。そして「一方は「生」の終焉の岸に立つ「個」を見つめ、一方は来たるべき「世界」の岸に立つ「個」を見つめる。つまり、外在としての「私」をいかに詩形式のなかに呼び入れるか」（10頁）ということを力説している。しかし、このような批評の進め方をすれば、どんな意味不明な言葉の羅列であっても「「構成的内面」の微分的な葛藤から解放」として肯定可能であり、読者不在の詩の展開を容認することになってしまう。川口の評でも「説明されて理解するのではなく」という部分は、知性でなく感性に訴えかけるという手法が効果的であるという点では認めるが、「描写から想像するのでさえなく」については、それでは私たちは何を手掛かりに作品を鑑賞すればいいのか路頭に迷ってしまう。つまるところ、「最果タヒの詩は言葉そのものの力で、読み手を《壊れ》の現場に召喚してしまうのだ」というところで、「言葉そのものの力」で現場に召還された人だけが最果タヒの『グッドモーニング』を評価できるのであり、作品の良さがわからなかった私は最果の言葉で召還されなかったということになる。しかし、川口の言う「《壊れ》の現場」や稲垣の言う「来たるべき「世界」の岸に立つ「個」」に立ち会うことは、私たちが生きていく上で本当に重要なものなのだろうか。私たちは詩にそのようなものを本当に求めているのだろうか。そういう観点から、私は作品Aの詩の手法も詩の主題も優良であると判定しないのである。こうした私の詩の判断基準の審査は読者に委ねるとして、最果の詩を考察する上で最も重要なことは、作品Aと作品B以降の詩風の断絶にある、と私は考えている。

作品Bは作品Aと違って表現的に奇を衒ったところはない。作中の「きみ」は第三者であるとも、自分自身のことであるとも解釈することができるが、語りかける口調で全体が貫かれていて、作者が伝えたいことは明瞭である。また、言葉の通常の使い方を裏返すことにより、読者に新たな気づきを与えるという表現上の工夫が成功しているところもある。自分という存在は最終的に他者には理解して貰えない、という諦念も感じる。しかし、ある部分が共感を得るところがあるとしても、作品Aと同様に、構成上の見事さや全体的なメッセージ性といった観点から、現代詩の中で群を抜いて優秀な作品とは言い難い。

作品Bが代表詩選として掲載された「現代詩手帖」二〇一四年十二月号の神山睦美・野村喜和夫・文月悠光による鼎談「その先にある、詩の希望　二〇一四年展望」では、同世代として共感できる部分はあるか、との野村の質問に対して文月は「共感をさせるようには書かれていないと感じました。詩を書いている同世代というよりも、いまの若いひと全般はこういう考えかたをするよね、というパターンを提示している。寄り添うのではなく、高いところから俯瞰し、パターンを検出している」（28頁）と答えている。また「野村さんは情報のようだとおっしゃいましたが、たしかに最果さんの詩からは、どんどん重さがなくなっています。詩には作者独自の表現が求められるところがありますが、独自の表現をしよう、という意識すら感じられない」と述べ、「最果さん自身は、詩を作品として打ち出しているとは限らない。詩を素材にしてゲームを作ったり、誰かの絵や音楽がつくことを前提に詩を発表していたり。その舞台はネット上です。この詩集にも、ツイッターで発表された詩が多くありました」（28頁）と解釈している。ここで、『死んでしまう系のぼくらに』の「あとがき」（94―95頁）を確認しておきたい。

言葉は、たいてい、情報を伝える為だけの道具に使われがちで、意味のない言葉の並び、もやもやしたものをもやもやしたまま、伝える言葉の並びに対して、人はとっつきにくさを覚えてしまう。情報としての言葉に慣れてしまえばしまうほど。けれど、たとえば赤い色に触発されて抽象的な絵を描く人がいるように、本当は、「りりらん」とかそんな無意味な言葉に触発されて、ふしぎな文章を書く人がいたっていい。言葉だって、絵の具と変わらない。ただの語感。ただの色彩。リンゴや信号の色を伝える為だけに赤色があるわけではないように、言葉も、情報を伝える為だけに存在するわけじゃない。

　意味の為だけに存在する言葉は、ときどき暴力的に私達を意味付けする。その人だけのもやもやとした感情に、名前をつけること、それは、他人が決めてきた枠に無理矢理自分の感情をおしこめることで、その人だけのとげとげとした部分は切り落とされ、皆が知っている「孤独」だとか「好き」だとかそういう簡単な気持ちに言い変えられる。（中略）私達は言葉の為に、生きているわけではない。意味の為に生きているわけでなくて、どれも私達の為に存在しているものなんだ。

　意味付けるための、名付けるための、言葉を捨てて、無意味で、明瞭ではなく、それでも、その人だけの、その人から生まれた言葉があれば。踊れなくても、歌えなくても、絵が描けなくても、そのまま、ありのまま、伝えられる感情がある。言葉が想像以上に自由で、そして不自由なひとのためにあることを、伝えたかった。私の言葉なんて、知らなくていいから、あなたの言葉があなたの中にあることを、知ってほしかった。


『グッドモーニング』で脚光を浴びた最果タヒは、その旺盛な表現意欲を原動力として、インターネット上のブログやSNS（ソーシャル・ネットワーキング・サービス）を有効に活用しながら作品を量産していく。エッセイ集『きみの言い訳は最高の芸術』（二〇一六年、河出書房新社）の「あとがき」では「共感されたくて文章を書いたことなんて一度もなかった。わかってほしいとかわかってくれないとかそういうことから切り離されて、文章を書けるからインターネットが好きだった」（145頁）と記し、自身の表現の出発点を「知ってほしいことなんてないし溢れ出る感情もない。人が、立ち尽くしているだけの文章を書きたい。それが読む人にとって意味があるのかわからなかったけれど、私は当時ただの中学生だったし、そもそも書けるような経験も知識もなかったんだ」（146頁）とも記している。そして、『死んでしまう系のぼくらに』の「あとがき」にあるように、「言葉だって、絵の具と変わらない。ただの語感。ただの色彩」であるとして「情報を伝える為だけの道具」ではなく、「あなたの言葉があなたの中にあること」を全肯定する態度を採る。それでは、なぜ最果タヒは作品Aの詩風を貫かなかったのだろうか？

いぬのせなか座「最果タヒ全単行本解題」（「ユリイカ」二〇一七年六月号、「特集 最果タヒによる最果タヒ」）によると「詩人としての活動を始めた当初より最果は、既存の現代詩の文脈と、自身がもともと行なっていたネットでの詩作とのあいだでどのように折り合いをつけるかという問題を抱えていたが、本作では『空が分裂する』においてなされた漫画雑誌での連載経験をきっかけに形成された最果独自のスタイルを、さらに洗練させ、ひとつの完成形としている」（215頁）と説明している。そして、『死んでしまう系のぼくらに』は発売から六日で重版となり、二〇一六年六月時点で一万八〇〇〇部まで達した（前掲書215頁）という大成功を収める。そもそも、作品Aが収録されている『グッドモーニング』でさえ、「現代詩手帖」投稿作品の多くが収録されておらず、その理由を「周囲の現代詩に影響を受けすぎて、自分にあわない難解なものになってしまっていたという反省があった」（前掲書213頁）というから、「共感されたくて文章を書いたことなんて一度もなかった」と言いながらも、最果が周囲の反応を気にしながら詩を書いてきたと解してよいだろう。むしろ、最果が想定する読者が求めるものを天才的能力で察知し、それに相応しい文体で作品を提供することができるプロフェッショナルな書き手であることが分かる。そして、『死んでしまう系のぼくらに』では、その作風の調整能力が見事に効果をあげたのである。そして作品C、作品Dと最果の作品は、よりわかりやすいメッセージを伴うようになる。

作品Cは「きみより尊いいのちなんてないよ」という月並みな一文で終えられ、作品Dでは「誰を傷つけても今のきみなら、無実だぜ」という、日常生活ではとても口に出すことが恥ずかしいような台詞が堂々と登場する。それぞれの収録詩集の「あとがき」も見ておこう。

レンズのような詩が書きたい。その人自身の中にある感情や、物語を少しだけ違う色に、見せるような、そういうものが書きたい。人間の体には最初から思想があって、感情があって、経験があって、過去があって、未来があって、予定があって、期待があって、不安があって、それは全部読む人のメロディとして、風景として、私が書いたものとなにかを補い合い、ひとつの作品を作ってくれる。私は自分の言葉単体よりも、その人と作り出したたったひとつの完成品を見ていたい。その人が、自分の「かわいい」を見つけ出す、小さなきっかけになりたかった。

（『夜空はいつでも最高密度の青色だ』二〇一六年、リトルモア、93頁）

あなたのために、なんて図々しいことは言えません。けれどぼくは、「みんなの言葉」ではなく、いつまでも、「ひとりぼっちの言葉」を、書き続けようと決めています。読んでくれたその人、その人が本の前に現れることで、たったひとつの椅子が埋まるように。だからぼくは、あなたに読まれたことを幸福に思います。

（『恋人たちはせーので光る』二〇一九年、リトルモア、93頁）

最果タヒの詩集は現代詩の大多数の詩集に比べて、明らかに一般読者に届いている。そして、作品A・B・C・Dの変遷から見て分かるように、その詩は通俗化して、ある層の人たちには受け入れられやすくなっている。これは相田みつをの作品が読者から絶大な人気を博している現象に近い。しかし、詩の通俗化は、やがて作者の差異性を埋没させるようになる。

最果にしてみれば、「セカイ系」といわれたり「エモい」といわれたり、勝手に世間が騒いでいるだけのことであり、本書で取り上げられることも全く迷惑なことだろう。最果の詩集や小説を読みたい読者が数多くいるのだから、何ら批判を浴びる要素はなく、むしろ詩人の活躍の場を広げた功労者として、私を含めて現代詩人たちは最果を賞賛すべきである。その上で私が言いたいのは、最果タヒが最果タヒの作品で成功したからといって、私たちがその作風に追随しても同じように成功する訳ではないし、最果タヒを支持する読者層に届く詩を必ずしも書く必要もない、ということなのである。

私はこれまで「一般読者」という曖昧な言葉を用いてきたが、これは「詩の作者≠詩の読者」という特殊読者層に対する用語として便宜的に使ってきたものである。しかし、一般読者と一口に言っても、その中には様々な考え方や嗜好の人たちがいる。新・民衆詩派が推奨する詩は、必ずしも大衆に広く受け入れられるものでなくても構わない。それよりも、詩の質的水準を維持しながら、わかりやすく、心動かされ、作者の人生の最も重要な経験を分かち合ってくれるような作品を書き続けるべきである。そんな詩を待ち望む人たちがきっとどこかにいるはずだと私は思っているし、たとえ今はその人たちが少数派であったとしても、そういう人たちに私は詩を届けたいのである。それは「一般読者」ではない、という批判は大した問題ではないのである。

第四章　和合亮一の原点　詩とは行動である

前章で、新・民衆詩派が推奨する詩は必ずしも大衆に広く受け入れられるものでなくても構わない、と私は述べたが、これは一般読者に届く現代詩を書くための実践的指針を示そうとする本書を自己否定するものではないのか、という疑問を感じられた読者もおられたことだろう。このことについては、次の譬え話がわかりやすいのではないだろうか。

　幕の内弁当を並べていた総菜店が、サケや卵焼きを単品でも売るようになりました。一品ごとに売れ行きの明暗がはっきり分かれます。多くの人に喜ばれる総菜は何？　みんなが知恵をしぼる一方で、厨房《ちゅうぼう》から待ったがかかります。「売れる味ならジャンクフードでもいいのか。栄養価も考えるのがプロの仕事」

（山之上玲子「パブリックエディターから　新聞と読者のあいだで」「朝日新聞」（二〇二〇年一月二十一日、大阪本社版13面）

この記事は「しみついた「新聞脳」を溶かす」の副題が付されていて、朝日新聞社員の立場で「読者の目線」にこだわるパブリックエディターを務める山之上玲子による新聞紙面改革の取り組みレポートであり、現代詩の世界を評したものではない。山之上は「味と栄養、その両方を考え抜いて、「食べて良かった」「読んで得した」を提供するのは、作り手であるメディアの責任」であるとも述べ、何が読者のためになるのかを第一に考える必要性も説いている。私は最果タヒの詩をジャンクフードに譬えるつもりはないが、最果がいま多くの読者に受け入れられているからといって、その詩のよさを理解していない者がその詩風に追随する必要はない、ということを言いたかったのである。また、詳細な分析により表面的に最果の詩風を真似ることはできるかもしれないが、それだけでは最果と同じような成功を収めることはできないだろう。恐らく最果の詩は、そのテクストの魅力だけでなく「最果タヒ」という特異な存在と密接に絡み合いながら、いま、読者に受け入れられている。だから、そういった特殊な現象よりも、それぞれの詩人がその持ち味を活かしながら栄養価の高い詩を生み出すための指針を私は構築していきたい。最果ファンの方々の不興を買ったことと思うが、お赦し願いたい。

それでは、二〇一一年三月十一日に発生した東日本大震災を契機に広く一般に知られるようになった、和合亮一の詩についてはどうであろうか。和合は詩集『ＱＱＱ　キューキユーキユー』（二〇一八年、思潮社）で第27回萩原朔太郎賞を受賞しているが、二〇一九年十月二十七日に前橋文学館で開催された贈呈式・記念イベントの案内チラシから、プロフィールを引くことによって、その外殻を押さえておこう。

和合亮一（わごうりょういち）
一九六八年福島市生まれ。詩人、国語教師。中原中也賞、晩翠賞など受賞。新聞各紙にてエッセイ、時評を連載。震災直後にTwitterにて福島の現状を詩の言葉で伝えた。それをまとめた詩集「詩の礫」がフランスにて翻訳・出版され、二〇一七年に第一回ニュンク・レビュー・ポエトリー賞を受賞。フランスでの詩集賞の受賞は日本文壇史上初となり、国内外で大きな話題を集めた。合唱曲の作詞多数。オペラ、合唱劇、ラジオドラマの台本を手掛ける。近年はインドネシアや台湾、アメリカに招聘。福島県教育復興大使。福島大学応援大使。二冊の新しい詩集を準備中で、まもなく刊行予定。

私は一九六七年生まれで、和合とほぼ同世代である。第一詩集『武器』（編集工房ノア）を刊行したのが一九九八年のことであり、その頃から本格的に現代詩の世界に関心を払うようになっていったが、同年に出版されていた和合の第一詩集『AFTER』（思潮社）の「現代詩手帖」の広告に掲載されていた写真を見て、この人はこれから活躍していく人だな、と何となく予感した。『AFTER』は翌年の第四回中原中也賞をあっさり受賞したが、前衛的であろうとするその詩群は、均整の取れた完成度の高いものではなかった。長い詩の収録が多い詩集であるが、その中で比較的短い次の詩を引いておこう。

・（ピーチ）

・
長い仕事を続けながら・潰れる・冬の桃
本日・それが終わったことを・女に聞かされ
それで本日・桃が・終わったのだ
「桃が惨めに終わってしまったのよ
けれどもよく分からないの」
僕は寝台列車の・弱々しい線が・よく分からない
・
雪の降り続く・バスタブできみ・きみを包む
皮膚になりたい
文字を・何度も書き直す・それが

不可解になるのと同じで
僕の遺伝子は・こんなにも・間違って
しまった・大きな木が見える
バスタブできみ・と夢中で
愛し合い・お湯が溜まってきた
本日・桃の長い仕事が・人生はただ
続いてゆく・小さな石が見える
・
・ピンクの向こうには・正しい冬があったのだ
・新しい雪と・その皮の冷たさの向こう
・正しい冬の・そして厳しい冬の手応えがあった
・お湯が溜まってきた
・軋む肋骨で
・大きな木が冷えてゆく・小石が最大に燃えている
・泣きぼくろの先で・お湯が溜まってきた
・
明日も・列車を・見に行くよ

こまかな線が・まだまだ・足りないんだ
必死に・ディテールの難しい・女の腹で
本日が暮れてゆく
本日・それが終わったことを・女に聞かされた
お湯が溜まってきた
・
泣きぼくろの先で・お湯が溜まってきた
熱い・ブルートレインの
先が・通り雨に・軋み続けている
窓を・流れる・女の腹の・細部は・不鮮明である
そこでは、本日最後の桃が・美しい
仕事を・終えたのだ
お湯が溜まってきた
・

＊ 引用は『和合亮一詩集』（二〇一八年、思潮社・現代詩文庫）による。

実験的な試みがなされていて、桃が女性の性的イメージを増幅させる効果も感じられるが、詩で伝えたいことが明確な像を結ばない。この手法を肯定的に捉えると「日常の会話とは別の言語態を創造している」（城戸朱理「言語の予祝性へ」、前掲の『和合亮一詩集』143頁）となり、鑑賞者によって評価が分かれるところとなる。中原中也賞の「選考経過」では、「現代の狂躁状況の中で、試行錯誤しながら、もがき、格闘し、反抒情的な新しいポエジーを、造型しようとしている姿勢が認められ、この姿勢を選考委員は評価した」（山口市のWEBページ https://www.city.yamaguchi.lg.jp/soshiki/23/19316.html より）と記されているが、「この詩集は完成度が高いとはいえないけれども、現代に生きる青年の生理的な衝動をまざまざと感じさせるものがあり、この詩人の豊かな将来性を期待できると考える」とも付言されていた。

和合はこの後も現代詩の最先端を走る意気込みで次々と詩集を投入して行き、第四詩集『地球頭脳詩篇』（二〇〇五年、思潮社）で晩翠賞を受賞する。続く第五詩集『入道雲入道雲入道雲』（二〇〇六年、思潮社）は既発表作品をほぐして繋ぎ合わせた長編詩二篇で構成され、第六詩集『黄金少年　ゴールデン・ボーイ』（二〇〇九年、思潮社）では「大問一　次の詩を読んで次の問いに答えなさい」というタイトルの意表を突いた詩や視覚的効果を狙った実験詩が多く含まれていて、「若手詩人の旗頭的存在」としての地歩を固めていく。この時点で、和合は実験的手法を含む様々な詩のテクニックと現代詩人としての名声を手にしていた。そして、東日本大震災は起きた。

二〇一一年三月十一日十四時四十六分に宮城県牡鹿半島の東南東沖を震源とする東北

地方太平洋沖地震が発生した。発生時点において日本周辺における観測史上最大のこの地震から約一時間後に遡上した津波に襲われた東京電力福島第一原子力発電所は、全交流電源を喪失した。これにより原子炉を冷却できなくなり、炉心溶融（メルトダウン）が発生、大量の放射性物質の漏洩を伴う重大な原子力事故に発展した。次に引くのは和合亮一『ふるさとをあきらめない　フクシマ、25人の証言』（二〇一二年、新潮社）の「まえがき――眼聞耳視」（2頁）からである。

私は独房にいるのだ。孤独の本質を知った。ラジオからまた流れてきた「避難していく皆さん、どうか、落ち着いて行動して下さい。慌てずに、移動をお願いいたします」というアナウンサーの震える声を聞いて、福島も日本も終わりだと確信した。この時だ。言葉を残したい、誰かに伝えたいと強く思った。あるひらめきがあった。ブログはそもそもやっていなかったが、ツイッターだったら、すぐにでも出来るのではないか。

「放射能が降っています。静かな静かな夜です」

こう書き始めてからの日々、私は毎晩のようにツイッターで福島の時間を詩に書き、発信し続けた。無我夢中であった。書き続けて気がついた。何より私自身の寄る辺になる言葉を渇望していることを。私はこの震災を幼子のように恐怖し、それを求めているのだ。書けば書くほど、思いは強まった。次なる詩の一行に向かおうとする力は、心の底の暗がりをのぞく、灯火のようなものだった。

「詩を読んで静かな気持ちになり、この震災について落ち着いて考えることが出来るようになりました」「和合さんの詩が窓口のようなものになり、父母が暮らす福島に思いを馳せる様な気持ちで読んでいます」「震災を経験してからの日々を整理することが出来ました」。

全国から数百件のメッセージが、ツイッター上に一日中寄せられるようになった。見知らぬ方々からの心のこもった声の数々を私は貪るように読み続けた。そうしているうちに聴こえてくるものがあった。喩えれば優しくて大きくて、矮小な私を包み込む交響楽のようなものだ。それは母から子に伝えられる鼓動の響きを伴っていた。文字=言葉というどこまでも静かな存在が、私に豊かな音楽を手渡してくれた。これが日本語の美しさなんだ、強さなんだと知った。

こうして、和合亮一は「詩の礫」を投げ始めた。この辺りの事情について、詩論家の山田兼士の視点からも確認しておこう。「現代詩手帖」二〇一一年五月号に掲載された和合亮一『詩の礫』について、季刊詩誌「びーぐる ――詩の海へ」紙上において細見和之と討議したものである。なお引用は細見和之・山田兼士『対論 この詩集を読め 2008―2011』(二〇一二年、澪標、197―198頁)による。

和合さんは三月の十六日にツイッターを始めた。僕は早速フォローしました。ですから最初のところからリアルタイムで見ていた。ツイッターは一回百四十字という制限があるから、これだけやろうと思ったら連投する必要がある。四十回ぐらい連投していたんじゃないかな。ほぼ毎晩午後十時から零時までっていうのが和合さんのツイッタータイムで、この期間はだいたい毎晩二時間ぐらい iPadを手元に置いてやっている。リツィートする人も出てくるし、直接メッセージをやり取りする、ダイレクトメッセージというのもある。これをしている最中にも和合さんのところにいろんなメッセージが行っているわけです。最初は五日間の予定だったのを四月の九日までやって、それで一区切りにした。その後もまた別のシリーズを始めて、それがもう三冊分になっている。三冊ともまもなく単行本で出るはずです。その間にまたいろんな話題があってね。歌曲になってヨーロッパやアメリカで話題になったり、オランダで震災の追悼コンサートがあったり。和合さんに要請があってアムステルダムまで行ったらしいね。朗読をして、オーケストラと共演したとか。世界的にも今、福島の和合が現場でたいへんなことをやっていると、話題になっている。いろんな新聞が和合さんのツイートを話題にして、記事になって反響を呼び絶賛の嵐、というようなことが社会現象としてある。

山田が言及している「三冊ともまもなく単行本で出るはず」というのは、二〇一一年に刊行された『詩の礫』（徳間書店）、『詩ノ黙礼』（新潮社）、『詩の邂逅』（朝日新聞出版）のことを指す。それでは、和合はどのような詩を発信していたのか。「詩の礫」の「01」冒頭部分を見ておこう。引用は『続・和合亮一詩集』（二〇一八年、思潮社・現代詩文庫）による。

震災に遭いました。避難所に居ましたが、落ち着いたので、仕事をするために戻りました。みなさんにいろいろとご心配をおかけいたしました。励ましをありがとうございました。

本日で被災六日目になります。物の見方や考え方が変わりました。

行き着くところは涙しかありません。私は作品を修羅のように書きたいと思います。

放射能が降っています。静かな夜です。

ここまで私たちを痛めつける意味はあるのでしょうか。

末尾に二〇一一年三月十六日の日付が付されたこの詩で用いられているのは、現代詩の最先端を行く表現ではない。ごく普通の文章である。ツイッターで発信した文章を繋ぎ合わせているのだから当然と言えば当然であるが、それを詩として発表し直し、詩集として発行しているのだから、ここは詩の表現として捉えなければならない。四日後の三月二十日に書かれた作品「06」では「こんなことってあるのか　比喩が死んでしまった／／無数の父はそれでも　暗喩を生き抜くしかないのか　厳しい頬で歩き出して／／しーっ、余震だ。何億もの馬が怒りながら、地の下を駆け抜けていく。」といった詩らしい表現が見られるものの、これは希有な例で、『詩の礫』、『詩ノ黙礼』、『詩の邂逅』の三部作は、ほぼ日常言語で書き抜かれている。かつて「日常の会話とは別の言語態を創造している」と評された前衛精神は、なぜ、ここでは発揮されなかったのだろうか。一般読者に届く現代詩を書くために、私たちは、そのことを改めて考えて見なければならない。若松英輔・和合亮一『往復書簡　悲しみが言葉をつむぐとき』（二〇一五年、岩波書店）に収録されている若松英輔「詩人の誕生　——まえがきに代えて」（5—6頁）が、その本質を突いているのではないだろうか。

書くとは、意識の営みではない。むしろ、意識を空にして言葉の通路になることかもしれない。書くことが真摯《しんし》に行われるとき人は、自分で何を書いているのか、その全貌を知り得ない。自分が真に何を語ったかを知るためには書き手もまた、読み手にならなくてはならない。

人生を変えた、という大げさな表現はそぐわないとしても、本当に大切にしている言葉は誰にでもある。しかし、そうした言葉は大抵の場合、まったく平凡で、なぜそこに惹《ひ》かれているのかを他の人に伝えるのは簡単なことではない。私たちの心を本当に揺り動かす言葉はいつも、私たち自身の日常に潜んでいる。

未曽有の大惨事に遭遇した和合は「何より私自身の寄る辺になる言葉を渇望」し「この震災を幼子のように恐怖」し、詩の言葉を求めたのだが、その言葉は若松のいう「まったく平凡」な言葉であり「私たち自身の日常に潜んでいる」言葉であった。それでは、なぜ、そのような平凡で日常的な言葉が、「私たちの心を本当に揺り動かす」ことになるのか。それは、事実の重みがあるからに他ならない。私たちは作品に記されたテクストだけで作品を純粋に鑑賞しているわけではない。誰が書いたのか、どのような社会的な背景や個人的な事情があるのか、といったことを含めて総合的に作品を判断してしまうのである。例えば、次の和合の有名な詩の場合はどうだろうか。引用は『生と死を巡って　未来を祀る　ふくしまを祀る』（二〇一六年、イースト・プレス）による。

決意

福島に風は吹く
福島に星は瞬く
福島に木は芽吹く
福島に花は咲く
福島に生きる

福島を生きる
福島を愛する
福島をあきらめない
福島を信ずる
福島を歩く

福島の名を呼ぶ
福島を誇りに思う
福島を子どもたちに手渡す
福島を抱きしめる

福島と共に涙を流す

福島に泣く
福島が泣く
福島と泣く
福島で泣く

福島は私です
福島は故郷です
福島は人生です
福島はあなたです

福島は父と母です
福島は子どもたちです
福島は青空です
福島は雲です

福島を守る
福島を取り戻す
福島を手の中に
福島を生きる

福島に生きる
福島を生きる
福島で生きる
福島を生きる
福島で生きる

福島を生きる

（二〇一一年三月一六日）

この詩は伊藤康英の作曲により混声四部合唱曲となっているが、もし、原発事故が起きる前にこの詩が書かれていたとしたら、原発事故の前後を問わず私たちがこの詩から受ける印象は同じであったと言えるだろうか。また、震災と原発事故により福島から一時期十六万人以上の人が避難したことや、今なお一部の地域で政府の避難指示が続いていることと、また風評被害のことなど、この詩には一言も触れられていないのに、一般的にそれらの出来事を踏まえて、この詩を読んでしまうのはなぜだろうか、ということを考えてみることは重要である。繰り返しになるが、私たちは作品に記されたテクストだけで作品を純粋に鑑賞しているわけではない。そのことに加えて、大災害だけでなく、私たちが人生において本当の困難に直面したとき、深い内省を迫られるとき、身を切られるような哀しみに直面したとき、私たちの心に届く言葉というのは、言語実験の言葉ではなく、平凡な言葉の繋がりであることを、和合亮一は実証して見せたのである。しかし、このことについて批判がない訳ではない。

二〇一九年十月五日の「日本経済新聞」（大阪本社版24面）に掲載された宮川匡司「詩人の肖像　⑫　和合亮一／岸田将幸／カニエ・ナハ」では、「被災地の生々しい現実をリアルタイムで発信する和合のツイッターは、多くの共感を呼ぶ一方、感情に任せた結晶度の低い詩句に対し、「詩の被災」といった批判が、詩人から次々と出た」と記されている。この件に関連して思い出すのは、二〇一三年九月二十五日の「朝日新聞」(大阪本社版)夕刊(5面)に掲載された「震災と詩と社会と」をテーマとした荒川洋治の談話である。その一部を引いておこう。

和合さんら震災詩の書き手は無意識に「多数派」を志向していなかったか。詩の言葉は少数の人に深く鋭く入っていくことに意味がある。詩人がみな多数派を志向したら、表面的な心地よい言葉が愛され、深く考えて発せられた言葉が軽んじられる危険がある。ぼくは自分の詩は50人くらいに読まれれば十分と思っている。

新・民衆詩派が推奨する詩は必ずしも大衆に広く受け入れられるものでなくても構わない、と私が考えているのは、大正期の民衆詩派詩人たちが民衆に届く詩を目指したが故に多くの通俗的な詩を書いて失敗したことが念頭にあるからなのだが、震災詩に対するこの荒川の指摘に私が反論できないことにも大きな影響を受けている。先に挙げた山田兼士と細見和之の対論では、山田が、阪神・淡路大震災を契機として書かれた詩や戦時中の詩などのいわゆる「機会詩」などの中に優れた詩もあるにはあったが残らないものが多く書かれたと解釈した上で、「詩の礫」に対して「普段詩とは無縁の生活をしている人たちが、こういうことがあると読んで感動するわけです。それを、元々詩が潜在的に持っていた力だと手放しで肯定していいのか。あるいは、詩としての読まれ方をしていないんだから、詩の価値じゃなく別のところで読まれているに過ぎない、そういう現象に惑わされちゃいけないという批判も起こってくる。僕は正直にその両方を感じる」（前掲書205―206頁）と述べている。この辺りの判定は難しいところである。

それでは現代詩は、荒川の言う「50人くらい」の人々だけに届く詩を目指せばよいのだろうか。私は荒川の指摘の本質は読者の人数の問題ではなく、「表面的な心地よい言葉が愛され、深く考えて発せられた言葉が軽んじられる」ことへの危惧にあるのであり、私たちは、その裏返しとして、平穏なときであっても危機に直面しているときであっても「深く考えて発せられた言葉」で詩を書き続けなければならない、と理解すべきだと思う。そして、深く考えて発せられた言葉は難解な言葉と同義ではない。詩における前衛表現の試みは、新しい詩を生み出すためには必要なことであり、その試みを全否定するものではないが、何が言いたいのか分からない難解表現は、作品を書くためではなく生きるために切実に言葉を求めている人の心には決して届かないのだ。同じように、月並みで平易な言葉で身辺雑記を綴っただけの文章が、生きるために切実に言葉を求めている人の心に届くのかどうか、ということも私たちは考えてみる必要がある。表面的な心地よい言葉は、その詩で伝えたいことを実現する上で必要に応じて採用すべきであり一律に使用を制限されるべきものではないだろう。そして、一人の詩人が採る表現技法は一貫したものである必要はない。その時々の状況に応じて、最適な表現を使用すればよく、和合亮一はあの状況で考え得る読者に届く最適な表現を選択し、果敢に行動したのである。

私が和合亮一の文章で一番好きなものは、『詩の寺子屋』（二〇一五年、岩波ジュニア新書）所収の次のようなものである（144―146頁）。

最初の本格的なワードプロセッサーが世に出まわったころ、一生懸命にアルバイトをしてお金を貯めて、それを購入しました。活字になった自分の詩に感動しながらも、なおさら誰かに見せたいと思いました。その作品をプリントアウトして、大量にコピーをして、大学のキャンパスで配りました。ときには、学生たちがたくさん降りてくる駅の出口などに立って、渡したりしました。

（中略）

もちろん、かならずしもうまくいったわけではありませんでした。たとえば、学内までの道のりやキャンパスには、渡したばかりの紙がたくさん捨てられていました。それを全部拾いながら、一限目の授業に向かったものです。

これが自分の現実だ。つぎには捨てられないものを書いてやろう、と。

アクションだ、アクションだ、と。

私も同じ頃に、兄の持つワードプロセッサーを借りて、自分の詩をプリントアウトして眺めていた。自分の詩が初めて活字になることに感動したが、その頃の私は自分の詩を他人に見せるような勇気はなかった。ましてや、大学のキャンパスで配るなどということは考えたこともなかった。それに対して和合亮一は、あの頃から果敢に詩の世界を広げる努力をしていた。捨てられた自分の詩を拾い集めていた和合の姿を私は折に触れ思い浮かべ、詩を書く勇気を貰うことがある。和合はあのとき「詩とは行動である」と考えていた。捨てられても捨てられても、彼は誰かに詩を手渡そうとしていた。ツイッターで「詩の礫」を投げ始めた頃も和合は同じ気持ちだったことだろう。「詩とは行動である」。その姿勢こそ、私たちが最も学ぶべきことなのかもしれない。

本章の新・民衆詩派指針 ✓

【心得篇】

□詩とは行動である。自分ができる範囲で自分の詩を伝える手段を考え続ける。

【技術篇】

□私たちの心を本当に揺り動かす言葉はいつも、私たち自身の日常に潜んでいる。

【内容篇】

□何より自分自身の寄る辺になる言葉を探し、心の底の暗がりをのぞく灯火のような詩を書く。

第五章　若松英輔が切り開く「詩」という民藝

二〇一八年十一月四日の日曜日のことだった。私は自家用車を運転しながらＮＨＫのＦＭラジオを聞いていた。「言葉の深みにふれる」（番組名「トーキングウィズ松尾堂」）というテーマで招かれたゲストの話に引き込まれてしまい、私はその後の予定を変更して番組を最後まで車中で聞くことにした。ゲストの名は若松英輔。その年の第33回詩歌文学館賞の受賞者として新聞紙面の短信で知ってはいたが、作品は読んでいなかった。若松は番組中に受賞詩集『見えない涙』（二〇一七年、亜紀書房）から、「騎士」という詩を静かに朗読した。

いつも君のかたわらには
いられない
だからぼくは
言葉を紡ぎつづける

君が
苦しいとき
悲しいとき
迫りくる不安に
押しつぶされそうになるとき
部屋でひとり
ひざをかかえて　涙をながすとき
離れた場所にいても
言葉が
そばにいられるように

君におそいかかる
試練の火にも
燃え尽きることのない
強靱な言葉のためならば
わが身をささげてもかまわない

ぼくは弱い
だから
鋼鉄の甲冑を着た
騎士にはなれない
でも　ぼくの
胸をつんざいて
生まれた言葉はちがう

それは
目に見えなくても
いつ　どんなときも
君を守りつづける
藍色の旗を掲げた
不滅の騎士団

技巧に頼らない自然体の詩であった。番組を通して、若松の言葉に対する全幅の信頼感と、多くの人に詩への扉を開こうとしている真摯さが伝わってきた。あの日、若松は「言葉の民藝」を広めたい、と言ったようにも記憶している。「民藝」とは、大正期に柳宗悦らによって創案された「民衆的工藝」の略語である。拙著『民衆詩派ルネッサンス』（二〇一五年、土曜美術社出版販売）でも述べたが、「民藝」の言葉が用いられる七年前に福田正夫らによる文芸雑誌「民衆」が創刊されている。大正期の民衆詩派詩人たちが目指したものは、不完全ながらも詩による民藝運動の先駆けだった。「新・民衆詩派詩論」を構築して行く上で、現代において「言葉の民藝」を提唱している若松英輔の詩と詩論は、ぜひ学んでおきたいものだ。まず、「「読むと書く」若松英輔公式ホームページ」（https://yomutokaku.jp/raireki.html）の「著者来歴」を確認しておきたい。

若松英輔（わかまつ・えいすけ）
批評家・随筆家
東京工業大学リベラルアーツ研究教育院教授
一九六八年生まれ、慶應義塾大学文学部仏文科卒業。
二〇〇七年「越知保夫とその時代　求道の文学」にて第14回三田文学新人賞評論部門当選。
二〇一六年「叡知の詩学　小林秀雄と井筒俊彦」にて第2回西脇順三郎学術賞を受賞。

二〇一八年『見えない涙』にて第33回詩歌文学館賞を受賞。
二〇一八年『小林秀雄　美しい花』にて第16回角川財団学芸賞を受賞。
二〇一九年『小林秀雄　美しい花』にて第16回蓮如賞を受賞。

右記以外にも執筆書が多数あり、『イエス伝』（二〇一五年、中央公論新社）や『常世の花　石牟礼道子』（二〇一八年、亜紀書房）などからも分かるように、精緻な論考と広い考察対象には、ただただ驚嘆するばかりである。また、既刊詩集は本稿執筆時点では、先に挙げた『見えない涙』の他に『幸福論』（二〇一八年）と『燃える水滴』（二〇一九年、何れも亜紀書房刊）の三冊であり、本書で採り上げる他の詩人に比べて少ない。けれど、詩にかける思いは誰よりも純粋で誰よりも深いように感じる。ただし、私が確認した限りでは若松は「詩人」とは名乗っていない。この理由については、後で見ていくことにする。

若松の著書の中に『中学生の質問箱　詩を書くってどんなこと？　こころの声を言葉にする』（二〇一九年、平凡社、以下「質問箱」と記す）という詩の入門書がある。中学生に向けて書かれてはいるが、決して手加減した内容になっていないので、ぜひ詩歴の長い詩人にも読んで貰いたい好著である。また『詩と出会う　詩と生きる』（二〇一九年、NHK出版、以下「詩と出会う」と記す）も若松の詩に対する考え方を知る上で重要な書籍である。この二冊を中心に、他の文献も用いながら、若松詩論の重要なポイントを抜き出していきたい。なお、

第一章と同様、以後の分類・題名・配列は苗村の恣意的なものであることをお断りしておく。

【環境整備篇】「詩的直観」を育む

若松は、詩を感じ詩と出会うために「詩的直観」を養う必要がある、という。私も以前、ドイツの哲学者シェリングの「知的直観」と「美的直観」という考え方を援用して、詩は読者の「美的直観」に訴えかけることにより一足飛びに作者の思考の深淵まで読者を誘うことができるはずである（インタビュー「書くことで思想的に深まる詩をめざして」「詩と思想」二〇〇八年三月号）と答えたことがあるが、若松はこの「美的直観」を洗練させた「詩的直観」を自ら育むための具体的な方法を教えている。若松は「直観を養うためには、何かをする、というよりも、「しない」ことが大切だ」という柳宗悦の言葉を引き、直観を妨げる「思想」「嗜好」「習慣」の三つを説明している。

「思想」とは、ある特定の主義主張ということです。
「嗜好」とは、自分の好み、好き嫌いということです。
「習慣」とは、昨日見たので、今日改めて見る必要はない、というような、新しい今の意味を見過ごしている状態です。

（「質問箱」66頁）

これら三つから離れることで直観は自ずから働き始めるという柳の思想を紹介した上で、「詩的直観」は一瞬の出来事ではあるが、その発現は「長い時間をかけて準備されてきたものが、突然開花した、という方が精確」であり、それを育むのにも時間が必要であると諭している。

私たちは「詩的直観」を発動させるために、「思想」「嗜好」「習慣」を意図的にリセットする機会を作る必要がある。そのための手法として、瞑想や登山、あるいは新しい事への意識的なチャレンジといった方法が考えられるかもしれない。各人の事情に合わせて、「詩的直観」を高めるための最も効果的な手法を模索すべきだろう。

【環境整備篇】 感受性を開花させる

人間には、①心を感じる「感性」、②世界の在り方を理解する「知性」、③世界の働きや理を認識する「理性」、④神仏など人間を超えたものを感じる「霊性」、の四つの「性」が内在していると若松は説明している（なお①から④の採番は筆者によるもので原著にはない）。そして、詩を書くことには、この四つの「性」すべてが関係していて、感性が働くと知性と理性が呼応して、すべてが共に育っていくのだ、という。だから①の「感性」が起点として大事なのであるが、さらに「感性」と「感受性」を峻別して「感性は万人に等しく与えられているものですが、感受性は個々の人によって違うものです」（「質問箱」67頁）と考えているところに、若松の思考力の凄さがある。その上で以下のように続ける。

詩は、個々の人間の「私」の内界を照らし、その姿を自分のために描く営みでもあります。

感受性は、感性が、個的に花開いたものだといえます。「感性」が鈍い人などいません。その人は感受性が十分にはたらいていないだけです。

自分の感受性にあったものと出会うための旅、それが詩を読むことでもあり、詩を書くことでもあるのです。

（「質問箱」68頁）

また④の「霊性」については「質問箱」では触れられていないが、詩を書く上で大切な視点を含んでいるので、以下の引用で若松詩論を補っておきたい。

事実を捉《とら》える科学の世界では「誤り」だが、「真実」を捉えようとする感性、さらには霊性の世界においてそれは、事実以上の実感をもって感じられる、というのです。詩とは、事実の奥に、事実という視座では把捉《はそく》できない「真実」を描き出そうとする試みだといえるかもしれません。

（「詩と出会う」109頁）

【心得篇】　詩とは、言葉の器には収まらないコトバが世に顕現すること

若松詩論を理解する上で、カタカナで特別に記された「コトバ」という単語の本質を知ることは重要である。若松は、敬愛する井筒俊彦（一九一四―一九九三）に倣い、「言葉」と「コトバ」を使い分けている。若松によると、「コトバ」は言語の姿をしていないもう一つの見えない言葉であり、対象文字あるいは声にならない意味のうごめきのことを指している。沈黙も巨大なエネルギーをたたえた「コトバ」であり、画家にとっては色彩と線が、音楽家にとっては旋律・沈黙・響きが、彫刻家にとっては形が、舞踏家にとっては舞が「コトバ」である、という。このことを押さえた上で、次の記述を読んで欲しい。

辞書に記載されている意味は、私たちが社会生活を送る上で不自由がない程度の妥当性をもったものに過ぎず、個々の人生に裏打ちされたものとは姿を異にする。どの言葉にも複数の層がある。誰が見ても近似したものを感じる記号としての層の奥には、その人だけが感じる実存の層があり、さらにその奥には個々の実存的体験を包み込むような象徴の層がある。詩人とは、記号としての言葉を、実存的経験を媒介にしながら象徴へと新生させる者たちの呼び名だと考えてよい。

ここでは、実存の言葉と象徴の言葉を「コトバ」とカタカナで記すことにする。コトバは、必ずしも言語の姿を取るとは限らない。言葉の奥には言語になる以前のコトバがうごめいている。難しいことではない。恋する者の心を想起すればよい。恋慕の情はたしかに烈しく存在しているが、それは容易に言葉にならない。

美しいものにふれたとき、極度の悲しみを経験するときなども私たちはコトバの存在をありありと感じている。コトバは、言葉を超えて出現するうごめく意味、生ける意味そのものだといってよい。

（『種まく人』二〇一八年、亜紀書房、135―136頁）

ここで若松が、言葉を記号としての表層面だけでなく「個々の実存的体験を包み込むよ

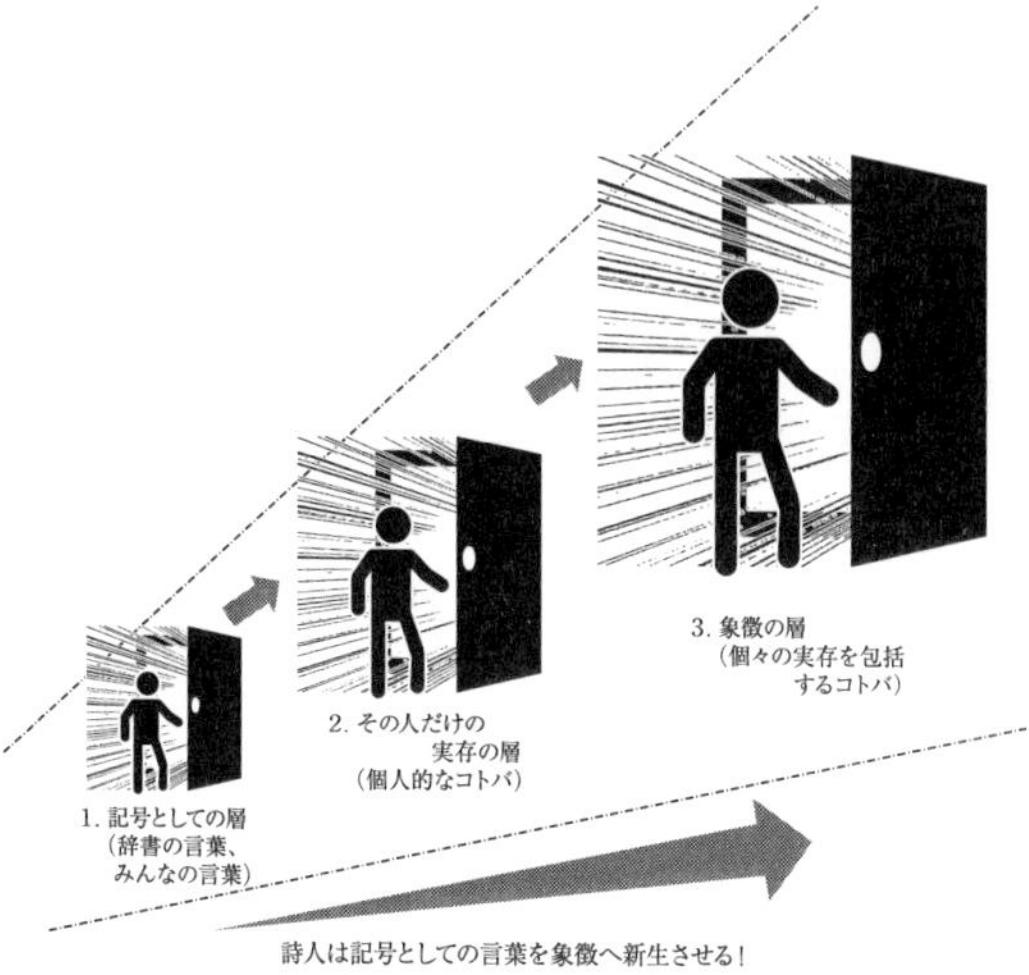

［図表3］言葉の複数の層

［図表4］詩によるコトバの顕現イメージ図

うな象徴の層」まで踏み込んで考察していることには注意を要する。ここまで来て、私たちは若松の詩の定義を理解することができる。

詩とは何かを定義するのは、文学とは何かを言明しようとするのに似て、語れば語るほどその余白を感じるような終わりのない主題だが、それでもなお、詩を定義しようとするなら、詩とは、言葉の器には収まらないコトバが世に顕現することだといえるのかもしれない。

顕現といっても、そのすべてが顕《あら》われるのではない。そのありようは、強烈な光源を伴う何ものかが接近してくるのに似ている。人がふれ得るのは、光の淵源ではなく、放たれた光線に過ぎない。光は太陽から発せられる。ただ、太陽そのものを直接見ることはできない。その熱を感じ、光を浴びるだけである。しかし、それでも私たちの世界観を覆すには十分な出来事だ。

（『種まく人』41頁）

そして若松は、誰もが詩人であるというところまで、その思想を広げていく。

詩とは、消えゆくことを宿命とした言葉を彼方の世界からこの世界に引き戻そうとする試みにほかならない。それを読む者は、記された言葉の意味を理解するだけでなく、それらの言葉が生まれた場所に本能的な郷愁を覚える。このとき言葉は人を永遠界へ導くものになる。別な言い方をすれば、永遠とのつながりを真に求めるとき、人は誰しも内なる詩人を呼び起こすことができる。詩は、世に詩人と呼ばれている人だけの営みではないのである。

（『種まく人』134―135頁）

若松は「詩と出会う」でも「詩人だけが詩を書くのではありません。詩を書いた人を詩人と呼ぶのです。さらにいえば、人は誰も、自らの心の奥に内なる詩人と呼ぶべき存在を宿しています。詩を書くとは、この内なる詩人を目覚めさせることであり、詩を読むとは、世にある詩の言葉を内なる詩人が受けとめることだといえると思います」（「詩と出会う」5頁）と述べているが、このような考えから、若松は敢えて自分から「詩人」であると名乗らないのではないだろうか。そして若松が「詩人」ではなく「批評家」という肩書きを用いているということに、私は小林秀雄の著作で親しんだ、ボードレールの次の言葉を投射してしまうのである。

批評家が詩人になるといふ事は、驚くべき事かも知れないが詩人が批評家を藏しないといふ事は不可能である。私は詩人をあらゆる批評家中の最上の批評家と考へる。

（『新訂　小林秀雄全集　第八巻』一九七八年、新潮社、217頁）

引用した小林秀雄全集は最新のものではなく、私が学生時代に購入した第四次全集と呼ばれているものであるが、恐らく私と一年しか生年が違わない若松も同じ全集を読んでいたと思う。若松の中には、批評家たらんとする強い決意と詩人を名乗らないことへの謙虚さが同居している。そして、この謙虚さが、すべての人の中に「内なる詩人」を見出すことを可能にするのだろう。

【心得篇】普遍性と特殊性

本書のテーマである一般読者に届く現代詩を実現するためには、一定数の読者の共感が得られる詩でなければならない。そのためには作品の普遍性を追求したいところだが、若松は拙速に普遍性を追い求めるのではなく、次のように特殊性を極めることにより普遍性に至るアプローチを重視している。若松は、詩は言葉の芸術であり、芸術には現実の区切りや現実の壁を越えていくはたらきがあるので、特殊なものでありながら普遍なものに開かれている、という。そして、普遍を考えるには、その反対である特殊ということをいっしょに考えるのがよいかもしれない、と述べた後で、次のように語る。

世界には同じ人は二人いません。人は誰もが「特殊」な存在です。しかし、そうでありながら、私たちは人間であるということで深いところでつながっています。この深みが「普遍」です。

少しむずかしく感じられるかもしれませんが、感触で覚えてみてください。「特殊」も「普遍」もある場、ある広がりのように感じてみるとよいかもしれません。未知な自分を含んだ「わたし」という場が「特殊」で、すべての人とつながる場が「普遍」です。「普遍」は「特殊」であることを生かしつつ、それらを支えるようにして存在する無限な「場」です。

（「質問箱」64頁）

若松はまた『悲しみの秘義』（二〇一九年、文春文庫）において、次のようにも述べている。

人生は、固有の出来事の連続だから、同じ悲痛は存在しない。しかし、悲嘆を生き抜くという営みにおいて人は、他者と深くつながることができる。逃れ難い人生の試練を生きる者たちの心は、時空を超えて共振する。

真に他者とつながるために人は、一たび独りであることをわが身に引き受けなくてはならないのだろう。独りだと感じたとき、他者は、はじめてかけがえのない存在になる。

眠れない夜は、日ごろ、忙しさのなかで言葉を交わすことを忘れている人と、無言の対話をするときなのかもしれない。優れた詩を読む、それは沈黙のうちに書き手と言葉を交わすことでもある。

だが、詩は扉であって、真に向き合うべき相手は別にいる。それは自分だ。人は、さまざまなことに忙殺され、自らと向き合うのを忘れて日常を生きていることが少なくないからである。

これを書いている今も深夜だ。睡眠が奪われるのはつらい。しかし、こうして人生からの呼びかけに応えることで、何かが生まれようとしているのかもしれない、そう思って自らを慰めている。


（『悲しみの秘義』45―47頁）

私はこのような血の通った暖かみのある文章が好きだ。若松は「詩は、コトバの構造において、あるいは意味の構造において、祈りと近しい関係にあります。詩の読み手は、文字の奥に、記され得ない意味を感じることを促されているのです」（「詩と出会う」188頁）とも述べている。何れにせよ、表層的な共感を得るための陳腐な言葉の羅列だけでは、詩の普遍性は達成できないだろう。そうではなくて、一人一人の固有の経験を普遍性を持つまでに昇華させることが大事なのであり、それが詩の大きな役割でもあることを再認識しておきたい。

【技術篇】詩は「光陰」の芸術である
題名は、作者自身による作品の「批評」である

「質問箱」では、若松は詩の初心向けにどのように詩を書くのかを指南しているが、次の二点については詩歴の長い者にも有用なアドバイスであろう。

現代の日本の自由詩において、禁じられたこと――そうしたことを「禁忌」といいます――はありません。ですが、技におぼれないで詩を書くことを忘れないでいていただきたいと思います。

「光陰《こういん》」という言葉があります。光と陰が一つになった状態のことです。光陰は、時間を意味することもありますが、それは永遠の「時」と過ぎ行く「時間」が一つになった状態です。詩は、光陰の芸術でもあります。
技巧にかたよった詩にあるのは光だけで、陰はありません。目に見える文字も大事ですが、それは余白という陰とともにあってこそ意味を持つのです。

（「質問箱」178頁）

題名は、作者自身による作品の「批評」であるともいえます。批評とは、作品の良し悪《あ》しをいうことではありません。それは「評論」です。批評とは、それが何であるかを見極めることです。
作者は、自分が何を書いたかよく分かっていないことがある、と先にいいました。それでもなお、自分は、自分で書いたものをこう読む、という意思表明が題名である場合もあります。もちろん、題名は、できるならば、こうしたおもいで読んで欲しいという願いである場合も少なくありません。
大切なのは無理がないことです。詩は、書くときも読むときも自然であることに気をつけてください。

（「質問箱」215―216頁）

【内容篇】言葉によって容易に言葉たり得ないものを表現する

若松詩論の大きな特徴は、浮薄な観念論ではなく、実体験に裏打ちされた重厚な効用論であることだ。若松が詩に本格的に取り組む契機は「ある個人的な出来事」と東日本大震災であったと複数の著書で述べているが、人は思うように生きられるとは限らないという厳粛なる事実に向き合わざるを得なくなった厳しい経験であった、と語っている。そして、「いつまでも続くわけではないと分かっていながらも、終わりを告げるのは今日ではないと感じながら生きている。しかし世界は異なる現実を私たちに突きつけて」くる様が古来より「無常」と呼ばれていることに言及した上で、次のように述べる。

詩とは、世にあるさまざまな人、物、出来事、想念、そして象徴を扉にしながら、その奥にあるものにふれようとする営みである、ということもできる。「無常」を感じるとき、それは何ものかからの声ならぬ「声」による呼びかけに出会うときなのかもしれません。

(「詩と出会う」27頁)

若松は、また「詩とは、言葉を扉にして、もう一つの世界とつながろうとする営みだといえるのかもしれません」（「詩と出会う」98頁）とも捉えていて、そのもう一つの世界とは、小林秀雄が名付けた「意味の世界」のことである、と考えている。私たちが暮らしている世界は「言葉の世界」であるが、その奥に「意味の世界」がある、というのである。ここからは私の解釈になるが、世の中で日々起きている現象には本来意味がなく中立的なものであるが、そこに私たちが積極的な意味を見出すことがより良く生きる原動力となる、と若松は確信しているのではないだろうか。恐らく若松は、自身が経験しなければならなかった大切な人との離別や人生の不条理に肯定的な意味を見出すまで、相当遠回りしたはずである。そうして、呻吟しながらフランクルの「意味への意思」と同じような境地に達したことが、若松の文体から分かるのである。そして、人生の意味を見つける過程で若松は詩と出会い、詩の本当の効用を知ったのだろう。

> これまでの人生で、後悔は数えきれないほどあるのですが、その一つに若いときから詩を読まなかったこと、書かなかったことがあります。
> 詩を読んでいれば、あれほど孤独に苦しむこともなかったのではないか。
> 詩を書いていれば、もっと自分のなかにあるものをたしかに感じることができたのではないかと考えるのです。

苦しいとき、悲しいとき、それに向き合うことは簡単なことではありません。しかし、そのとき、友が一人いれば生き抜くことができる。そうした未知なる友を詩集のなかに見出すことができたのではないかと、今は感じています。
　そして、自分だけでなく、自分にとって大切な人の問題も、もっと深く感じ、考えることができたのではないか、と後悔しているのです。
（「質問箱」196―197頁）

　私はこの若松の詩への全幅の信頼感に感動する。若松が敬愛した柳宗悦は、本当に美しいものは飾られるために作られたのではなく用いられるために作られたものでなくてはならない、と考えていたが、若松もまた詩をそのように考えていることだろう。こうした若松の思想を理解した後で、「書く理由」という詩を読んで欲しい。これこそが、新・民衆詩派詩人が理想とする境地なのである。

思ったことを
書くのではない
宿ったことを
書くのだ　と

おのれに
言い聞かせる

何を　どう書こうかと
思いを巡らせることは
ときに　コトバが宿る
邪魔をする

宿りに求められるのは
待つことだ
書くときにも
けっして劣らない
真摯な態度で
待つことだ

これが
自分の刻む

最後の文章だと思って
書くことだ

それらは
生者だけでなく
死者たちにも届くと思って
書くことだ

この文章は　誰かが
この世で読む
最後の言葉に
なるかもしれない
そう思って
書くことだ

（『幸福論』二〇一八年、亜紀書房）

本章の新・民衆詩派指針 ✓

【環境整備篇】

□「詩的直観」を育み感受性を開花させる。そのために「思想」「嗜好」「習慣」を意識的にリセットする。

【心得篇】

□詩とは、言葉の器には収まらないコトバが世に顕現することである。

□普遍性を獲得するためには特殊性が必要である。

□誰かがこの世で読む最後の言葉になるかもしれないと思って詩を書く。

【技術篇】

□詩は「光陰」の芸術であることを意識する。

□題名は、作者自身による作品の「批評」である。

【内容篇】

□言葉によって容易に言葉たり得ないものを表現する。

第六章　現実の熟視から生まれる以倉紘平の詩と詩論

二十六歳のときに私は滋賀県の近江詩人会に入会して本格的に詩を書き始めた。一九九三年のことだった。それまで近代詩は読んでいたものの現代詩のことはよくわかっていなかった。近江詩人会では一九五〇年の創立以来、詩作品の合評会が毎月開催されていたが、先生（会の指導者）を置かないという不文律があった。しかし、そこにはH氏賞受賞詩人の大野新（一九二八—二〇一〇）がいて、私は大野を通じて現代詩の世界を少しずつ覗き見するようになった。大野は権威的な振る舞いをすることもなく、自らを「先生」と呼ばせることも拒否していたが、私を含めて多くの会員にとっては実質的に詩の指導者であった。

数年を経て、私は大野の自宅に出入りさせて貰うようになり、書架にあった現代詩の詩集を選んで貰って借りて帰るようになった。これは私の現代詩を読む目を鍛えるための訓練となったが、私は大野から借りた詩集を忘れないためにノートに記録するようにした。そのノートの最初の頁には、吉野弘の二冊の詩集と併せて、以倉紘平の『地球の水辺』と

『沙羅鎮魂』の詩集名が記されている。この四冊の詩集には私が漠然と感じていた難解な現代詩の方向性とは全く違う詩が収録されていたのだが、大野はまずこのような詩を読み込むことが現代詩の入り口に立っている私には必要である、と考えてくれたのであろう。一例として『地球の水辺』（一九九二年、湯川書房）所収の「約束」という詩を引いておこう。

〈来年　再来年
もっと先の真夏の海で
こんな入道雲　こんなヨット
こんな海を見たとき
中に私が必ずいるから
大きな声で呼んで下さい〉

書棚の愛読書に挟んである暑中見舞状
二本マストに五枚帆のヨット
鉛筆で画かれた背高大入道に
幼さの残る文字で即興詩が書き込まれている

昭和四十四年八月三日　女生徒名の署名がある
宛名には妻の名前が記されている
昔　中学生を教えた彼女の教え子の一人らしい
二十年以上も前の印象はもう薄れている様子だ

ぼくはこの絵葉書の即興詩
〈中に私が必ずいるから〉という言葉を
その後の女のどんな現実よりも信じている

ぼくは沖に出ていくヨットに大きな、大きな声で叫ぶ
すると　日焼けした顔に白い歯をみせ
ちぎれるように手をふる少女の姿が見えるのである

読解を妨げる表現は一切ない。詩に描かれている情景がありありと目に浮かび、最後には海の青さや潮風の香りまで感じられるような気がした。私はこの詩を何度も何度も読んだ。あるとき、近江詩人会で批評眼の鋭かった板並道雄が「以倉さんは現代詩の中で最も難しい道を歩んでいる」と私に話してくれたことがある。そしてこうも言った。「その思

想性が誤解されることも多い」と。今回は以倉が歩む現代詩の最も難しい道について考えて行きたい。その前に「以倉紘平氏略歴」を確認しておこう。二〇一九年十一月の関西詩人協会総会記念講演の案内チラシに記載されていたものである。

昭和15年（一九四〇年）大阪府生まれ
神戸大学文学部国文学科卒
今宮工業高校定時制元教諭　近畿大学文芸学部元教授
日本現代詩人会創立70周年記念事業実行委員会委員長
三好達治賞選考委員長、他丸山薫賞・伊東静雄賞・山之口貘賞選考委員
詩集
『二月のテーブル』をはじめ六冊
『日の門』第1回福田正夫賞受賞
『地球の水辺』第43回H氏賞受賞
『プシュパ・ブリシュティ』第19回現代詩人賞受賞
『フィリップ・マーロウの拳銃』第17回丸山薫賞受賞
二〇一七年には選詩集の『駅に着くとサーラの木があった』を二〇一八年には『遠い蛍』を上梓

エッセイ集は『気まぐれなペン』他三冊
共著・論文多数
詩誌「アリゼ」主宰　詩誌「歴程」同人
毎日文化センター「詩の読み方　書き方」講師

ここに、二〇一五年から二〇一六年までは日本現代詩人会会長を務めたことと、最新詩集『遠い蛍』（編集工房ノア）が二〇一九年の第57回歴程賞を受賞していることを補記しておきたい。

略歴にあるように、以倉は既刊詩集のほとんどで詩集賞を受賞していて、「詩と思想」二〇一〇年六月号に「詩人賞の新しい風」を寄稿している。以倉の生い立ちや執筆時までの詩集賞受賞経験が概観できると共に、以倉の詩観がよく顕れている評論で『気まぐれなペン――「アリゼ」船便り』（二〇一八年、編集工房ノア、以下「気まぐれなペン」と記す）に再録されている。また「詩学」一九九八年九月号から一九九九年四月号までの八回に亘って掲載された「言葉・現実・幻想」を、連載当時、私は毎号ゾクゾクしながら読んだものだが、この詩論を含む多くの評論が『心と言葉』（二〇〇三年、編集工房ノア、以下「心と言葉」と記す）に収録されている。これら二冊を中心に、以倉詩学を四点に集約して再構築してみたい。

一　現実の社会や人生にひそむ豊かな意味を読みとる

「以倉紘平氏略歴」には記されていないが、神戸大学卒業後に当時文学部の大学院がなかった同大学で二年間の年限の研究助手を経て、以倉は大阪大学大学院に合格している。しかし生活費を稼ぐために大阪の定時制高校に就職を決めたことが発覚して、「専任教員たることと、学生たることとの二股稼業は認められない由、通告を受け」入学を辞退、後に大阪市立大学大学院に入り直して国文学の研究活動を続けた人である。以倉紘平『夜学生』(二〇〇三年、編集工房ノア)には「私が夜学の道を選んだのは、ただ大学で勉強したいためめの、単なる便宜上のことに過ぎなかった。釜が崎に隣接する勤務校は、海と山に挟まれた見晴らしのよい六甲台の研究室からやってきた私には、単なる人生の一通過点としか映っていなかった。私は世間知らずのただの青二才に過ぎなかったのである」(91頁)と記されている。以倉の現実生活重視の詩論を理解するためにこの経歴を押さえた上で、次の記述を読んで欲しい。引用文の前で、西脇順三郎の「人間の存在の現実それ自身はつまらない。この根本的な偉大なつまらなさを感ずることが詩的動機である」という詩論が紹介されていることを付言しておこう。

私は三十三年間、大阪の某工業高校で夜学の教師をしていたから、現実をつまらないと傍観していたのでは、一日もつとまらなかった。最初は腰かけのつもりであったが、生徒たちとつきあっているうちに、こちらの世間知らずを存分に知らされ、給料をもらって人生勉強をさせてもらっていると思うに至った人間には、現実は小説よりもはるかにドラマチックに思われた。人間の地上のドタバタを〈つまらない〉とする視点を私はもっていないわけではないが、そんな高みの視線だけでは、夜学の教師は一日たりともつとまらない。

人間の皮膚も心も、切れば血が流れる。痛みに心臓も魂も悲しみ、もだえ、苦しむのである。この人間の現実に深くかかわる縁をもたない詩人は、西脇氏の詩論を擁護するだろう。しかし、私のような人生の大半を地上のドタバタの渦中ですごした人間にとっては、西脇氏の詩論は高踏派、書斎派、言語派、人生逃避派とでも呼ぶ他ないものである。

（「心と言葉」15頁）

以倉が赴任した当時の定時制高校に通う夜学生の多くは、様々な家庭の事情から昼間に生活費を稼ぎ、夜間に勉学に励む苦学生たちであった。彼らの姿は生活費を稼ぎながら国文学研究を続ける以倉の姿と重なるところもあるが、彼らが直面している人生の問題は、以倉の想像を越えて遥かに深刻なものであったようだ。これらの実体験は『夜学生』に記録され、夜学生をテーマにした詩篇も収録されている。先の引用文に続く論考ではないが、以倉は別の所で次のようにも述べている。

〈言葉〉に拠る詩と、〈現実〉に拠る詩とがあるのではない。共に言葉によって新しい認識が示されるのである。しかし、私の危惧は、難解詩の作者の多くが、現実の社会や人生にひそむ豊かな意味を読みとることをせず、しないばかりか、それを軽視、もしくは蔑視して、非現実な言語空間の創造こそ、真の詩であると思いこんでいるのではないかという点である。

（「心と言葉」56―57頁）

以倉は阿部昭のエッセイ「短篇作者の仕事」（『散文の基本』所収）に記されている短篇小説の作法を援用して、次のように語る。

芸術家は、長い時間をかけて不思議にみちた人生を熟視する。〈これが人生というものか〉という感動の声こそ、すべての短篇作者たちの声なのだと言う。〈あるがままの人生。長い熟視。ひそやかな感動の声〉と、私にはもう舌頭に千転する言葉のあとに〈短篇小説は…作品全体をつつみこむ人生への感動がなければ、いかに巧みに書かれても空しいのである〉と結ぶ。短篇も散文詩も行分け詩も、この〈散文の基本〉を忘れては成り立たない。

（「心と言葉」77頁）

以倉の中心思想は「生活第一、芸術第二」であり「おのが人生を、職場や家庭で懸命に生きてきた人間を信用する」（「気まぐれなペン」20頁）ところにある。そして「あるがままの人生。長い熟視。ひそやかな感動の声」を具現化した詩こそ、最良の作品であると主張し続けてきた。詩人の人生は「生活」か「芸術」かの二者択一ではなく、その配合の妥協の中で進んでいくものであるが、仮に二者択一を迫られれば、私も迷うことなく「生活」の方を守る。生活の基盤を失ってしまえば、最終的に詩を書くことができなくなるからだ。そして、現実の社会や人生にひそむ豊かな意味を読みとれなくなってしまったら、私は詩を書く動機を喪失してしまうことだろう。しかし非現実的な言語空間の創造を追求する詩人たちも、一部の幸運な人を除いておのが人生を職場や家庭で懸命に生きていることに変わりはない。ただ、その懸命な生活の実態が作品に顕れていないだけのことである。

二　詩はおいしい果実であって欲しい

以倉は高校二年生の秋に井上靖詩集『北国』を読み、大きな影響を受けた。「冷たいほど美しいものと、虚無的で行動的で男性的なものが、抒情と叙事が、この詩集には、見事に統一されていた」（「気まぐれなペン」286頁）と感動した以倉は、後に第二詩集『日の門』（一九八六年、詩学社）で第1回福田正夫賞を受けた際に、選考委員であった井上から賞状を手渡される栄誉を受けることになる。また、それに先立つ第一詩集『二月のテーブル』（一九八〇年、かもめ社）刊行を機に、安西均との親交も始まっていた。

井上靖氏と安西均氏の共通点は、新聞記者出身ということである。したがってその文章はまず読者にわかることを大前提としていた。その上で深く、感動的なものを書くことができればベストである。そういう詩人の影響を最初に受けたことは、私にとっては幸いであった。

安西氏は日本の古典に造詣が深く、万葉の〈まこと〉伊勢の〈みやび〉江戸前の〈粋〉の美意識を大切にされていた。氏の作品は、完熟したおいしい果物のようで、果実を味わいながら、ビタミンCをはじめとする種々の栄養素――〈まこと〉や〈みやび〉や〈粋〉の美学を現代風に摂取することができる。そして翌朝にもまた食べたくなる。

氏の作品に限らず、すばらしい詩作品というものは、皆そういう味わいのものではないかと思う。

（「気まぐれなペン」288―289頁）

私は以前に聞いた以倉の講演で、ビタミンCが必要な場合にサプリメントで摂取するのが哲学の手法であるが、詩はビタミンCをおいしい果物として味わう、というような説明を聞いて腑に落ちた経験がある。果実を味わいながら種々の栄養素が摂取でき、翌朝にもまた食べたくなる詩こそが最上の詩であることに異論を唱える人は少ないだろう。以倉は更に、勝敗が決した相手に対して、次のような記述で止めを刺すのである。

私は、井上靖、阿部昭、宮本輝といった詩心を秘めた小説家の作品が好きである。彼等は読者にわかる文章を、しかも飛び切り上等の文章を書こうとしている。そうでなければ作品が売れないからである。ただわかりやすいだけの詩はつまらないが、わかりやすくて深い感動を与える詩が昔はいっぱいあったように思う。詩集を読むのが楽しかった。本音をいうと、最近、詩を読むのが少々苦痛になっている。例えて云えば、餃子を食べたもの同士ではわからないが、一般読書子には、強烈に匂うというような、現代詩特有の臭みとわかりにくさを持った作品が、多すぎるように思うのだが、どうだろうか。

戦前の詩人の作品は、熟れた果実のようにおいしかった。戦後も、「櫂」や「歴程」全盛期の詩人たちの詩は、おいしかった。未知の果実でもよい。ドリアンのような臭気があっても構わないが、やはり詩は、まずおいしい果実であって欲しい。果実でなくてもいいが、フランス料理や中華料理でも一向にかまわないが、何度でも食べたくなるようなおいしい料理のようなものであってほしい。

（「気まぐれなペン」295頁）

ここまで説明を受けた後でも、読者は「現代詩特有の臭みとわかりにくさを持った作品」を支持するだろうか。現代詩人はそのような作品を目指すべきだと主張できるだろうか。

三　〈正述心緒〉と〈寄物陳思〉のポエジーの核を持つ楕円としての詩

『万葉集』の相聞歌（恋の歌）は〈正述心緒〉と〈寄物陳思〉の二群に分類して収集されているが「これらの方法は、万葉集のみならず、それ以後の歌集においても継承され、口語自由詩においても無意識のうちに受けつがれている」（「心と言葉」87頁）と以倉は考えている。以倉の説明では、〈正述心緒〉歌とは他の事物に託さずに心情を真直に述べる歌のことであり、〈寄物陳思〉歌とは心情を述べるのに事物を用いそれに託しているが、寓意ではなく本意もはっきりと述べている歌のこと、となる。

以倉は自分にとっての詩は、一方に〈正述心緒〉体のポエジーの核があり、もう一方に〈寄物陳思〉体のポエジーの核を持つ、一つの楕円であると言ってよいと述べ「二つの核は奥深いところで引き合い、詩として、作品として成立するためには、双方共に直接、間接の影響を受けるべきだと考えている。特に後者は、前者の影響を受けるべきだろう」(「心と言葉」102―103頁)と主張している。以倉が考える〈正述心緒〉体のポエジーとは、「〈思い〉の深さだけが根拠で、目立った修辞法を必要としない。無技巧の技巧とでもいうべき良さをもった言葉」であり、「専門詩人の手になるものではなく、歴史や社会のどこかで、〈地の塩〉になっているような人々の言葉」「上手下手の技巧を越えた言葉」(「心と言葉」97頁)を指している。これは、前章で論じた若松英輔の「言葉の民藝」と同質のものであろう。以倉は更に次のようにも説明する。

もし〈正述心緒〉の詩が、今日あるとすれば、それは〈思い〉の深さにのみ依拠した、光栄ある無芸、無技巧の言葉であるに相違ない。詩には、上手に書かれなければならない詩と、そういう意識を捨てて書かれなければならない詩とがあるにちがいない。

社会派・民衆派の詩は、芸術派の詩のように上手に書こうとする対抗的な意識が強すぎたのではないか。行分け詩の暗黙の仕組みは、行から行へかっこよく飛躍すること、谷川俊太郎氏の詩句を借りていえば、〈かっこいい言葉の蝶々を追っかけ〉ることにある。もちろんそのことによって、新しい言語空間を創出しようとしているのだが、その意識が先鋭になればなるほど、言葉から言葉への戯れの妙技、軽ろやかな飛翔、その瞬間に垣間見える異次元、非日常の世界の新鮮さ、美しさに詩的陶酔を味わって、歴史を生きる人間の重い声、地味な声を忘れるのではないか。

（「心と言葉」100頁）

続いて、もう一方の楕円の核となる〈寄物陳思〉の説明を聞こう。

詩には〈思い〉が不可欠だが、〈思い〉だけでは危うい。かたちをとらなければ。〈思い〉は、物に〈託〉し、物に〈寄〉せて具象化されることによって、その匂いもみずみずしさも含む〈思い〉の全体をそのまま、相手に伝えることができる。これがこの詩法の一般的な考えである。〈思い〉を物に〈託〉すときの〈託〉し方に種々の修辞法が生まれる。象徴、比喩、寓言等の類である。修辞をさほど必要としない〈思い〉もあれば、修辞によって始めて明白な形をとり、姿をあらわす〈思い〉もあるのだ。

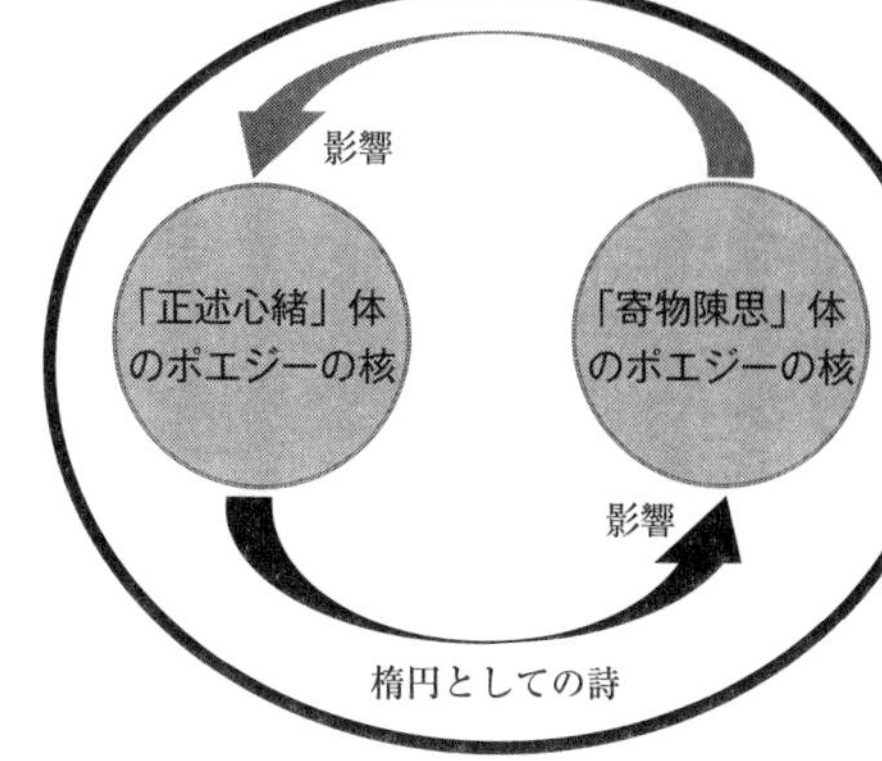

「正述心緒」体のポエジー	・〈思い〉の深さにのみ依拠した、無技巧の言葉 ・歴史や社会のどこかで〈地の塩〉になっているような人々の言葉 ・上手下手の技巧を越えた言葉
「寄物陳思」体のポエジー	・〈思い〉を物に〈託〉し、物に〈寄〉せて具象化する詩法 (象徴、比喩、寓言等の修辞法) ・事物の存在感やリアリティの演出を通して、危うい〈思い〉が確固たる姿を現すような詩法

［図表5］楕円としての詩のイメージ図

あらかじめ物を離れて、独立した〈思い〉があるのではなく、事物の存在感やリアリティの演出を通してかたちをなす〈思い〉というものがある。事物に寄らなければ〈思い〉は危ういのである。

（「心と言葉」103頁）

以倉は更に「物に〈託〉さずに言うことは、勝手気ままな難解詩になる可能性があることを示唆している」（「心と言葉」104頁）とも述べ、〈寄物陳思〉の詩法に基づく近・現代詩の名作は数多いが、若い詩人たちの多くはこの詩法から離れつつあるかに思われる、と二十年前に既に警鐘を鳴らしていた。第一章で論じた新川和江も、五感に訴える表現としての物体を活かすことを推奨していたが、あらためて自己の思いを表現する場合に、その感情をストレートに表現するだけでなく事物に寄せて謳うことの重要性を確認しておくことは重要である。そのことにより、謳われた事物が象徴性を帯び、詩の奥行きが深まり、イメージが鮮明となる。そして、今一度確認しておきたいことは、以倉は〈正述心緒〉と〈寄物陳思〉のポエジーの核を持つ楕円としての詩を重要視しているのであり、特に後者は、前者の影響を受けるべきだと考えているところである。繰り返しになるが、専門的に詩を書く人々は、歴史や社会のどこかで〈地の塩〉になっているような人々の無技巧の言葉の影響を受けるべきだ、と言っているのである。このような以倉の想いを踏まえずに、以倉の発した言葉が表面的に解釈され批判されることがある。表立って批判されるということは、以倉の影響力の大きさの裏返しでもあるのだが、読者は今一度、以倉詩論の本質を理解した上で、その思想性を判断願いたい。

四　幻想表現は作者の人生の切実な問題意識から生み出される

これまで見てきたように、以倉は実人生に重きを置く詩人であるが、実人生に立脚した幻想詩を推奨する独特の詩論を展開している。梶井基次郎の短篇「櫻の樹の下には」に関する解釈を見ていただこう。

眼前の桜の花の見事な咲きっぷりに、この美しさの秘密はなんだろう、この美しさの本質は何かとたずねる心、問題意識をAとすれば、〈櫻の樹の下には屍體が埋まつてゐる〉という幻想（B）は、その解答であることは明らかである。梶井本人がいうように、このようなイメージは、いったん作者の心にとびこんできたが最後、いかなる現実の事象よりも強く作者の心を占有するものである。

現実にはいくら地面を掘りおこしても、人間の屍体はもとより犬、猫の屍体だって出てこないだろう。にもかかわらず、〈櫻の樹の下には屍體が埋まつてゐる〉というイメージは、作者のみならず、私たちの心をとらえて離さない。これは何故であろうか。私はこれを今のところ〈詩的真実〉のもつ不思議な力、魅力としか言いようがないのである。

（「心と言葉」11頁）

引用したのは「詩学」二〇〇三年一月号に掲載された「幻想詩って面白い」からであるが、この稿の冒頭では正岡子規の写生と幻想についてのエピソードが語られている。そして以倉は、写生もリアリズムもその対象は現実であって、実人生に対する深い関心が幻想を生み、幻想と結合する、と考察を深め「現実に対する、実人生に対する深い関心こそが幻想詩の源である」（「心と言葉」16頁）と達観しているのである。以倉がこのように実人生から幻想詩を導き出そうとするのは、先に述べた西脇順三郎の詩論が、難解で読解不能なある種の現代詩を擁護してしまうことを牽制するためである。以倉は例として、ロートレアモンの有名な「解剖台の上でミシンとこうもり傘が偶然に出会う」を示し、象徴や比喩のもつ連想性を切断した詩句そのものの持つ面白さに最高の価値を与えようとする動きに対して、「この種の詩句の魅力を否定するわけではないが、西脇氏の詩論が、現代詩の中心であってほしくない。いやあってはならないというのが私の主張である」（「心と言葉」14頁）と徹底抗戦の構えを見せる。

以倉は偶然性が支配している西脇詩論ではなく、作者の人生の切実な問題意識から生み出された切実な幻想詩論を展開し、上村肇の詩「みずうみ」を例示する。紙幅の都合上、詳細に引用することはできないので、読者には、ぜひ「心と言葉」の本文をお読み願いたい。以倉は「偶然性を原理とする異物結合の詩論があって悪いというわけではないが、それが中心になれば詩は衰退するのである。〈人間の現実それ自身はつまらない〉と認識すれば、詩は現実を離れて、言葉と言葉の結合の面白さの方に向かうのは当然のなりゆきだからである」（「心と言葉」22頁）と言明する。別のところでも「ソシュールの言語哲学に基づく詩論、並びにその実作者の陥りやすい欠点は、世界が〈言葉と言葉の関係の体系〉であるのなら、その体系を分析したり、創造したりすればよいと考えて、その体系と重なっているはずの現実を、軽視、もしくは無視してしまうことである」（「心と言葉」58頁）と指摘している。これまで見てきたように、以倉は決して所謂「言語派」と呼ばれる詩人たちの詩の存在を全否定している訳ではないが、「それが中心になれば詩は衰退する」と主張しているのであり、現に現代詩は衰退してきたのである。そうであれば、現代詩の中心に据えるべき詩とはなにか。それを指し示し実現するのが、現代詩の最後の砦である運動体としての月刊誌「詩と思想」の役目ではないのだろうか。勿論、現代詩の中心に据えるべき詩は、この「新・民衆詩派詩論」から導き出されるものに限る必要はないし、本論が初出掲載誌である「詩と思想」編集委員会の総意でもない。私は「詩と思想」誌上で現代詩の中心に据えるべき詩について今後活発に提示されていくことを期待しているのであり、その実践例として私は自分が信じることを書いていくだけのことである。

最後に、現実への〈熟視〉から幻想が生まれた以倉の実体験を確認して本章を終えたい。

平家物語冒頭の〈祇園精舎の鐘の声／諸行無常の響き有り／沙羅双樹の花の色／盛者必衰の理を現す〉の詩句中の沙羅の物語は、『ブッダ最後の旅』という経典に典拠がある。終焉を迎えるブッダの体の上に降りかかり、降りそそぎ、散りそそいだ花のことであるが、平家に親しんで二十数年たって、突然、この花の下に平家一門の死者たちが横たわっているという閃き、幻想が生まれた。それがこのレクイエムの物語の冒頭に置かれた詩句の意味だろうと考えた。この樹下幻想は、やがて、源氏方の将兵にも、あの動乱の時代の全ての死者にも及ぶこととなった。さらに時代を超えて、何故か生者の上にも降りそそぐ花となった。〈人間はサーラの花の散る宇宙を旅しているのだ〉そんな詩句が浮かぶに及んで、私はストイックな研究者に不向きな人間であることを思い知らされた。リアルなもの、現実への〈熟視〉から幻想が生まれる。これは身を持って体験した重要な私の持論の一つである。

（「気まぐれなペン」293頁）

『平家物語』と仏教思想は、以倉紘平が生涯をかけて追い求め続けている重要なテーマであるが、以倉の幻想表現は一般読者に届く現代詩を実現するための重要な要素となるものだ。読者には冒頭で引いた「約束」という詩に立ち返って貰いたい。この詩に描かれている沖に出ていくヨットも、ちぎれるように手をふる少女の姿も詩で構築した幻想に過ぎない。現実にあるのは一枚の古い暑中見舞状だけであるが、以倉はこの現実から見事に〈詩的真実〉を立ち上がらせている。この詩の中の少女もまた、形を変えたサーラの花なのかも知れない。以倉の最新詩集『遠い蛍』の「あとがき」には、二〇〇九年に三十五歳になったばかりの愛娘を肺がんでなくしたことが触れられているが、「亡くなった娘の面影が、私のこころに、強く生きていて、私のいのちと交ざりあって、一種の共同制作のように、作品が生まれたと考えるのが正しい」と思っていると記している。サーラの花の散る宇宙を旅した束の間の命とその無数の鎮魂の記録。本当の詩とは、そのような幻視から生まれてくるのだろう。

本章の新・民衆詩派指針 ☑

【心得篇】
□現実の社会や人生にひそむ豊かな意味を読みとる。
□詩はおいしい果実であることを意識する。

【技術篇】
□〈正述心緒〉と〈寄物陳思〉の両方の詩法を活かす。
□作者の人生の切実な問題意識から生み出される幻想表現を用いる。

第七章　金井雄二の詩集をひらく喜び

前章で論考対象とした以倉紘平は第1回福田正夫賞受賞者であったが、「新人発掘、および現代詩壇への貢献」を創設趣旨とした同賞は、二〇一九年十二月で第33回を迎え、与那覇恵子詩集『沖縄から見えるもの』（コールサック社）に授与された。福田正夫は大正期の民衆詩派の中心的詩人であり、一九八四年に「福田正夫全詩集刊行会」による『福田正夫全詩集』（教育出版センター）が刊行されたことに伴い再評価の機運が高まった。「福田正夫全詩集刊行会」は、発展的に解消して「福田正夫詩の会」となり、詩誌「焰」を復刊するとともに、福田正夫賞を創設して現在に至っている。「福田正夫詩の会」の中核は、福田正夫の四女の福田美鈴とその配偶者の金子秀夫であり、同会は公的団体ではない。つまり、この二人の個人的な詩的情熱をエネルギー源として、福田正夫賞は三十三年間続いてきたのである。

福田正夫賞には、創設に関わった井上靖の二つの願いが反映されているとされている。

私が聞いたところによれば、一つめは「いい新人」にあげて欲しい、二つ目は「賞金なし」にして欲しい、ということであった。非公募・推薦方式により選考対象詩集を絞り、第一詩集から優先して選考し、第一詩集に相応しい詩集がなければ第二詩集まで選考を広げる、というのが当初の方針であったようだ。私の第一詩集『武器』（一九九八年、編集工房ノア）は、幸運にも第13回福田正夫賞に選んでいただいたのだが、國學院大學院友会館で開催された贈呈式は、手作り感のある暖かいものであった。行政や団体の施策ではなく主催者の個人色が色濃く出ている賞であることや、現代詩活動のスタートラインで祝福を受けたということもあり、福田正夫賞の歴代受賞者間には「福田正夫賞ファミリー」ともいうべきある種の連帯感が生じることがある。これは、すべての受賞詩人がそう感じる訳ではないのだが、「賞金なし」の純真な詩集賞を授与されたことを誇りに思いながら、受賞後の自身の詩界での活躍により、福田正夫賞に恩返しをすることを心に誓った者同士が共鳴することに起因していると私は考えている。その親近感を強く感じる詩人の一人が、第8回受賞者の金井雄二である。金井が二〇一九年に出版した『短編小説をひらく喜び』（港の人）の裏面カバー折り返し部分に記されているプロフィールを引いておこう。

金井雄二　◎　かない　ゆうじ
一九五九年神奈川県相模原市生まれ。図書館司書として座間市立図書館に勤め、二〇一九年春、同館長として定年を迎える。24歳から詩を書きはじめ、一九九三年に第一詩集『動きはじめた小さな窓から』を刊行。同詩集は第8回福田正夫賞を受賞した。おもな詩集に『外野席』（第30回横浜詩人会賞）、『今、ぼくが死んだら』（第12回丸山豊記念現代詩賞）、『朝起きてぼくは』（第23回丸山薫賞）ほか。一九八九年から個人詩誌「独合点」を発行し、現在にいたる。日本現代詩人会、横浜詩人会所属、日本現代詩人会では副理事長を務めた。

補記すると、詩集は他に『にぎる。』（二〇〇七年）と『ゆっくりとわたし』（二〇一〇年、共に思潮社）があり、本稿執筆時点では既刊詩集は六冊である。同じ一九五九年生まれの岩木誠一郎と伊藤芳博の三人で詩誌「59　ゴクウ」を発刊、詩誌「Down Beat」同人としても作品を発表している。

続いて、私が好きな金井の詩を二篇鑑賞していただこう。

流星

肩に手をかけると
とても楽な高さになった

寒いか？
と聞くと
寒かない！
と言う
上ばかり見つづけているから
首がいたいだろう？
と聞くと
いたかない！
と言う
流星はまるで見えない
見知らぬ人たちの
くぐもった話し声だけが
夜明け前の暗さの中にちらばっている
ぼくはとても寒かったので
肩においた手で
体をひきよせると
なにすッんだよ！

と言う
そんなとき夜空に
フュイッと光が生まれた
ぼくらはあわててポケットから手をだして
両手をあわせる
何を願っているのだか知らないが
おまえ、それじゃおそいんじゃない？
と聞くと
お父さんだって
と言いかえしてくる

（『今、ぼくが死んだら』二〇〇二年、思潮社）

ぼくの降りる駅

もう少し閉じてください
いえいいえ開いていてもいいのですが

目の向かう方向が
非常に困ってしまいます
膝と膝をもう少しくっつけてください
そんな短いスカートで
素肌をさらしているのですから
せめて脚はそろえていてください
車内が揺れるにしたがって
また、ほんの少し開く気がします
逆にもうちょっと開いてしまえば
ぼくの気持ちもすっきりするかもしれませんが
ああ、あなたはどこで降りられるのでしょうか
目を覚ましてください
そうすれば自然に脚も閉じられることでしょうから
淑女という言葉がありますが
高貴と気品とを合わせ持った女性は
座ったときに
膝が完全に密着していないとなりません

深い眠りが到来しているのですね
あなたの目は開きそうにありません
それに逆らって脚は微妙に開いているのです
もう少しです
ぼくの降りる駅

（『朝起きてぼくは』二〇一五年、思潮社）

どちらの詩も難解な表現はなく、詩で伝えたいことは明確である。作品の収束のさせ方も見事である。一見、平易な詩に見えるが、誰にでも書けるものではない。このような金井の詩が生み出される秘密を探って行くために、本稿執筆に当たって金井に自身の詩論について まとめたものがあるか問い合わせてみた。その回答は「自分で自分の詩のこと、書いたこと…・ない！　な。『朝起きてぼくは』のあとがきぐらいかな」というものであった。その「あとがき」は次のように記されている。

詩が一番にあるのではない。生活があるのだ。毎日、暮らしていくという事実が私たちの目の前にはある。その中で喘いでいる。だが、生きていかねばならない。もし、一番の幸せは何かと考えたのなら、なんの変哲もなく、単純な生活が送れることだと答えたい。

（前略）実際、日々の暮らしは単純どころではない。誰しも、多かれ少なかれ、仕事でたたかれ、家庭の問題を抱え、肉親の死に遭遇し、複雑な人間関係に悩み、神経を病むほどなのだ。今回、ぼくは喘ぎ続けた暮らしの中からこれらの詩を書いてきた。詩は、一つの考え方として、そんな生活の中から生まれる。

ここには金井の生活至上主義の創作態度が明確に顕れているのだが、詩論と呼べるほどのものではない。金井ほどの詩歴のある詩人が、これまで自分の詩に対する考え方を整理して執筆する機会がなかったというのが、私には驚きであった。本人の詩論がない以上、ここからは私が自由に考察を行うつもりであったが、実は金井本人に自覚がなかっただけで、金井は既に強固な詩論を打ち立てていたのである。先にプロフィールを引いた単行本『短編小説をひらく喜び』がそれである。

当著書は金井の個人誌「独合点」で発表されたエッセイを収録したもので、三十二作家三十五作品の短編小説を読む喜びが綴られたものである。この書籍の本来の役割は、金井の名文に導かれた読者が金井が推奨する短編作品を実際に手にとって味わって貰うところにあり、ここから抜き取ったものを詩論とすることは金井の望むところではないだろう。私も当初は金井の詩を考察するに当たって参考になるところがあるかもしれないと思って読み返してみたのだが、この書籍こそが金井詩論そのものであることに今更ながら気づかされたのである。もっとも、精緻な論考として組み立てられたものではないので、所々を悪意で読まれれば崩壊してしまう論壁ではあるが、金井の柔らかな防壁は何重にも築かれていて、突き崩しても突き崩しても次々と壁は現れ、いつの間にか敵味方の区別なく取り込まれてしまうような不思議な詩論なのである。以下引用文には出典書籍名を記さず頁数のみとする。

ノンフィクションやルポルタージュは事実を伝えるということを主眼に据える。そして詩や小説では、ひとつの作品を創作する。言葉によって作り上げていく。強い言葉が必要になる。言葉は、人間から発せられるものだから、その基礎は、幼児期だったり思春期だったり、現在の自分だったりする。そして、毎日の生活というものがあり、だれしも生活からは逃れることができない。その生活をおろそかにしていては、本当の作品は書けない。大切な言葉は、人生をしっかりと生きている人から生まれてくる。だからぼくは生活を大切にしたい。生活を大切にしない人にいい作品は書けないと思っているから。（159―160頁）

『朝起きてぼくは』の「あとがき」と同様、金井の生活を第一とした創作態度が伺える文章であるが、ここで確認しておきたいことは、言葉によって作り上げられる小説や詩には「強い言葉」が必要になる、と金井が力説しているところである。金井は論理的に持論を構築していないが、私は以下の論理構造として理解している。

①伝えるべき事実が明確に存在するノンフィクションと違い、詩は事実の有無に関わらず、作者が言葉で創作する創作物である。

↓

②読者の心を打つよい創作物は、例外なく「強い言葉」で構築されている。

↓

③頭の中だけで捻り出した言葉は、経験的に「強い言葉」にはならない。

↓

④どうすれば「強い言葉」を得られるか？

↓

⑤「大切な言葉」は人生をしっかり生きている人から生まれてくることが多い。「大切な言葉」は「強い言葉」になり得る。

↓

⑥詩は作者の実生活そのままを記録したものではないが、よい詩は実生活で得た「強い言葉」で構築されている。

↓

⑦実生活をおろそかにしている人は「強い言葉」を発見する機会がないので、本当によい詩は書けない。

それでは生活をおろそかにしていない人や生活を大切にしている人とは、どんな人のことを言うのか。次に引くのは、シャルル＝ルイ・フィリップの「小さき町にて」を採り上げた金井の文章で、貧しい生い立ちのフィリップが、その出自ゆえに「貧しい民衆の姿を書くことができたといえる」と述べた後に続く文章である。

今の文学はこの民衆という言葉を嫌う。というより、死語に近い。民衆なんてどこにいる？　多くの人が、ローンを抱えているとはいえ、マイホームをもち、車に乗り、パソコンは二台以上、携帯、スマホを持ち歩き、お金のかかる大学に入学できる。だが、民衆という言葉は使われなくても、生活していくのに苦労している人間がいるのは、いつの時代も同じこと。文学の世界では、貧しい暮らしや、働く辛さを物語るものより、しゃれた都会的センスのものがはやるのだろうか？　いったい文学とは何だろう？　受け入れられるものを書くことか？　今、現在だけを書くことか？　いろいろな文学の考え方がある。だが、もとをただせば、人間しかない。その人間を書くしかないのだ。それには自分を見つめて、自分のことを書くしかない。（36頁）

「民衆」という言葉があろうとなかろうと、いつの時代も、生活していくのに苦労している人間がいると金井はいう。福田正夫は「貧しいものだけが民衆だといふのか。不平者だけが民衆だといふのか。世に孤独な貴族の老人、これも民衆だ」（「民衆」第七号、一九一八年）とかつて述べた。いずれにせよ、世の中の人はみな、何らかの形で生活で苦労しているものだが、その苦労が大きい人ほど「強い言葉」を発するものだ。あるいは苦労した本人が言葉を発することがなくても、その人の心を慮りその人を描くことで「強い言葉」を発する場合がある。しかし、いずれにせよ「強い言葉」は人間から発せられるのだから、まずは自分を見つめて、自分のことを書くことからはじめるべきであろう。また、他者を描く場合であっても、他者の苦労を我が事として引き受けて見つめ直した経験がなければ上滑りした記述しかできないので、やはり自分を見つめることはおろそかにできない。そのようなことから金井は「大切な言葉は、人生をしっかりと生きている人から生まれてくる」という実感を吐露したのではないだろうか。この生活至上主義が金井の詩論の中核をなすのであるが、これだけでは一般論で終わってしまう。金井の主張を続けて四つ追い掛けていこう。

どれもこれも画一的な詩に見える。読者を意識し、形式を考え、言葉を駆使して詩を書いていくということはもちろん念頭にあるだろうが、ちょこっとこむずかしいことを書けば、なんとなく詩を書いたような気になり満足してしまう。そういう詩が多いように思う。だが、詩はそんなものじゃない。発語するにふさわしい、内部からわきあがってくる力がどうしてもほしい。いわねばならぬ、いや、書かねばならぬ何かがほしい。もっと突き詰めるなら、書かねばならぬことを表にあらわさずに書いてほしい。別の、新しい言葉の力をともなって、書きたかったことを増幅させて表現してほしい。それが詩かもしれない。

（41頁）

逆説的ないい方だが、ある意味、実験的作品とは普通の事象で勝負するものだ。奇をてらった書き方をして何が変わるのか。根本を揺さぶるものこそ実験的作品ではないのか。小説も詩も映画も演劇も音楽も、実験をするのであるならば、まず日常の上に立たなければだめだ。頭だけで考えていてもいけない。特に文学では、言葉に肉体

が宿らなければ、生きた作品にはならない。新しいものを見つける作業は、しっかりした生活を見る目にある。（57—58頁）

新しさって、何だろうか？　常に新しいものは要求される。それは当然だろう。それでなければ進歩も何もない。だが、本当に新しいものなどは、そうそう生みだせるものでもない。それならば逆に、もっと自分の中に入ることが必要ではないだろうか。いかに、自分を摑まえるかということ。ただそれしかないような気がする。自分というものは自分しかいない。まったく同じ人間はいない。だからその自分を見つけるところこそが、一番新しいのではないか。新しさに目が奪われて、人のまねをしたってだめだ。（中略）今、現在の詩は、なんだかそういうところで苦しんでいるみたいだ。（172頁）

小説でも詩でも空想を書くのは自由だ。嘘のことを書いたってかまわない。フィクションなのだから。でも、文学はそれだけでは絶対だめだ。いい作品は生まれない。どこかに、自分の経験が必要だ。体の中を通った言葉がないと文章になっていかない。だが、詩の一行を書くのに、現実を見る目、体の中を通った言葉が必要だということ

は、実感としてわかっている。こんないい方しかできないのが残念だけど。（83頁）

ここで、金井の主張を強引にまとめると次のようになる。

〔金井が否定している詩〕

a　ちょこっとこむずかしいことを書いているだけの詩。
b　奇をてらった書き方の詩。
c　新しさに目を奪われて人のまねをしている詩。

〔金井が推奨している詩〕

d　現実を見る目、体の中を通った言葉で書かれた、言葉に肉体が宿った生きた詩。
e　自分を見つけることで実現できる一番新しい詩。
f　発語するにふさわしい、内部からわきあがってくる力のある詩。
g　書かねばならぬ何かが感じられるが、書かねばならぬことを表にあらわさずに、別の新しい言葉の力をともなって、書きたかったことを増幅させて表現している詩。

〔金井が否定している詩〕は具体的にイメージしやすいが、〔金井が推奨している詩〕は、明確な像を結ばない。そこで、いよいよ短編小説の出番となる。これまで引いてきた金井の言説は、『短編小説をひらく喜び』として書かれたものであり詩論ではない。それでは、なぜ金井は長編小説ではなく短編小説によろこびを感じているのか。金井は同書で「長編は、おいそれと読み返すことができないが、物語の中に没頭できる。短編は意外性のある鮮やかさがあるし、不思議な雰囲気を持ったものもたくさんある。すぐに読み切れるのもいい。だからというのではないが、小説のもうひとつの意義は短編小説にあり、といおう」（178頁）と記している。つまり、短編小説の長所を以下の三点に集約している。

一、すぐに読みきれて簡単に読み返すことができる。
二、意外性のある鮮やかさがある。
三、不思議な雰囲気を持ったものがたくさんある。

この長所は詩にも通じるものである。そして、前章の以倉紘平と同様に、金井は阿部昭の創作態度に共感していて、人々の生活のなかで確実に発せられている小さな声を言葉ですくい取ることこそ本当の文学であることを確信しているのである。繰り返しになるが、金井は、人々の生活のなかで確実に発せられている小さな声を言葉ですくい取りながら、意外性のある鮮やかさや不思議な雰囲気のある詩を求めていて、それを何度も読みたいと考えているのである。そして、自分の作品もそうありたいと願い、読者に何度も読んで欲しいと思っているに違いない。そういった観点から、先に挙げた金井の二作品を読み返して貰いたい。

「流星」は幼い金井の息子と金井が冬の夜に流れ星を待つ詩である。この詩で記されているのは、何ら特別なことのない平凡な親子の会話であるが、人々の生活のなかで確実に発せられている小さな声を記録している。長く待って体が冷えてきたのだろう、金井は我が子を暖かく抱いてやろうとするのだが、いつまでも小さいままだと思っていた息子は父が思っていたほど子どものままではなくなっていて「なにすッんだよ！」と怒る。このときタイミング悪く流れ星が現れる。親子二人は寒くてポケットに突っ込んでいた手を慌てて出して、俗信に従い願い事を叶えて貰おうとする。そのために、いままで寒空の下で待っていたのである。詩の中では、父にはもう息子の願い事の内容が分からないくらいに息子は父から精神的な自立を果たしているのであるが、その動作を見て「おまえ、それじゃおそいんじゃない?」といってしまう。ここで詩が終わっていれば意外性はないが、息子が「お父さんだって」と言い返してくることにより、これまでの金井の不器用な生き方（＝願い事を叶えるための行動がいつも遅かった）が鮮やかに浮かび上がってくる。そして我が子もまた自分と同じような不器用な人生を送る予感がする、というように私はこの詩を解釈する。

続いて「ぼくの降りる駅」であるが、女性読者の顰蹙を感じつつ、私を含めて多くの男性がこの詩に共感する思考形態を持っていることを告白しなければならない。つまり、この詩もまた、人々の生活のなかで確実に発せられている内面の小さな声を言葉ですくい取っている詩である。恐らく金井は電車の中でこの女性の向かい側に座っているのだろう。女性のスカートの中が見えた所で下着の色が分かるくらいのことなのだが、ほとんどの男という者はそれが見たいように生まれついているのである。この詩のポイントは、見えそうで見えないところであり、最後から二行目まで読者を飽きさせずに引っ張ってきて「もう少しです」と期待させた上で、最終行を「ぼくの降りる駅」としていることで鮮やかさと意外性を出すことに成功している。そして明確には書かれていないが、金井の座っていた席には他の男が座り、同じ妄想が繰り返されることが想像できるのである。

この二例を読み返した後で、先にまとめた〈金井が推奨している詩〉のdからgの項目を再確認して貰えば、金井詩論が明確な像を結んでくるのではないだろうか。金井は、実生活の体の中を通った言葉を使いながら、自分というものを再発見する書き方をしている。それは自分と息子の関係であり、自分と見知らぬ女性との関係である。息子との精神的距離や自身の性的な関心を真正面から捉えて、これが人間性というものだと伝えようとしている。しかし、決して伝えようとしたすべてを文字にしているのではない。読者がそのように気づくように作品を構築しているのである。こうして、金井は書かねばならぬことを表にあらわさずに、書きたかったことを増幅させて表現している。

ここで、金井の詩の技術的な面にも踏み込んで考察しておこう。金井は「詩は小さいことを書くのに適している文学だ」（169頁）ともいう。「小さいこと」は金井が敬愛する阿部昭が得意とする主題である。金井は阿部の小説について、自分の人生でどれだけ大切な時なのか分からないほどの時間や何の変哲もない人生での一コマをポンと拾いだしてサラリと平然と書いていることを称賛し、「ぼく自身が書くものも、常にそういう場面を書きたいと思ってやってきた。でも、それはたやすいものではない」（199頁）と自省している。金井は「小さいこと、なんだかみみっちいなあ、と思われるかもしれないが、それが大きいことにもつながるのだ。些細なことがしっかりと書けなくて、どうして大きいことが書けようか。まずは身の回りの大切なことがきちんと書けなければなにもはじまらない」（169頁）と考えていて、絵画におけるデッサンの役割と同じように、文学における描写の重要性を語っている。

絵画はデッサンがだいじだとよくいわれる。文学だって同じだ。まず、文章にする題材をよく見ること。次はそれを文字に変換する。どうすれば、読んだ人たちが、自分が見たものと同じように感じることができるか、を考えながら書く。確実に言葉に

することこうやって書いてしまえば簡単だが、実際はとってもむずかしい作業だ。（169頁）

金井はこの文章の後で、目の前にある水の入ったコップの描写について具体的に考察しているので、興味ある読者はぜひ原文をご確認いただきたい。金井は更に自分が見たものを読者にリアルに感じて貰うためには「ディテールをしっかりとする、細部をきちんと書くことが必要だ。もちろん、その取り上げる細部がじゅうぶんに的を射ていることが大切であるが」（63頁）と主張しているのだが、その細部は必ずしも現実の描写でなくても構わないと考えている。

これは空想であってもかまわない。この部分が客観的に見て、矛盾がなければ、大丈夫だろう。いや、大きく矛盾があっても、つまりその空想が、著者の主観性と読者の客観性とが合わさることができた時、より強靱な実在感を創りだすのではないかと思う。これがぼくのリアリズムである。（63頁）

以上見てきたように、金井の詩は、日常生活の小さな一コマを、しっかりと観察して細部を描き上げるところに特徴があるのだが、もう一つ技術面で重要なことがある。表層的な隠喩法（メタファー）の不使用である。小笠原眞『すこし私的な詩人論　続・詩人のポケット』（二〇二〇年、ふらんす堂）には、優れた金井雄二論が収められているのだが、メタファーこそが現在の詩の混乱を倍増させてきた、という金井の主張を引いた後で小笠原は「現代詩の伝家の宝刀であるメタファーを封印して詩を書くという行為は、喩えて言うならばマタギが猟銃を持たず、ましてや熊槍や山刃をも持たずして素手で熊と対峙するようなものである」（270頁）と、その困難な創作姿勢を読者が感覚的に理解できるように指摘している。

隠喩法は状況によっては大きな効果を挙げることがあるので、その使用は全否定されるべきものではないが、その乱用が現代詩を難解にして一般読者を遠ざけてしまったことは今一度反省すべきである。その上で表層的な隠喩法ではなく、詩作品全体が大きな人生の比喩となるような本質的な隠喩法を探求していくべきだろう。そのような視点から読み返して見ると、詩「流星」全体が人生の隠喩であり、詩「ぼくの降りる駅」全体が人間性の隠喩であることが分かる。金井雄二の詩は、彼がそう望んだように、すぐに読みきれて簡単に読み返すことができるものである。しかし、一度読んだら、もうおしまい、というものではない。一度目よりも二度目、二度目よりも三度目、と何度も読み返すたびに、新たな気持ちを呼び覚ましてくれるものである。そういう詩こそ理想の詩といえよう。

本章の新・民衆詩派指針 ✓

【心得篇】

□詩は作者の実生活をそのまま記録したものではないが、よい詩は実生活で得た「強い言葉」で構築されている。

【技術篇】

□日常生活の小さな一コマを、しっかりと観察して細部を描き上げる。

□表層的な隠喩法を乱用せずに、詩全体が大きな比喩となる書き方をする。

第八章　甲田四郎の庶民性と詩の力

大正期の民衆詩派詩人の命名の基になった雑誌「民衆」の誌名は、英語のpeopleを翻訳したものである。誌名の候補として、庶民、人民、民衆などが挙げられたが、結局「民衆」がいいということになった、と井上康文は「『民衆』創刊前後」（『民衆』復刻版別冊、一九八三年、教育出版センター、4頁）で回顧している。庶民、人民、民衆のいずれの言葉にせよ、為政者側ではない一般大衆層を想定した言葉であるが、その中でも庶民という言葉からは、庶民感覚や庶民感情という具体性を伴った人々の姿が立ち現れてくるように思う。一般読者に届く現代詩を書くためには、この庶民感覚という視点も重要なポイントとなるが、現代詩人の中で、この庶民感覚を最も上手く作品化してきたのが甲田四郎ではないだろうか。

甲田は一九三六年生まれで東京都大田区在住。二〇一九年に出版した詩集『大森南五丁目行』（土曜美術社出版販売）が単行詩集としては第十二詩集となるが、他に『甲田四郎詩集』

（日本現代詩文庫・第二期7、一九九六年）と『新編　甲田四郎詩集』（新・日本現代詩文庫130、二〇一六年、共に土曜美術社出版販売）の二冊の選詩集がある。

日本現代詩文庫シリーズは、刊行時までの既刊詩集及び未刊詩篇からの作者の自選あるいは編者が選定した詩が収録されている他、エッセイ、解説、年譜が付されていて、甲田のような詩歴が長い詩人の作品を読み解くための最良の書となる。現代詩の詩集は少部数発行を基本としていることや、零細出版社からの刊行、さらには私家本もあり、優れた詩集でありながら、発行から時間を経ると入手困難になるものが多い。日本現代詩文庫シリーズは、このような絶滅危惧詩集から作者や編者が選りすぐった詩篇を救済して、読者の興味に応じて再提示できる機能を果たしている。また、現代詩の詩集賞は単行詩集毎の評価が一般的であり、選考対象期間が過ぎれば顧みられることが極めて少ないが、日本現代詩文庫シリーズでは、詩集刊行毎の作者の詩風や思想的変化を概観でき、手軽な価格と体裁により、本来ならば全詩集を隈無く読み解いて苦労して導き出さねばならない作者の総体的印象を効率的に示す役割を果たしてくれる。思潮社の現代詩文庫シリーズも、ほぼ同様の規格で出版されているが、土曜美術社出版販売の日本現代詩文庫シリーズの方が刊行希望者に対して広く門戸を開いている。このことは一方で刊行シリーズの玉石混淆状態を招いてしまうことになるが、その中でも甲田のような優れた詩人の日本現代詩文庫が刊行されていることは、詩界にとって大きな貢献をしていることになるだろう。

日本現代詩文庫の一九九六年版『甲田四郎詩集』は、第二詩集『午後の風景』から『時間まで、よいしょ』、『大手が来る』（第23回小熊秀雄賞）、『九十九菓子店の夫婦』、『昔の男』、『煙が目にしみる』の計六詩集からの選詩集である。二〇一六年版『新編　甲田四郎詩集』の方は、第八詩集『陣場金次郎洋品店の夏』（第4回小野十三郎賞・全篇収録）から、『くらやみ坂』、『冬の薄日の怒りうどん』、『送信』（第32回現代詩人賞・全篇収録）までの四詩集と未刊詩篇七篇が収録されている。従って第一詩集『朝の挨拶』（一九七五年、潮流出版社）からの作品選出はないが、まずは甲田自身が厳選した詩群を確認すればよいだろう。また、『新編　甲田四郎詩集』刊行後の詩集は、本稿執筆時点では、先に挙げた『大森南五丁目行』のみであり、二冊の日本現代詩文庫と単行詩集『大森南五丁目行』の三冊を基に考察を進めていきたい。

甲田は中央大学法学部を卒業後、稼業の和菓子店に従事してきた。「大学を出してもらって家業に入ったときは明治時代に戻ったような気がした、朝六時に起きて夜十二時に寝るまで起きている間は働く時間で（その点今でも似たようなものだが）、休日は月一回（遊んでいると金を使う）、仕事を覚えるまでは馬鹿になって働けというわけで、私はたちまちくたびれて暇を盗んで眠ってばかりいた。気がついてみれば町の店の人間は皆似たように働いてばかりおり、町はそれによって支えられており、そこに農村から子供達が住込みで働きに来ていたのだ」（エッセイ「眠ってばかりいた」『甲田四郎詩集』128頁）と当時のことを回想している。その後、賑わいのあった商店街は大手スーパーマーケットの進出や人々の生活スタイルの変化により徐々に衰退していき、店舗従業員は家族従業員のみとなり、やがてその家族従業員も事業主の他は配偶者一人、子どもがいても家業は継がない、といった小規模小売店の様相が全国的に見られるようになる。そんな和菓子店をイメージしながら、少し長い詩であるが、二篇の詩を読んでいただきたい。引用は一九九六年版『甲田四郎詩集』による。

消費者懇談会

あの、おだんごやお大福は毎朝作るんですか
はい
前の日のをお売りになることはないんですか
ないです
残った物を混ぜてお売りになるとか
ないです

でもスーパーなんか夜行っても朝行っても同じようにあるでしょ
あれは幾日ももつように違う作り方をしているんで、だから味の方も多少ナニじゃな

いかと。われわれ普通の菓子屋は朝作ってその日のうちに売り切ります。混ぜものなんかしないです
だけど売り切ると言っても残る時だってあるでしょう、その時はどうするんですか
われわれは長年の経験があるんで、今日はこの位売れるという量が判るんです。それより控え目に作って売り切ります
でもね、必ず売り切れるとは限らないでしょ、どうしたって残る時があると思うんですね
めったにないです

めったにないけどあるんですね
ありますけど幾らもないです
その時はどうするんですか

食べちゃいます
捨てるんじゃないんですか
捨てるだなんてもったいない、小さい菓子屋がいちいち捨てていたら商売にならない

です

それじゃどうするんですか
だから、食べちゃいます
捨てていたら商売にならないって、それじゃ捨てないで何かに使うんでしょ
私ら小さい菓子屋ですから作ったものはお金と同じです、お金を捨てるのはもったいないです、それで食べちゃいます
商売にならないって言ったでしょ
捨てては商売にならないです、食べちゃえば身になります

でも一つや二つならいいけど十も二十も残ったらどうするんですか
食べちゃいます
だって食べられるんですか
飯の代わりに食べちゃいます
三十も四十も残ったらどうするんですか

そんなことはないです

お彼岸なんかでさ、夜になっても山のようにおはぎが残っているのよく見るじゃないさ

それはよそのことでしょう、よそは知りません、うちはそんなことないです

だってこないだ雨でさ、おたく残ってたじゃん

山のようになんてことはないです

でもやはりそういうときはお困りでしょう、何かそういう時の方法というものがおありですか

食べちゃいます

だってそんなに食べられるわけないじゃないですか、これは消費者懇談会なんですよ、人馬鹿にしたようなこと言わないで正直に言ったらどうなんですか、正直に

馬鹿になんかしてないです、食べきれなければ使用人とか他の人とかにあげたりするんですよ

あの、夕方などよく八百屋とか魚屋が売り切ろうとして安くしますね、お菓子屋さん

はあまりしませんがあれなら判るんですがね
する所もあるようですがそれぞれの営業政策ですから。だいたいどこでも夕方過ぎれ
ばだんごや大福はあまりないですよ
だけど現にいっぱい残ることもあるって言ったじゃないですか、それを捨てないで何
にするのかって言うんですっ
だから、食べちゃいます
そんなに食べてばかりいてよく太りませんねっ
だから、めったにないって言ったでしょうがっ
飯の代わりに食べるって言ったでしょうがっ
食べたって小豆や砂糖じゃ太らないです、あんた知らないんですかっ
(『大手が来る』一九八九年、潮流出版社)

消毒

世の中は怖いものだらけだが
九十九菓子店の亭主はなかんずく保健所が怖い
保健所がまず手を洗えと言う通り亭主はまず手を洗う

汚れや脂肪はばい菌の栄養だからと
言う通り石鹸とブラシでこすって洗って全部落とす
逆性石鹸で消毒しろと

言う通り消毒する、一日何回消毒すればいいんだとは言わない
昔はよかった、消毒しなくても誰も文句は言わなかったとは言わない
保健所がこういう状態ではいつ食中毒が起きても不思議でないと

言ったにも拘わらず食中毒はなかったから不思議だったとは言わない
品物を作る前品物にさわる前、鼻をかむ度頭をかく度、仕事場を出てまた入る前その
　ほかこれと思った時全部

うるさいなあ、これを書いていると窓の下でドリルが道路をほじくっていて、窓を閉
　めたが暑いからまた開けて、大音響の中でじっと我慢しているのだが

言う通り消毒したり洗ったりするので
手はひりひりするほどきれいで
すぐ傷がつく、ちょっと串がこすれただけで棘が刺さる、血が出てくる

傷にはブドウ状球菌があってそれがいちばん恐ろしいと
言うから消毒してバンドエイドを巻くのだがすぐ水で剝がれてしまう
それを消毒して巻きまた消毒して巻き、巻いた上を消毒して

消毒漬けだから治りが早いが傷ができるのも早い
だけれども消毒漬けだから安心だと思っていたら
今日保健所が言うには、普通の手指は脂だのあって傷ができにくく、なんとかかんと
かで菌の繁殖を防ぐ力があるのですが、消毒した手は消毒液のために荒れたり傷も
できやすくなっています。雑菌もブドウ状球菌も全部死んで脂もなくてまっさらで
すが、傷ができて菌が着くと繁殖を防ぐものがありません。皮膚には深い凹凸があ

って、消毒しても凹みや傷の底の菌は生きていて、すぐまた表面に出ます。いったん表面に出た菌は猛烈な勢いで繁殖するのです。だと。

今になってそれはないだろうそれは、とは言わないが青空に盛り上がるキノコ雲を見たようで
手が荒れないようにクリームをつけて下さいと
言うからクリームを塗った、でもクリームもばい菌だからまた消毒しなくてはならない
クリームをつけて洗って洗ってひりひりして
どうなるんだこの先
うるさいなあ、いつまでドリル動かしているんだ、たまりかねて出て行って文句を言ったら、今日休みだから今日やってくれってお宅の奥さんが頼むからやっているんだと叱られた

じっと手を見た、ばい菌が溢れて指からこぼれた
(『九十九菓子店の夫婦』一九九二年、ワニ・プロダクション)

この二篇の詩には、甲田の実体験や同業者などの近しい人から聞いた出来事が素材として使われているだろうが、決して事実そのものを単純に記載したものではない。作品を構築する上での語り口やストーリー性、庶民目線とその目線を超越する問題意識などが一体となって、飽きさせない詩を意識的に作り上げているといえる。

詩「消費者懇談会」が収録された詩集『大手が来る』は、大森駅前に出店した大手スーパー「西友」に対する大森銀座商店街の混乱に材を得ている。当時は中小小売業の保護を目的とした大規模小売店舗法による大型店の出店規制があり、出店に伴う地元説明会や調整会議が開かれ、恐らく地元小売店は様々な条件交渉を行ったはずだ。甲田はその交渉の中で、浅ましい人間の本性を見ざるを得なかったことだろう。一方で消費者の利便性という観点から、地元小売店の存在意義も問われることになっていった。『大手が来る』所収の詩「刺身」では、大手スーパーに偵察に行った女（地元小売業者の妻と推定）が、買ってきた刺身を食べながら「おいしい」というところから始まるが、「たまには買ったっていいでしょう、このごろ近所のはいいのがないし値段だってうんと安かった」「近所で買えったってその近所がうちへ来ないじゃないか」「だいいち売上がないんだ売上が、少しでも安いの探して食わなきゃしょうがないだろう」といった会話が散りばめられていて、地元小売店が一致団結して出店を反対したはずの大手スーパーで日用品を購入してしまう現実が、ユーモラスに書き留められている。そのような中で、地元小売店の良さを知って貰いファン顧客の獲得や消費者ニーズに対応した品揃えの充実を目的に「消費者懇談会」が開催されたと想像されるが、詩ではその切実さの中に「笑い」がある。長い作品であるが、消費者からの質問に対する菓子店主の返答が延々と繰り返されるこの長さがなければ、この詩の「笑い」は成立しない。そこには、消費者と小売店の双方の狡さも見え隠れしながらも、小規模事業者の悲哀のようなものも垣間見える。そして終盤の商店主の苛立ちは、現実には面と向かって言えない心の声を、作品上でだけ声に出すことによって、詩のシメとしたと考えるのが妥当だろう。「よく太りませんねっ」「言ったでしょうがっ」「知らないいんですかっ」といった「っ」という語気を強める語尾の表記もそれまでの語尾との対比により効果を挙げている。

詩「消毒」では「保健所が怖い」と記されるが、菓子製造販売業を営むためには管轄の保健所の営業許可が必要であり、「保健所が怖い」と単純に書くことによって、保健所を権威側、保健所の指導に従う菓子店を庶民側に明確に区分けしてから作品を展開している。「言う通り消毒する、一日何回消毒すればいいんだとは言わない」と続き、「言わない」「昔はよかった、消毒しなくても誰も文句は言わなかったとは言わない」と言いながら作品上は明確に言っているのだが、現実生活では疑問を呈しつつも権威側に逆らわない庶民の実相を示した表現が現れる。やがて、消毒し過ぎて皮膚が弱くなり裂傷が生じるが、ブドウ状球菌による食中毒の恐れを回避するために、また消毒をする羽目になる。ところが「普通の手指は脂だのあって傷ができにくく、なんとかかんとかで菌の繁殖を防ぐ力があるのですが、消毒した手は消毒液のために荒れたり傷もできやすくなっています」というところに至り、何を信じて生きていけばよいか庶民は困惑してしまうのである。甲田の詩の優れたところは、ここで「今になってそれはないだろうそれは、とは言わないが青空に盛り上がるキノコ雲を見たようで」とさりげなく原子爆弾の惨劇を想起させる一文を挿入することで、盲目的に権威側に従うことの危うさを指摘しているところである。そしてその危うさは庶民の無知にも原因があるのだが、そのことを工事業者の騒音に文句をいって叱られてしまうことに象徴させている。この展開に持ち込むために、「ドリルが道路をほじくっていて、窓を閉めたが暑いからまた開けて、大音響の中でじっと我慢しているのだが」という表現が周到に配置されていたことも点検しておきたい。そして作品の最後は石川啄木の「はたらけど／はたらけど猶《なほ》わが生活《くらし》楽にならざり／ぢつと手を見る」のパロディー表現で、「ばい菌が溢れて指からこぼれた」ことでシメられるのだが、結局、権威側の指導に従った生き方をしても、生活は楽にならない、という悲哀が巧みに笑わせるのである。

『新編　甲田四郎詩集』には、二〇〇五年十月十五日に開催された「詩人会議　秋の詩のセミナー」での講演を基にしたエッセイ「やっぱり、暮らしの中から」が収録されているが、ここで甲田は次のように述べている。

「笑い」というのは、はっきり笑えなくてはいけません。教養があって始めてうっすら笑えるというような高尚な笑いは、私は困ります。（中略）正直言いまして自分の詩にとって勉強になるのは他の人の詩もさることながら、映画とか、大衆演劇とか、落語とかそういうものから学ぶことが割に多いです。大衆演劇の人で、テレビで「笑い」というのは涙と共にある、裏腹のものだと、だからよけいおかしくて、よけい悲しいと言っていました。そういうことばを聞くとなるほどと思います。こういうこと、詩論にはなにも書いてありませんよね。

（前掲書176頁）

甲田の詩の魅力の一つは間違いなく、この「笑い」にあるのだが、ここで確認しておきたいのは、必ずしも優れた詩には「笑い」があるということではなくて、「笑い」に対する甲田のプロ意識である。甲田が「自分の詩にとって勉強になるのは他の人の詩もさることながら、映画とか、大衆演劇とか、落語とかそういうものから学ぶことが割に多いです」と述べているように、一見、詩とは関係のないものから自身の詩に活かせるものを学ぶ態度はぜひ見習いたいものだ。繰り返しになるが、それは必ずしも「笑い」に限定されるものではない。一人一人、詩の持ち味は違うので、「笑い」を描くのに不向きな人もいる。

甲田は「笑い」を描く達人であるが、それは書きたいように書いたから現出するものではなく、日頃からの表現へのプロ意識によって実現できたものだ。ほとんどの詩人が詩で生計を立てていないのに、プロフェッショナルもアマチュアもないではないか、プロ意識なぞという言い方はおかしい、と感じられる読者には、現代詩を作り上げる職人としての拘りと言い換えてもよい。現代詩を読んで貰うことを前提にした工夫といってもいい。いずれにせよ、天才的な一部の詩人はこれを無意識に行うことができるが、私のような凡人には意識して取り組む他ないもののことである。「こういうこと、詩論にはなにも書いてありませんよね」と甲田が付言していることにも着目しておきたい。『甲田四郎詩集』から、もう一篇引いておこう。

りんごの食べかた

りんごを剝けば昔の男は鼻息荒くりんごを食べる
息子夫婦が会話しながら食べる脇で黙って食べる
鼻が悪いから口で息をしながら食べるので
ふがふがふが、ふーんさく、さくがふがふ、ふがふがふが、ぶぶ

食べているうちにもう一つのりんごに箸を刺す
息子夫婦は見ないふりをして会話を続ける

昔の男は何を食べたいという希望を言ったことがなく
人生の楽しみについて何も言ったことがなく
出されたものは何でも食べた

ぐふぐふぐふ、ぐぐ、ふーんさく、ふがふがふが、ふがふがふが
黙って境遇を受け入れて
ごくたまに鼻で唸ると妙な節まわしになっている

ふんんんん、ふーんさく、さくがふがふ、ふがふがふが、ぶぶ
顔も上げずまわりも見ずに鼻息荒く
すぐ食べ終った、食べられないと黙って残した

いただきますもごちそうさんもなく
味や量についての感想もなかった

そこにかすかに人生の意義が浮かび上がらないこともない
それでも食べるのが楽しみかと聞かれれば
それはやはり楽しみに違いない
食は最後まで残る楽しみだ

その楽しみがなくなったら死ぬるのだ
残さないでよ
残してもそれを食べる者はいないのだ

（『昔の男』一九九四年、ワニ・プロダクション）

「昔の男」とは、女から見た昔つき合っていた男ではなくて、現役を終えた男、先代の事業主、老いた父親、という世間一般から見た「昔の男」である。この作品では、りんごを食べる擬音語・擬態語を中心に、各部でリズム感が光る詩となっているが、社会的な活躍がない場所で一人の男がただ生きている悲哀を、食べる情景で表現した秀作である。最終連の「残さないでよ」には死別の予兆が見られるが、日常生活に追われる夫婦が、そんなふうに立ち止まって他人の生の重みを感じることは希であろう。多くは被介護者を厄介者として感じ、死別してから後悔するのが常である。先に引いたエッセイ「やっぱり、暮らしの中から」で甲田は「私は、生活感覚と笑いということを強調しましたが、それだけだと狭くなりますね。それを補っていくには、一つの方法としては、それを徹底する。機首を上げようとするのではなくて、押し下げる。そうするとかえって上がるかもしれません。徹底するとそれは普遍ということに通じるのかもしれません」(189頁)と語っているが、具体的には「自分の属する階層に忠実にいる」ことを推奨している。甲田は自分の属する階層を「意識としては貧乏人階層」と規定するが、その階層で知っていることを徹底して突き詰めることで普遍性が獲得できるのではないか、という。これが「機首を押し下げる」ということである。こういう意識でないと「りんごの食べかた」のような詩は書けないだろう。最後に、自分の階層に忠実で、しかも批評精神が漲っている詩を、最新詩集『大森南五丁目行』から鑑賞して貰いたい。

階段

整形外科は階段を上った二階にあるので
階段上れない人は行かれない
手すりにつかまって杖ついて一段上って休み

また一段上って休みして行ける人は
下るときは身体横にして
一段片足下りて　また一段片足下りて
また一段片足下りて
老いの下り坂も楽しめるものだとテレビが言う
楽しいですか
揺れる
つかまる
大口開けているフシアワセの穴へ
ころがり落ちたら

フシアワセは
前から後から上から下からくる
フシアワセの中で小さなシアワセを
探して見つけて積み重ねてきたところへ
一度にどっとフシアワセが来る
もうこれ以上フシアワセなことなど

見たくないフシアワセの兆しなど見ても見ない
だからフシアワセは一度にどっと来る
積み重ねた小さなシアワセを全部吹き飛ばしてくる
せっせと働いてためたお金を
たった一回詐欺に引っかかって全部失くしたように
また働けばいいさ、またためれば
そう思うには少し年を取り過ぎた人が
階段上る
上りきって吐息する、安堵の
それから整形外科でリハビリ受ける
効いたのか効かないのか判らないリハビリ
そしてまた片足ずつ
階段下る

『新編　甲田四郎詩集』には、佐川亜紀の優れた評論「庶民としての共感と批評」が収められているが、佐川はそこで「甲田四郎は、ユーモアを醸し出す日常語で記す描写力に定評があるが、一方でしたたかな意志と生き生きしたリズムが詩を成り立たせている。詩は散文的な日常を題材としても、背後に日常を超えた光源を持っている。混沌とした暮らしをどう見て、どう表すかに作者の視角が浮き上がる」(198―199頁)と的確な批評を下している。甲田の詩を読むと、私たちの日常は詩の題材で溢れていることに改めて気付かされる。しかし、ただ生活に流されているだけでは詩には出会えない。甲田は庶民として詩を紡ぐが、庶民を超えた視点で作品を組み上げている。それが佐川の言う「背後に日常を超えた光源」があるということである。私たちもみな、それぞれが光源を背負って生きている。それに気付かせてくれるのが甲田四郎の詩の力なのである。

本章の新・民衆詩派指針 ☑

【心得篇】

□一見、詩とは関係のないものから自身の詩に活かせるものを学び続ける。

□自分の属する階層に忠実に、生活感覚の獲得を徹底する。

【技術篇】

□詩を成り立たせるために、したたかな意志と生き生きしたリズムを用いる。

第九章　世界の見方を変える小松弘愛の逆転の詩の論理

第六章で記したように、私は二十代の頃に大野新に選んで貰った詩集を読み込むことで現代詩の訓練を積んだのだが、その中に小松弘愛《ひろよし》の三冊の精巧な散文詩集があった。この三冊との出会いが、以後の私の作品の方向性を決定付けることになった。

小松弘愛は一九三四年に高知県香美郡東川村（現・香南市）生まれ、高知市在住。二歳で父が病死し、祖母に育てられた。苦学しながら高知大学教育学部に学び、高校教諭となる。三十二歳のとき、はじめて詩を書き、嶋岡晨が選者であった高知新聞「詩壇」に投稿。第三詩集『狂泉物語』（一九八〇年、混沌社）で第31回H氏賞受賞。単行詩集としては第七詩集となる『どこか偽者めいた』（一九九五年、花神社）で第29回日本詩人クラブ賞受賞。土佐の言葉をテーマにした三冊の詩集を含め、既刊単行詩集は十三冊、選詩集に『小松弘愛詩集』（日本現代詩文庫44、一九九一年、土曜美術社）があり、「詩と思想」二〇一三年七月号から三カ月連続で「詩的自叙伝Ⅰ・Ⅱ・Ⅲ」が掲載されている。なお、私が大野から借りた三冊の散文詩集は、『狂泉物語』と、第四詩集『幻の船』（一九八四年）及び第五詩集『ポケットの中の空地』（一九八六年、共に花神社）であったが、日本現代詩文庫に大半の詩が収録されているので、本章の詩の引用は同書による。

それでは、はじめに『狂泉物語』所収の詩「狂泉」から見ていこう。冒頭に「昔、一國アリ。國中ニ一水アルノミ。號シテ狂泉トイフ。」という南朝の宋の人、袁粲《えんさん》の言葉がエピグラフとして置かれている。以下本文を全文引用する。

私は、狂泉と呼ばれる泉の話を知っている。それは、尋常の泉ではない。月の明るい夜、水の面《おもて》が淡く桃色に変わるのもその一例である。この狂泉のある村は、かつては桃の木の多い土地で、春には、村全体が桃の花に包まれたが、今は、乾いた砂の舞う荒れ果てた土地である。

村人は、ひとり残らず狂泉の水を飲まなければならない。そして、一様に心を狂わせなければならない。村で水を求めることのできるのは、この狂泉しかないのである。

ひとりの男が渇きに耐えながら一つの井戸を掘った。黄砂のように乾いた土に難渋しつつも掘り続けた。絶えず襲ってくる桃色の水の幻影をふりはらって掘り続けた。やがて穴の底に、土は湿気を帯び、わずかに泥色の水が湧き出してくる。人を正気にかえす水である。さらに、男は掘り続けた。

季節も秋を深めた満月の夜だったという。男は、深い穴の底に涼しい月影を映している水を発見した。もはや、狂泉の水に心を狂わすことはないのである。

その夜更け、村の中央、小高い丘の上に立つ櫓に、一つの旗がひるがえった。旗のもとに屈強の男たちが集まり、火のような怒号が交わされた。涼しい月の光を宿した井戸を襲撃しなければならない。丘を駆けくだる男たちが手にしているのは鍬である。痩せこけた土地を耕して磨滅した鍬である。

荒々しくぶつかりあう鍬のもと、またたくまに井戸は埋められた。半殺しにされた男は、狂泉のほとりに引きずり出され、桃色の水を牛馬の口を割るようにして飲まされた。

夜明け方、村には平和がよみがえり、乾いた砂がいつものように空に舞いはじめた。濁った朝の光のなかに、男の井戸の跡は、新しい塚のように盛りあがっていた。そばには、二、三柄のもげた鍬がころがっていた。

（以来、丘の上の櫓には、あの夜の旗がいつもひるがえり、二度と井戸を掘る男は現れないという。）


狂泉の村は、私には親しい村である。私は、夢のなかに古い記憶をたぐってゆく時、耳朶《じだ》の奥に火のような怒号を聞くことがある。そして、磨滅した鍬をふりあげて丘を駆けくだる男たちの姿をまざまざと見ることがある。それは、恐ろしい勢いで私のほうにせまってくる。しかし、よく見ると、兇器と化した鍬のもと、そこにもまた私の顔があるのだ。青ざめた私の顔が迎えるものは、無気味にこわばった、もう一つの私の顔である。

私は、自分が今も、狂泉の村に住んでいるのだ、と思うことがある。

詩集『狂泉物語』は、組織と個人の関係の中に潜む狂気を描き出した物語群であるが、尿道深くナフタリンを挿入する拷問と精神を病んだ級友を関連付けて描いた詩「ナフタリン」や、村人たちが丹精込めて植えた数十本の桜の若木を村はずれに住む少年が錆のはしった草刈鎌で切り刻む詩「桜」など、身体性や即物性を重視した現実感覚が強い詩群が特徴である。引用した詩「狂泉」は、詩集掉尾に据えられ、物語群全体を総括する役割を担っているが、『宋史』の「袁粲伝」の記述に基づいて構築された作品の世界観は他の収録詩とはやや異なる。『狂泉物語』全体が詩「狂泉」型《タイプ》の詩で占められている訳ではないので、他の詩も引用して比較したいところであるが、紙幅の都合上断念し、詩「狂泉」の考察に絞りたい。

小松は、「詩と散文のはざまで――散文詩について――」（「高知大学　教育実践研究」第7号別冊、一九九三年、以下「詩と散文のはざまで」と記す）で以下のように記している。

この「狂泉」という作品は、「袁粲伝」の一部を下敷にしているということです。といっても、私が使っているのは原文の120字程度の部分で、全体としては私の想像力で物語化していますが、原文と決定的に違うのは、終りの二段落、つまり、「狂泉の村は、私には親しい村である」以降です。この部分が書かれていることによって、「狂泉」という一篇は、古典の世界とは違った現代の作品としての表情をもつことができた、と私自身は思っています。

それはどういうことかと申しますと、作中の「私」は被害者として登場しますが、終始一貫して被害者の場にいることは許されず、被害者は同時に加害者の顔を持たざるを得ない、という現代社会に生きる者の苦い時代認識の表出となっているからです。

（以下の引用を含めて傍線は筆者）

小松はこの論考で「われわれは、自らが集団的狂気の中に住み、その中で安んじているのではないかと、自らに問うてみる必要がないであろうか」という小海永二の批評を引いて自作を解説しているが、昨今の新型コロナウイルス感染症による社会的慣習の変化や集団内での同調圧力の強化を目の当たりにして、詩「狂泉」のキーメッセージである現代社会に生きる者の苦い時代認識の表出が、今なお古びていないことを私たちは思い知るのである。この一点を持ってしても、詩「狂泉」は現代詩の古典的名作に位置づけられるべきだろう。小松は続いて、詩「狂泉」が散文詩の形式でなければならない理由を説明する。

「狂泉」は右のようなテーマを追究したものですが、この内容を一篇の作品に盛りこもうとすると、伝統詩形である短歌・俳句では不可能なことです。そして、普通の行分け詩という形式も、その器としては不向きではないでしょうか。

まず、相当の長さを必要としますけれど、次のような点から散文詩の形を採ったほうがよいと思います。

それは、被害者が同時に加害者である、という逆説的な論理を追究しようとすると、その論理を切断してくる危険性をもつ行分け詩は避けたくなります。

また、「組織と個人の関係の怖さ」――そこに働く力学というようなことを問題にする場合、その力学の場を不安定にしてくる行分け詩はやはり避けたくなります。このように考えると、連続性をもって安定している散文、という構文形式をどうしても選びたくなります。

行分け詩は言うまでもなく、頻繁に改行を繰り返すことで、その姿を保っており、私たちは一般的に「詩」と言えば行分け形式の詩の姿を連想するだろう。それは頻繁に改行を繰り返すことによる余白効果も手伝って、詩の飛躍を実現させやすくする形式なのである。反面その形式故に、周到な場面設定や詩の飛躍を実現させるための土台となる論理の蓄積を行うことが構造的に不向きである。ここで誤解して欲しくないのは、すべての現代詩に散文詩が適しているということではなく、テーマに応じて散文詩がその力を発揮できるということであり、形式先行で詩を書くべきではない、ということである。例えば、言語の非日常的用法を根本教義に据えた難解詩を書く人々の散文詩は、論理構造が切断された意味不明の駄文に過ぎない。最後まで読み込めば深遠な真理を明かしてくれるのであれば辛抱もするが、表面的に難解なだけで内容が希薄な散文詩は、わざわざ時間をかけて読む必要もないだろう。

さて、話が逸れてしまったが、散文詩の名人である小松は、散文詩の困難性もよく知っている。「詩と散文のはざまで」から引こう。

何が困難か。それは散文詩という名称そのものが語っています。散文と詩はもともと対立するものです。散文の詩というものは形容矛盾です。ごく常識的に考えても、島崎藤村の「初恋」、あるいは高村光太郎の「道程」を思い出していただければ、前者が七五調の文語定型詩、後者が口語自由詩という違いはあっても、これらは散文と明らかに異なるもので、どなたも詩と呼ぶことにためらいはないと思います。いずれも、その発想、形態ともに散文とは異質の世界を作っています。

この後で小松は、散文詩を創出させたベルトラン（一八〇七―一八四一）の散文詩集『夜のガスパール』（岩波文庫）を翻訳した及川茂の「いわゆる緩慢な散文《プロザイック》に陥らぬように気を配りつつ、散文で詩を書く行為とは、言わば剣が峰をきわどく前進することに似ている。一方に寄りすぎれば、散文《プローズ》の崖を転落し、反対側に寄れば形の崩れた韻文詩と変らなくなってしまう」と記された「訳者後記」を紹介することで、散文詩を書く上での困難性を指摘する。しかし、よくよく考えて見れば、詩を書く行為とは、散文詩に限らず剣が峰をきわどく前進することに他ならない。一方に表面的に行分け形式を採用した身辺雑記、反対側に難解な衣装を纏っただけの空虚な非日常言語による綴方がある。散文詩は表面的に詩の形をしていないので、その道行きは上級者向け超難関コースであり、基礎訓練なしに挑むのは危険である、ということに過ぎない。

　続いて、詩「狂泉」の創作経緯からも学んでおこう。『小松弘愛詩集』に収録されている年譜の一九七四年（四十歳）の項には、「同僚、内田祥穂講師、エッセイ集『私は教師』刊行を理由に解雇される」の記載があり、一九七八年（四十四歳）の項の「内田祥穂講師、教壇に復帰する」までの間、多くの市民や卒業者の支援を受けながら小松たちが三年半にわたる戦いを率先して繰り広げていた事実を、私たちはまず知っておく必要がある。小松は「詩と思想」二〇一六年六月号に寄稿した「三足の草鞋《わらじ》を履いて　――H氏賞の頃――」で、「学校の仕事と組合の仕事」に忙殺されて「読んだり書いたりする自分の仕事」にあてる時間がなくなっていく中で、次のような解決策を見つけた、と記している。

窮余の策は、一つは解雇撤回運動そのものに詩の素材・テーマを求めてゆくこと、もう一つは日々の授業の中に詩を探してゆくことであった。一つの例を挙げてみよう。詩集『狂泉物語』に、その書名にもつながる「狂泉」という詩がある。この詩はどのように生まれたか。明日の授業をひかえて漢文の入試問題を解いていた。神戸大の過去問であった。冒頭を書き下し文に直せば、「昔一國有リ、國中ニ一水アルノミ、號シテ狂泉トイフ。國人此ノ水ヲ飲ミテ、狂ハザルハ無シ」というふうに始まる問題文であった。この後は、みんなが狂っているのに、自らの井戸を掘り、心を狂わすことから免れていた人物がいたけれど……、と続いてゆくのである。

私はいくつかの設問を解いてから、これはその昔の中国の史書（『宋書』）に出てくる話だが、職場の状況に重なってくるところもあり、更には広く現代という時代に通じるものがあると思った。ならば、これを換骨奪胎して今の時代に蘇らせてみたい。この思いを物語化して書きあげたのが散文詩「狂泉」であった。

前章で採り上げた甲田四郎は、「自分の属する階層に忠実にいる」ことを推奨していたが、小松の属する生活階層は学校の教育現場であり組合活動の場であった。小松もまた、その階層に忠実にいて詩の題材を求めたのである。小松は「三足の草鞋」を履いていたときを振り返って、「あれはあれでよかったという思いになる。一言で言えば、緊張のある時間を生きていたということである。そして、この緊張感から私なりの詩が生まれていたのだ、と言い切ってもよかろう」と語り、結論として「大事なことはどのような状況に置かれても、書くのは今だ、今しかない、と自らを原稿用紙の中に追い込んでゆくことである」と力説している。私たちは程度の差こそあれ、みなそれぞれに忙しいものであるが、小松の体験談を聞いた後では、多忙を理由に詩作ができない、などとは言えないだろう。「書くのは今だ、今しかない」、このスローガンを眼前に貼り付け、日々、詩作に励みたいものである。

さて、詩「狂泉」一篇の考察だけでも、これまで見てきたような様々な学びがあるのだが、詩集『狂泉物語』の四年後に刊行された第四詩集『幻の船』は、ぜひ熟読しておきたい名著である。この詩集の内容は、「ひとはかならず老いる。老いと死との間に、燃えるような生の真実がある——老人病棟に寝起きし、日常を共にし、呆と死を見つめぬいて初めて生まれた、やさしさに満ちた20詩篇。」という詩集帯文に端的に現れている。ここでは、数ある名作の中から詩「船」を鑑賞していただこう。

岸壁に立って大阪行の船を見送る。ゆるいカーブを描く五色のテープが次々にちぎれ、緑がかった水に浸されてゆく。

遊びに来ていたのだろうか。岸壁のはずれで、ジーンズをはいた女の子が二人、離れゆく船に手を振りながら声をはずませている。

私は、おしめをいっぱい積んで大阪へ行く、という船のことを考える。それは、どのような意匠の船であろうか。見送る人々はいるのだろうか。船と岸壁のあいだには、一条のテープも流れていないのではなかろうか。


（枕もとに坐ると、呆《ほう》けた顔つきで眠っていた老女は、ふっと目をあけて、おしめをいっぱい積んだ船が出る、早く乗らないと……、と叫ぶように言う。おしめを積んでどこへ行くの、としなびた耳もとに口をあてれば、大阪へ、と言う。

腰から背中へかけて、大輪の花を腐らせたような褥瘡《じょくそう》を作り、股に白い紙おしめをあてがった老女は、生と死の境を行き来しながら、一つの船出を夢見るのである。

かすかに薬品の匂いのする病室で、蒲団に体を犯されながら——。衰弱が激しくなり、下《しも》のことも人に頼るようになると、蒲団は狂暴なものに変わる。それは、わずかのあいだに人の皮膚を破り、肉を壊し、正視できないほどの壊疽《えそ》を作る。)

おしめを満載した大阪行の船。私には、どうにも像を結びにくい船である。船艙の重い扉をあけると、純白の紙おしめがぎっしりと詰っているのだろうか。甲板にも、それは、うずたかく積みあげられているのだろうか。船首には、潮風に白い髪をなぶらせる老女の立ち姿を配してもよいものだろうか。

早く乗らないと……、というのはどういうことだろう。老女は、船に乗ることができないのだろうか。自らは、病室の蒲団に体を残し、遠ざかる船に心を狂わせている、ということであろうか。

それにしても、なぜ、船は大阪へと向かわなくてはならないのだろう。もしかすると、老女の唯一の旅の記憶かもしれない。一つの記憶の痕跡が、この世への執着を呼び覚ましているのかもしれない。

岸壁には、あらかた人影も消え、声をはずませていたジーンズの少女もいない。

私は、落日に焼けはじめた海に、もう一度、この世ならぬ船を浮かべてみる。一条のテープの流れもなく、古い記憶の地へひっそりと出港する船。

私は、たしかに、この幻の船に純白の紙おしめを大量に積み込んできたのだ。乳児を育てるように、死を育てるにもおしめはいる。私が、この数年、老女のもとに運びこんだ紙おしめは、すでに、この船をいっぱいにするほどの量になっているかもしれない。

続いて、「詩と散文のはざまで」にある自作解説を読んでいただくと、この作品の創作のポイントが見えてくるだろう。

私の育ての親である祖母がころんで頭を打ち、入院をしましたが、やがて寝たきりという状態になり、少し呆《ぼ》けてしまい、老人病棟で数年を過ごすことになります。この病棟で、私は、老いを養う多くの老女たちをつぶさに見ることになります。老女たちは一人の例外もなく、紙おしめをあてがわれており、この病棟が終《つい》の住み処《か》となる人ばかりでした。老いを養う、とは当然のことながら死を養うことになります。

このような老いの姿を見る中で、私は、老いとは何か、ということをいやおうなしに考えざるを得なくなりました。そして、思いは、日頃詩を書いている者ですから、なんとか作品化できないか、ということになってゆきます。そのためには、この老いの世界を対象化しなければならない、ということになります。

対象化というのは、私の場合、自分の祖母を一定の距離を置いて「見る」、ということになります。それは、育ての親であるという私にはかけがえのない祖母を、可能なかぎり突き放して「見る」、ということです。言うならば、肉親の情でくもりがちになる目を拒んで、レンズのような視線で対象を見つめてみよう、ということです。

そこでとった具体的な方法は、まず、自分の祖母に対して、「おばあさん」というような呼称を使わず、すべて「老女」という言葉で押し通して、一般化、客観化をはかることでした。これは、情におぼれることを防ぐにはかなり有効な方法だった、と思っています。

次に、祖母以外の他人の老女にも、何人か作中人物になってもらいました。これは、他人の老女は比較的冷静に距離を置いて見ることができるので、そこで得た距離感は血縁の老いを描くときにもプラスに働く、ということです。

そして、右の二点と関係しますが、必要とあれば積極的に虚構《フィクション》を導入して、体験のみに頼る私性――閉鎖性を越えようと努力しました。


小松は、創作のきっかけとその手法を丁寧に語ってくれているが、連作初期から、先に引いた手法を明確に意識化していたわけではなく、作品を書き継いでいるうちに、しだいに意識化、方法化されていった、と述べている。このように小松が創作手法を書き残してくれていることは、後進には大変有益である。私は第二詩集『バース』（二〇〇二年、編集工房ノア）で、仮死状態で誕生した自分の長男のことを連作散文詩にしたが、実体験を通して、生きるということはどういうことか、ということをいやおうなしに考えざるを得なくなった。作中では、我が子を対象化するために「坊や」という呼称を用い、必要な場合には積極的に虚構《フィクション》を導入した。私の体験と小松の体験は全く違うものだが、小松の『幻の船』を読んでいた私は、その手法を借りて私のテーマで『バース』を書いたのである。別の見方をすれば、私が小松の『幻の船』の手法を会得していなければ、私の体験を客観化して正面から受け止める詩を、長男が存命していた二百七十二日の間だけでは書けなかっただろう。

ここで、更に小松の解説を聞こう。詩「船」の最終段落にある、「乳児を育てるように、死を育てるにもおしめはいる」という思想は、老人病棟を体験しない前には、考えもしなかったものの見方（＝論理の発見）であった、と小松はいう。「おしめ」という言葉は通常は「生」に結びつく言葉であり、「死」とは縁遠いものだ。しかし、この逆転した関係が老人病棟を貫く厳粛な論理であることを身を以て体験した小松は、さらに「死」から「生」への逆転の論理で詩集全体を支えることに思い至った。そこから小松は、呆けることや老いることに積極的な意味を見出すようになる。

一般に、老いは醜いもの、呆けるのは不幸なこととする常識的な考え方があります。この点について、いや、必ずしもそう言えないのではないか、という論理を対置して、言い換えれば、普通はマイナス符号をつけて見られる老いや呆けについて、そうであるまい、とプラス符号を対置して、老いと死の間にあるものを見る、これが、私の『幻の船』を書く過程で身につけていった視点ということになりましょう。そして、そこに見たものは、マイナスとプラスを止揚しての、常識的な視点ではよく見えなかった「生」の姿ではなかったか、と思います。

このような見方をしても「呆け老人をかかえた家族の辛労という問題は残ります」という現実を小松は知悉した上で「しかし、呆けるということをどのように見るかによって、その辛労は質を変えてくる、思いきって言えば、辛労という言葉が適切でなくなる、ということにもなると思います」と言い切る。これが詩の実人生における効用なのである。私たちの実生活では、できれば苦労は避けたいし、嫌な目にも遭いたくない、と誰もが思うことだろう。しかし、実際に起きてしまった出来事に対して、ネガティブな解釈を持ち続けるか、あるいはネガティブな解釈をポジティブに変じさせることができるかによって、その体験の意味は全く違うものになる。少なくとも詩を書く人間は、転んでもタダでは起き上がらない、嫌な事件や事故に遭っても詩の題材を拾えたのでよかった、くらいの気持ちの切り替えはできるだろう。まして、同じような体験をしながら声を上げることなく苦しんでいる多くの人たちがいて、自分がその代弁者となることができるのであれば、詩を書く人間はその体験を積極的に作品化すべきであろう。そして、最も大切なことは、体験そのままを記述するのではなく、「必要とあれば積極的に虚構《フィクション》を導入して、体験のみに頼る私性——閉鎖性を越えようと努力」することである。例えば、詩「船」の第一連と第四連には、作者が岸壁に立って大阪行の船を見送るシーンが配されているが、実際に作者が見ている船は福岡行きの船であってもよいし、小さな漁船でもよい。更に言えば、実際に岸壁に行って船を見てこなくてもよい。つまり、この部分は作品を引き立たせるための嘘の描写であってもよいのである。しかし、第二連の褥瘡を作って股に白い紙おしめをあてがわれた祖母の姿は事実でなければならない。この部分までも全くの虚構《フィクション》であったなら、その虚構《フィクション》が分かった時点で読者は深く失望することだろう。リアリズム作品の場合は、このあたりのバランス感覚が重要なのである。

さて、「詩的自叙伝Ⅲ」（「詩と思想」二〇一三年九月）では「詩を書き始めた頃は行分け詩だった。やがて力点が散文詩に移り、『狂泉物語』『幻の船』『ポケットの中の空地』では、行分け詩とは縁が切れていた。これはこれでよしとしながらも、初心にかえって行分け詩も勉強しなくては、という思いになり、その結果が『愛ちゃん』となった」と記されている。結核のために十代で亡くなった叔母の改葬をテーマにした第六詩集『愛ちゃん』（一九八九年、花神社）や、土佐の言葉をテーマにした行分け形式の詩群にも、私たちが学ぶべき多くのことがあるのだが、残念ながら紙面が尽きてしまった。最後に小松弘愛の厳しい推敲スタイルを確認して、本章を終えたい。引用は『高知詩集　２００５年』（二〇〇六年、ふたば工房、195頁）からである。

詩らしきものを書き始めて十年あまりたった頃からだったと思う。一つの方法を自分に課すようになった。（中略）その技法とはカウントダウン方式と名づけてもよいものである。どんなことをするのか。ここではその手続きのポイントだけを示そう。

詩の粗《あら》原稿のようなものができると、原稿用紙の裏に⑩と書き、以下、推敲を加えるたびに⑨⑧⑦……と番号を入れ、……③②①と続け、ゼロを清書原稿にする、というやり方である。

この方法は私にはプラスに働いた。例えば、無駄な言葉は⑩からゼロへの過程であらかた削り取られてゆくようになった。あくまで「あらかた」である。不要の言葉を残しながらも、自分では気づかないことがあるのだから。

このことについては少し補足しておこう。一つは、地元の同人誌に発表した作品は合評会で「削った方が……」と指摘され、ほとんどその忠告に従うことになった。もう一つは、詩集にまとめる際の手入れを通して削除になることが多かった。これは冷静に読み返すことができるからである。時間がもたらす効用である。

ともあれ、カウントダウン方式は私には有効で、これからも続けてゆこうと思っている。

小松はこの後で、実際は「締切日等のためにゼロまで行きつけず、途中で清書原稿にしてしまった、ということが時々あった」と告白している。詩に向かう姿勢が極めて厳しい詩人であるが、ときどき優しい笑顔が見えるところも、この詩人の魅力なのである。

本章の新・民衆詩派指針 ✓

【心得篇】

□「書くのは今だ、今しかない」をスローガンに、日々、詩作に励む。

【技術篇】

□詩の素材を一定の距離を置いて「見る」ための対象化の手法を持つ。
□必要であれば積極的に虚構《フィクション》を導入して、体験のみに頼る私性――閉鎖性を越える。
□自分なりの推敲のルールを決める。

【内容篇】

□ネガティブな実体験をポジティブに解釈する視点を持つ。

第十章　無名の人たちに支えられる杉谷昭人の詩と思想

大変恥ずかしいことなのだが、私が杉谷昭人という詩人の存在を明確に認識したのは、二〇一四年七月二十一日のことであった。その日私は、小野十三郎賞の予備選考委員として応募詩集百二十九冊に目を通していたのだが、その中の一冊に杉谷の単行詩集としては十冊めとなる『農場』（二〇一三年、鉱脈社）があった。この詩集は「Ⅰ　農場」と「Ⅱ　伝説」の二部構成で二十五篇が収録されているのだが、冒頭八作品は「農場」という同じ題名の詩であった。これらの作品は、口蹄疫の発生により宮崎県内で約三十万頭の牛豚などが殺処分され、多くの畜産農家が廃業に追い込まれたことをテーマにしており、切実な描写に衝撃を受けたのだが、そんな社会性を帯びた詩群の中に次のような幻想詩があった。

農場の正面ゲートにかんぬきが下りて
そして誰もいなくなった

農場は無人となった
三百頭ほどいた牛たちもみな殺処分されてしまった
最後の農夫の姿が道の果てに消えたとき
ゲート脇の枇杷の葉が落ちた
空中で一度だけかるく裏返って
そのまま地面に落ちた
正午の光といっしょに落ちた
そのとき農場を過ぎる風の量がとつぜんふえた
枇杷の葉がざわざわと鳴って
まるで三百頭すべての牛たちが
いっせいに牛舎から駆け出したようであった
おのれの〈死〉に向かって一直線に
それほどたしかな足取りで
五月の風は農場を吹きすぎていった

このように自らの主張を抑えながら、読者と問題意識を分かち合うことに成功し、かつ完成度の高い詩を書ける人がいる。私は『農場』を一読して、百二十九冊の中で別格の詩集であると判断したが、同時に杉谷昭人という名前は知っていても、このように優れた詩人の作品をその日まで真剣に読んでいなかったことを深く恥じ入ったのであった。

『農場』は私の予想通り第16回小野十三郎賞に決まった。賞の発表は小野十三郎が初代校長を務めた大阪文学学校の機関誌「樹林」誌上（第599号、二〇一四年十二月）であった。掲載された「略歴」を引いておこう。

杉谷　昭人　すぎたに　あきと

一九三五年、北朝鮮鎮南浦府（現南浦市）生。敗戦により宮崎市へ引揚げ。

一九五八年、宮崎大学卒業。

同年、本多利道、田中詮三、みえのふみあきと共に詩誌「白鯨」（延岡市）創刊。のち「赤道」。

一九九一年、第五詩集『人間の生活　――続・宮崎の地名』（鉱脈社）にて、第41回H氏賞受賞。

二〇〇八年、第九詩集『霊山《おやま》』（鉱脈社）にて、第36回壺井繁治賞受賞。

既刊詩集十冊。他に選詩集『杉谷昭人詩集』（日本現代詩文庫95・土曜美術社出版販売）、詩論集『詩の起源』（鉱脈社）など。

公立学校教員、宮崎県高等学校教職員組合執行委員長をへて、現在、鉱脈社（出版）

勤務。七十九歳。所属詩誌なし。

その後、二〇一七年には既刊詩集全十冊の作品と略年譜及び収録詩集自解等から成る『杉谷昭人詩集 全』（鉱脈社）が刊行されている。また、先の「略歴」には記載がないが、二〇一〇年に宮崎日日新聞に百十回に亘って連載された「シリーズ自分史」に加筆した『詩の海 詩の森』（二〇一三年、鉱脈社）も出版されている。杉谷の詩と人生を深く知りたい読者には、この二冊の熟読をお薦めする。

さて、第16回小野十三郎賞贈呈式は二〇一四年十一月二十二日に行われたが、その翌日に私は杉谷に受賞者インタビューを行う役目を与えられた。その内容は翌年二月発行の「樹林」第601号に掲載されている（以下「インタビュー」と記す）が、そこで次のようなやりとりをおこなっている。

苗村　日之影に赴任された六年間（筆者注・大学卒業後に英語教員として最初に赴任したのが日之影中学校であった）が、ご自身の詩の原点であると、かねてより明言しておられますね。昨日の受賞スピーチでは「これまでの言語感覚が打ち砕かれたカルチャーショックから未だに立ち直れない」とも仰っていましたが、具体的にどのようなご経験をされたのでしょうか？

杉谷　あの時代、田舎とはいえ宮崎市はそれなりの都会で、学生運動も盛んだし労働組合運動も盛んでした。詩では「荒地」を中心としてもてはやされる時代ですから、大学時代までは自分の書く詩もそういう詩なんですよ。大学生の頃「詩学」に投稿した詩なんていうのも、自分の今の詩からすると、「荒地」的なモダンな詩なんですね。そういうものが「詩学」で採用されました。日之影に行って詩が変わるのには二年ぐらいかかりますが、ひとつは労働組合や日教組運動が盛んな時代だから、総評運動、労働運動があって、そういう中で六〇年安保があって、田舎でもそれなりにデモもあったしストライキもあった。結局六〇年安保の騒ぎが収まってみると、元通り平和な日之影になって、何も変わらないわけです。あれほど騒いで大掛かりなことをやって、東京では死者が出るようなことがあっても、終わってしまったら政府の思う方向にものは行ってしまうし、運動が何か成果を得たということはない。何より、一般の人の生活はあんなことがあってもちっとも変わらない。だから、言葉そのものが、こういう書き方、内容では人の胸に届かないんだと思いました。日之影では日之影に相応しい言葉遣い、詩の内容といったものを追求しないといけない。ここでやっていることを誰も書かないし、書こうとしないし、それじゃいけないんじゃないかな、と。そこに住んでいる人がそこに住んでいる人のことを書かないと、一生涯そこで生きていること、要求していることは世間に通じないな、という意識が段々と強くなってきました。日常、相手にしているのは生徒や、その親でしょう。そこでどういう言葉で話すかっていうと、地元の言葉で話すしか心を通い合わせる方法はないわけですよね。「俺はどこから来てこういうことを知ってて、こういう詩を書いている」なんていくら言ったってしょうがないわけです。話題になるのは誰の棚田の出来が悪いとか、牛ん子が早く死にそうだとか、日常的にそういう話を通じてしか理解できない。そういう世界を残していくのは、ここにいる者がやらないと駄目なんじゃないかという意識に少しずつ変わってきて、二年ぐらい経った一九六一年頃になって、詩のモチーフ自体が変わってきたと思いますね。

（「インタビュー」9—10頁）

杉谷は日之影ショックの後、宮崎の地名に照準を合わせた作品を計画的に執筆していくことになる。第四詩集『宮崎の地名』（一九八五年）から、第七詩集『耕す人びと　——宮崎の地名　完』（一九九七年、何れも鉱脈社）まで百篇の詩を作り上げたのだが、その十九番目の作品で、H氏賞を受賞した第五詩集『人間の生活』に収録されている「上《そら》」を引いておこう。

この山道をのぼりつめて

そこをそらという
とつぜん野菊が咲きみだれていて
しかし風は四方からわずかにあるだけで
そこをそらという
わたしは肩から鍬をおろし
小さな畑を打つ
そこから先はもう下り坂で
わたしの知らない町が遠くに見えている
昼餉をつかいながら目を上げると
白い雲がながれていく
その向こうにひろがる世界はあくまで青く
厳しく深い
わたしは鍬をかついで
今日もそらにのぼる
もう冬も近い
耕す仕事は終わったのだが
耕すべきものは残っているかもしれぬ

この山道の行きつくところ
村びとだけがのぼる狭い険しい峠
そこをそらという

都市化された暮らしの中では想像することが難しくなってきているが、自分たちの住んでいる土地の最も高い場所を「そら」という場所として口伝し、実に長い期間に亘って共通認識を持っていた人々がいた。「上《そら》」はそういう地名の一例であり、日本国内の唯一の地名ではないだろう。この詩では、山上の耕作に適さない僅かな面積の畑が「そら」にあるのだが、そんな土地で誠実に生きていた人たちがいた。杉谷は農民ではないが、農民の目になって世界を見て、詩にその思いを込める。つまりこの詩の「わたし」は杉谷自身ではなく、明らかに虚像の「わたし」なのだが、虚像を用いなければ私たちが知り得ることなく消えてしまっていたであろう真実というものがある。「村びとだけがのぼる狭い険しい峠」は宮崎だけにあったのではない。人知れず山上の耕作地を耕していたのは宮崎の人だけだったわけでもない。しかし、多くの人たちはそのことを書き残すことなく死んでいき、私たちも特段そのことを気に掛けることなく生きてきたのである。杉谷はその危うさに早くから気づき、「そこに住んでいる人がそこに住んでいる人のことを書」くことの大切さに気づいたのである。そして、杉谷はたいへんな教養人であるにも関わらず、高尚な言い回しを避け、地名に託して人々の生活の実相を伝えようとしたのである。表面的には現代性が感じられない杉谷の詩の現代性を見抜いた一九九一年当時の第41回H氏賞の選考委員の批評眼は、誠に優れていたと言えよう。

杉谷の宮崎の地名シリーズからは、他にも紹介したい詩がたくさんあるのだが、先を急がねばならない。杉谷が「詩学」一九九四年五月号の「小特集・詩の条件」に寄稿した「憧れと成熟と」が詩論集『詩の起源』（一九九六年）に再録されている。口語自由詩である現代詩の条件というのは説明し難い課題であるが、杉谷はそこで次の五つの条件を示している。

第一の条件　憧れること
第二の条件　ある種の成熟が必要であること
第三の条件　「見えないものを見る」ことの真の意味を問うこと
第四の条件　自然観察、自然描写をおろそかにしないこと
第五の条件　「この一行」としか言うほかはないフレーズを発見しえていること

これらの条件は、「詩の条件」というよりは、「詩を生み出すための条件」である。より正確に言えば、杉谷が考える「よい詩を生み出すための条件」とは何か、ということなの

だが、「新・民衆詩派詩論」の中核を成す詩論として、順番に確認していきたい。

第一の条件　憧れること

杉谷は、「人生には三つの要素がある――学ぶこと、稼ぐこと、そして憧れることだ」というアメリカの詩人クリストファ・モーリーの言葉に思いを巡らす。このモーリーの人生三要素から「詩は、稼ぐこととは無縁である」と断じ「学ぶことも美徳にはちがいないが、やはり実利的、功利的なにおいがする」と除外して、残りの「憧れること」を詩の第一の条件に挙げている。

ひとり詩にかぎらず、表現への欲求というものは、年齢の高低や人生経験の深浅などの差はあるにしろ、人それぞれのレベルに見合ったものを誰でも持っているものなのだ。難しいのは、それを生涯持ちつづけることだろう。発表時には好評だった多くの名詩や名詩集がやがて忘れられていってしまうのは、読者がその作品に憧れを読みとることができなかったからではあるまいか。十代の頃、島崎藤村、中原中也、宮沢賢治などにはじめて触れたときの胸のときめきや、大学生になって読んだ田村隆一の

『四千の日と夜』、長谷川龍生の『パウロウの鶴』などから受けた感動は、今でも私の詩への憧れなのである。

（『詩の起源』358―359頁）

詩の条件としては、ややしっくりと来ない説明であると感じるかもしれないが、私は杉谷の意図を次のように解釈している。書き手としては、表現への欲求を生涯持ち続けることが、詩を生み出す上での最低条件である。その欲求を支える原動力となるのが「詩への憧れ」であり、長く読み継がれてきた名詩から受けた感動は、年を重ねても憧れであり続けている。反対に発表時だけでなく長く読み継がれている詩には、時代を経ても読者に憧れ続けられる要素がある。その要素とは、読者に感動を与えるということである。そしてそんな詩に憧れ続けていなければ、決してよい詩は書けないのだ、と杉谷は言いたいのであろう。

第二の条件　ある種の成熟が必要であること

杉谷は第一の条件に気づくのに「約四十年かかっている」と告白した後で、だから「詩にはある種の成熟が必要だ」と第二の条件を導き出している。アメリカの作家ユードーラ・ウエルティの、これまでの人生経験の全蓄積量が自分の作品を生み出す拠り所となっているという講演録の言葉を引いた上で、杉谷は次のように述べている。

現代詩のつまらなさの最大の原因は、詩に描かれる主人公が作者と密着しすぎているという点にあるのだろう。ウエルティの表現をかりれば、人間関係や人生経験をストレートに描きすぎて、それらへの感情や反応の描写がないがしろにされているから、ということになろう。もちろん五十歳になっても六十歳になっても、何にも自己の内部に蓄積できていない人もいるだろうが、一般論としていえば、私たちが加齢とともに成熟していくということは確かだろう。

（『詩の起源』359―360頁）

杉谷はまた、六十歳代以上で第一詩集刊行が多い事実にも触れて、「二十代のときに六十歳の人間は描けないが、六十歳の詩人には二十歳の人物像は造型できるだろうと考えれば、「それも別に驚くにはあたらないことなのだ」（『詩の起源』360頁）とも述べている。詩は「青春の文学」だと言われることもあるが、これは感受性が鋭敏な時期に先鋭的な言語表現を生み出しながら夭逝した一部の天才詩人たちをイメージしたものであろう。一般的には、人生経験が長い人の方が、豊富な題材を持っており、深い内容のものが書けるはずだ。しかし、ただ年齢を重ねただけでよい詩が書けるわけではない。杉谷は第二の条件として注意深く「ある種の成熟が必要」である、といっている。「ある種」の正体を杉谷は明らかにしていないが、私は二つの要素があると考えている。一つめは思想的成熟である。単なる人生の長い短いではなく、自分の実体験から導き出された「人生いかに生きるべきか」という問いに対する思想の成熟度合いが問われているように思うのだ。もう一つは詩の技法の成熟であろう。思想の成熟度合いに見合った詩の技法を習得していなければ、その思想は詩としての最適な形を成さない。そして最後に、詩と思想のバランスを取るための鋭敏な感受性が必要となる。感受性は加齢と共に感度を維持することが難しくなる。ここに若い人の勝機があると言えばあるのだが、よい詩を書くということは勝負事ではないので、各人がそれぞれの年齢に応じて努力すればよいだけのことである。

第三の条件　「見えないものを見る」ことの真の意味を問うこと

さて、私にとっての詩の条件の第三は、「見えないものを見る」ことの、真の意味とは何だろうという点にある。この表現が、詩の高い精神性や、イメージの造型力を表してきたことは十分に認めつつ、今日において詩がその力を回復するためには、詩人はもっと社会の現実に目を向けねばならない、というのが私の考えである。

（『詩の起源』360頁）

杉谷はこのように述べた後で、執筆当時の社会情勢を反映して「豊かだと信じこまされてきたわが国をあっという間に包み込んでしまった産業不況に雇用不安の現実、たった一度の冷夏によって起こっているコメ不足の毎日の下で、詩はあまりにも無力である」と続ける。しかし「詩は一粒のコメを作り出すことはできない。しかしその消費地なり生産地の現実を歌うことはできる」と詩の力を肯定し、次のような結論を述べている。

詩人にとっての想像力とは、そのような身のまわりの矛盾に気づきうる力なのである。すべての詩はそこから生まれる。ある人にとって、それは障害者差別問題かもしれない。十代、二十代の若者にとっては、恋愛問題が大きいことだろう。

（『詩の起源』360頁）

杉谷が言いたいことは、詩には見えないものを見えるようにするという役割があるが、これは詩の先鋭的な言語性の追究によって成し遂げられるのではなく、私たちの日常生活ではしっかり見えていない人生や社会の問題点を見えるようにすることで達成すべきである、ということであろう。日常的に誰も使っていないような奇妙な言葉を繫ぎ合わせて、新しい世界を創造した、見えない世界が見えるようになった、と喧伝するのはたやすいことだが、果たしてそれが何の役に立つのだろう。勿論、現代に生きる人々の心に届くためには現代感覚を帯びた新しい表現が必要な場合があるが、その表現は意味不明で難解な言葉の配列である必要はない。そんな言葉遊びに現を抜かしている暇があれば、もっと社会の現実に目を向けろ、と杉谷は言いたかったのだろう。新型コロナウイルス感染症の蔓延で、私たちは多かれ少なかれ、これまで当たり前に思っていた日常生活が脆くも崩れ去ってしまう経験をしたことだろう。こうなってはじめて、私たちの多くは見えなかったものが見えたことになる。しかし、それでもまだ遅くはないのだ。杉谷が言うように、詩人がもっと社会の現実に目を向けたのなら、詩人の想像力によって身のまわりの矛盾に気づくことができる。そこに詩が生まれるのである。なお、杉谷は別の評論で次のような警告も行っているので、胆に銘じておきたい。

湾岸戦争を書いてもよいだろう。環境保護を訴えてもよいだろう。しかしただひとつだけはっきりと言えることは、作者の生活のあり方や働くすがたの見えてこない詩には、何の力もないということだ。個人的なモチーフに発しつつ、そこからこの社会の共有体験を透視させるような詩でなければ、それは一時的な流行やお遊びに終わってしまうだろうということだ。
（『詩の起源』150頁）

第四の条件　自然観察、自然描写をおろそかにしないこと

杉谷は、第四の条件と第五の条件は普遍性があるかどうか自信がないと断った上で、第四の条件については「自然は私たちの生活を規定する最大の力だと思うからである」（『詩の起源』360頁）という一文でしか説明していない。そこで自伝の記述から補っておこう。

哲学者の和辻哲郎がドイツ留学中に、自国日本の四季、風土の豊かさを恋うあまり神経衰弱となり、早々と帰国し、その体験が名著『風土』の成立に大きくかかわっているという話はよく知られているが、私が日之影で学んだことも、一言で言えば、人間の生活や文化に影響を及ぼす自然的、人為的環境とは何かということであった。

そのわずか六年間に見聞したことの本質が分からなくて、いまなおそれを詩という形で追いかけているような気がする。書いても書いても書ききれない、永遠に表現し

きれない豊かな何ものかに、その六年間に出会ったように思えてならないのだ。

（『詩の海　詩の森』162頁）

杉谷の描く自然描写は、先に引いた詩「農場」の「ゲート脇の枇杷の葉が落ちた／空中で一度だけかるく裏返って／そのまま地面に落ちた」や、詩「上《そら》」の「昼餉をつかいながら目を上げると／白い雲がながれていく」で分かる通り、平易な表現でありながら読者がしっかりとイメージできるように描かれ、かつ、その詩の主題を象徴させる仕掛けが施されている。殺処分された三百頭の牛たちは枇杷の葉の描写で詩の中では一時的に蘇り、地上で一番高い「上《そら》」にいる農夫は、その遥か上空を流れる白い雲の描写により、詩の中でその存在が相対的に矮小化されるのである。そして、自然は時に圧倒的な力で人間を屈服させてくる。長い間、私たちの祖先は自然に畏敬の念を抱いて生きてきたのである。そのようなことを忘れ、自然を前にした謙虚な心を持っていない者は、それだけで詩を書く資質を欠いている、と杉谷は言いたかったのかもしれない。

第五の条件　「この一行」としか言うほかはないフレーズを発見しえていること

第五の条件は、詩を詩として成立させているものは、その作品のテーマや構成力やイメージの美しさなどではなく、「この一行」としか言うほかはないフレーズを発見しえているかどうかということである。いわゆる実験的な作品の退屈さは、魅力的な多くのフレーズがおたがいの魅力を殺しあっているからなのだ。

（『詩の起源』361頁）

確かに印象に残る詩には大切な一行が必ずあるものだ。この一行は形式的な一行ではなく、文意としての一行である。例えば、詩「農場」では「おのれの〈死〉に向かって一直線に／それほどたしかな足取りで／五月の風は農場を吹きすぎていった」であり、詩「上《そら》」では「耕す仕事は終わったのだが／耕すべきものは残っているかもしれぬ」である。この一行は、詩の核であるとともに表現の核となるものである。杉谷は「その一行が第一行目であれば、読者はたぶんその詩を一気に読みとおすだろう。（中略）また、その一行が途中にあれば、平凡に感じられた他のフレーズが、そこからにわかに輝きをともなって浮かびあがってくるだろう」（『詩の起源』361頁）という。「この一行」としか言うほかはないフレーズを発見するために、呻吟しながら探し回る詩人もいるだろう。突然啓示を受けたかのようにどこかから授かる詩人もいることだろう。しかし、大切なことは、「この一行」としか言うほかはないフレーズが発見できなければ、その作品は詩の形をしていても単なる情景描写文か宣言文に過ぎなくなってしまうということだ。

以上、杉谷が提唱する五条件を確認してきたが、「新・民衆詩派詩論」の結論として、次の「インタビュー」(13頁)を読んで欲しい。

苗村　現代詩の最近の傾向に関しては、どのようにお考えでしょうか。

杉谷　新しい詩、実験的な詩がたくさん出て、言葉使いは物珍しくなっていますが、本当に詩の技術、詩の技法が、完全に書き手の方法論として消化されていない、海外で試されている技法を本当に分かって使っていないように思います。自分が書きたいことに対して、どの方法論が一番相応しいのか、そういったことを明確に意識している態度が欠けているように思います。反対に、現実派の詩人は、自分が言いたいことを全部言ってしまって、それを読んで分かるけれども後には何にも残らない、ですから、そこのバランスを大切にすべきだと思います。そのためには、詩の方法論をもっと学んで意識していくべきです。おもしろい、おもしろくないという議論はするけれど、いい詩、悪い詩という議論が方法論としてなっていないように思います。方法論を抜きにして、好きだ嫌いだで論じられることがあまりにも多いのではないでしょうか。

苗村　大阪文学学校では詩を学んでいる生徒もたくさんいますが、後進に対するメッセージを頂けませんか。

杉谷　そうですね、詩の感動や詩の技法といったことの前に、一番最初に身に付けて欲しいのが、日本語の散文力の強さです。日本語を正確に書ける、ということ。日本語はどういう言語であるかを充分理解した上で、日本語で感動はどういう風に表現されてきたのかを考えていけば、平安時代あたりからの日本文学の理解なくしては、いい詩が書けるはずがないと思います。詩とかエッセイとかという概念は明治になって初めて出てきた概念ですよね。だから『新体詩抄』なんか出てきましたが、あの人たちは七五調でしか詩を書けなかったわけですよ、本当にあの頃の新しい仕事をしたのは、文部省唱歌などを作った人達で、彼らが八六調とか八四調とかで新しい詩を書いてきているわけですよね。「故郷」とか、「朧月夜」だってそうでしょう。萩原朔太郎なんかが出てくる前に、そんな新しいことをやっているわけです。そういった童謡などの流れも含めて、広く理解した上で、現代詩を書いて欲しいと思います。

インタビュー当時、私は大阪文学学校通信教育部の「詩・エッセイクラス」を受け持っていたのだが、大阪文学学校の生徒向けに引き出した杉谷の助言は、現代詩の最近の傾向に関する杉谷の見解と共に、本書の読者にとっても有益なものであるだろう。そして、このような技術論だけでなく、杉谷の思想性にもいま一度、着目して欲しいのだ。敗戦後の朝鮮半島での生活や日本への引揚げの過程で、杉谷は様々な辛酸を舐めたのだが、その経験を経た今、次のように言い切る杉谷を私は眩しく見上げるのである。

自分なりに勉強もした。たくさんの本も読んだ。恵まれた出会いも数知れずあった。しかし結局、いまの自分の日々の支え、指針となっているのは、自分がどん底にあったときの無名の人びと、普通の人びととの出会いである。

（『詩の海　詩の森』70―71頁）

「新・民衆詩派詩論」の結論は、そのような無名の人々や普通の人々の出会いを詩に書き残し、人々の心の支えとなるような詩を生涯に一篇でも多く書き上げる、ということである。杉谷昭人は私たちの遥か先を行く詩の巨星であるが、その詩と思想が輝いている限り、私たちには進むべき道が、はっきりと見えているのである。

本章の新・民衆詩派指針 ✓

【心得篇】

□詩に憧れ、思想的技術的な成熟を目指して努力する。

□「見えないものを見る」ことの真の意味を問い、身のまわりの矛盾に気づく想像力を養う。

【技術篇】

□自然観察、自然描写をおろそかにしない。

□「この一行」としか言うほかはないフレーズを発見する。

【内容篇】

□人々の心に届く詩を書くために、そこに住んでいる人がそこに住んでいる人のことを書く。

□無名の人々との出会いを大切にして、人々の心の支えとなるような詩を書く。

補論

第十一章　純粋詩論との対峙

第一章から第十章までは、月刊誌「詩と思想」二〇二〇年三月号から十二月号に亘って連載したもので、詩人別の考察を行ってきた。本章からは、一般読者に届く詩を書くための補論として、テーマを設定した考察を行っていきたいのだが、私たちが書く詩の位置づけを明確にするための起点として、まず「純粋詩」なるものについて理解しておきたい。

小林秀雄の西洋美術論集である『近代絵画』（一九五四年から「新潮」等で連載し、一九五八年に単行本刊行）では、モネ、セザンヌ、ゴッホ、ゴーガン、ルノアール、ドガ、ピカソの七人の画家について論じられているが、それらに先立ち「ボードレール」の一章が配されている。近現代の詩を考える上で重要な記述があるので、確認しておこう。なお以下の小林の引用は『小林秀雄全作品』（第六次小林秀雄全集、新潮社）による。

近代の社会は、色々な専門的な仕事の、独立した世界を持つ傾向に進んでいる。人間の文化的活動力の形式や領域が、互にはっきりと分離して行く、そういう近代社会の傾向を、勿論、芸術は非常に鋭敏に反映するのであって、画家ばかりではない、詩人もこれをいち早く感じて、詩の近代性について果敢な革新を試みた。近代絵画も近代詩も、これは何んと言ってもフランスにその中心があったのだが、革新の運動は、先ず詩人の裡《うち》に現れた。ボードレールはマネより先輩なのである。ボードレールの詩学について、ここで必要なだけを極く簡単に言うと、こういう事になる——当時の一流の詩人達、例えばユーゴーとかラマルティーヌとかミュッセとかいう人達の詩に世人は感動しているが、それはただ漠然と何か詩的なものに動かされているに過ぎないのであって、それというのも、当の詩人達が、詩というものに関して全く曖昧《あいまい》な考えしか持っていないからだ。成る程、これらの大詩人達が、無邪気に詩を書いている筈はなく、詩の効果について極めて意識的な工夫を凝《こら》しているに相違ないのであるが、詩とは本来何を目指して創られるかという根本の明察が欠けているから、彼等は、その作品に、詩と詩ではないもの、つまり散文でも表現出来るものとの奇妙な不純な混合を平気で許している。例えば、ユーゴーの詩には、歴史もあれば伝説もあり、哲学的思想もある。従って、ボードレールのやった事は、詩から詩でないものを出来るだけ排除しようとする事、つまり、詩には本来、詩に固有な純粋な魅力というものがある筈で、この定義し難い魅力を成立させる為の言葉の諸条件を極めるという事だ。詩は、何かを、或る対象を或る主題を詩的に表現するという様なものではない、詩は単に詩であれば足りるのである、そういう考えである。

（『小林秀雄全作品　22』12―13頁）

小林の批評では、この後で、ボードレールが信ずる詩の近代性は、彼の詩集『悪の華』で実現されたが、画壇には未だ『悪の華』に相当する作品は産み出されていない、しかし、才能ある新しい画家達は、これを目指して仕事をしており、美術批評家でもあったボードレールは、そういう先駆者達（周囲の人々より余程進んだ時計を持っていた画家達）の感覚を見抜いていた、と続くのである。『悪の華』の初版刊行は一八五七年のことであるが、小林の批評眼によって要約されたボードレールの詩学は、今日でもなお新鮮な輝きを失っていない。「詩は単に詩であれば足りる」、そのためには「詩から詩でないものを出来るだけ排除しようとする事」についての賛否はともかく、詩を書く者が一度は真剣に考察せねばならぬテーマだと思う。このテーマについて小林は「現代詩について」（一九三六年の初出時は「現代詩の問題」）で、更に詳しく述べているので、こちらの重要な箇所も点検しておこう。

小林は論の冒頭で「僕は詩壇の事をよく知らないのである」「詩壇の事をよく知らない文芸批評家などというものが一体何処《どこ》の国にいるか知らん」と述べた上で、その原因を「現代に於いて詩の衰弱という事は、恐らく世界的な現象だと言えるであろうが、今日のわが国の文壇ほど詩人が無力な文壇はあるまいと思う」と断じている。残念ながらこの状況は、八十年以上経った今も変わっていない。「批評家は現代詩に全く通じないで批評が出来る。文学とは小説の異名となっている。考えてみるとまことに奇怪な現象だ」と記してはいるが、小林は自分が文芸批評を書く前には、フランス象徴派詩人達の作品ばかり読んでいたことを告白しており、決して詩の力を無力だと考えていたわけではない。むしろ、批評家小林秀雄の文学活動の原点は、ボードレール体験を経てアルチュール・ランボーに至る青年期のフランス象徴派詩人達の作品との出会いにあるということは周知の事実なのである。小林はフランス象徴派詩人（「サンボリスト詩人」の用語も併用している）の文芸運動を念頭に置きながら、小説と詩を対比して、次のように述べている。

　小説を書くという仕事の根柢《こんてい》には、小説に慣れ切って了《しま》った人々がつい忘れがちな一つの大きな虚構が横《よこた》わっているのであって、それは何かというと、小説家は実生活の模造品を言葉で作り上げ、読者に、あたかも実際にその模造の生活を生活している様な錯覚を起させねばならないという虚構である。
　ところが詩には、こういう小説の持つ、或《あるい》は持たねばならぬ虚構がないのである。少くとも詩は、かかる虚構を必要とせぬ人間の歌声というものを、その極限の形式としている芸術だ。だから詩は、どんなに低級なものでも、それが歌である限り、詩の読者は、詩人の使用する言葉の広い意味でのリズムにより、直接に歌という生まな事件に参加するのであって、その点、詩人はリアリズムという技法を表現上気に掛けないにもかかわらず、詩の読者には断然これを要求していると言える。

例えば、子供の叫喚と大人の観察とどちらが現実的と言う可きか。これはあたかも詩人と小説家とどちらがリアリストかと質問を発する事である。かかる質問の愚を誰も認めるであろう。歌声を生命とする詩に於けるリアリズムと観察を生命とする小説に於けるリアリズムとは自《おのず》ら別種なのである。

だから詩は空想的なもの、小説は現実的なものという偏見は、詩と小説との表現形式に関する分析の不足から来ていると言える。詩人がロマンチストでもなければ小説家がリアリストなのでもない。詩という表現形式の外観がロマンチックであり、小説という表現形式の外観がリアリスチックであるに過ぎない。小説家の観察が豊富になり正確になればなるほど、読者はこの観察の力に乗せられて、小説中の架空の出来事と現実の出来事と弁別し難くなる。従って小説は強力な小説であればあるほどその力は遠心的に拡がって、現実社会との連繋《れんけい》が広く固くなる印象を読者に与える。小説というものは元来そういう仕組に出来ているのだが、詩は、言葉があたかも実質的な音とか色とかの様に人の心に直接に作用しなければならないものであるから、勢い純粋な詩形というものは、言葉の秩序自体が独立し完成した有機的な世界を自ら形造る傾向を取らざるを得ない。而《しか》も詩が純粋になればなるほどその内容は確定した対象を離れ、概念的に限定し難いものとならざるを得ないのが詩というものの元来の仕組なのである。

だから詩のうちで最も純粋な形は抒情詩である。叙事詩とか劇詩とか思想詩というものはいずれも散文の発達につれて、そのなかに解消さるべき運命にあるもので、小説の繁栄に対抗して起ったサンボリストの運動は、当然抒情詩の運動であった。

（『小林秀雄全作品 7』182―184頁、傍線は筆者）

傍線部分は、今日の一部の現代詩が極度に難解な表現を採っていることの理由でもある。小林はこの後で、小説家にとっては「言語とは何を措《お》いても、現実を観察する為の道具である」とし、現実観察の道具としての言葉が有力なためには、言葉はできるだけ正確で曖昧であってはならない、という。一方で象徴派詩人たちが「詩というものを詩でないものから出来るだけ隔離しようという運動」を展開していく上では、散文家にとって有力な言語が詩には全く不向きな言語ということになる。

サンボリスト詩人達は、確かに言葉に窮したのであるが、いかに言葉に窮しても、言葉というものは、個人の力で発明出来るものではない。散文家の使用する言葉が使用に堪えないとしても、散文家の使用する言葉は、又世人一般の使用する言葉であって、それ以外に言葉はあり得ない。だから実際には、彼等は言葉の代りに象徴を発明したのではない。言葉に対する態度を変更したのだ。言葉に対して純粋に詩的な態度を取る可能性を発見したのである。

（『小林秀雄全作品 7』185―186頁）

ここで、これらフランス象徴派詩人たちの到達点として、ポール・ヴァレリーの「純粋詩」の説明を聞こう。引用は佐藤正彰訳「純粋詩――或る講演の覚書」からである。

私は物理学者が純粋な水という意味で、純粋と言う。それはこれらの作品で、非詩的な要素を全く混えぬような一作品を、果して人は構成するに到り得るや否やという問題が提起されるという意味である。私は常にそう考えて来たし今でもそう考えているが、これは到達することの不可能な一目標であり、詩は常にこの純粋に理想的な状態に接近するための一努力である。要するに、人が一詩篇と称するものは、実際上は、一言辞の材料中に鏤められた純粋詩の諸断片から成り立っているのである。極めて美しい一詩句とは、詩の極めて純粋な一要素である。俗に美しい一詩句を一個の金剛石に比することは、この純粋性という性質の感情があらゆる精神の裡に在ることを示すものである。
この純粋詩という用語の不便は、これが此処では問題にされていない道徳的純粋性を想わせる点である。純粋詩の観念はこれに反し、私にとっては本質的に分析的の観念であるからだ。純粋詩とは畢竟、一般に詩篇というものに対するわれわれの観念を明確にするに役立ち、言語が人間に生ずる効果と言語との多種多様な関係の、かくも困難且つ重要な研究においてわれわれを導くべき、観察から演繹された一仮構《フィクション》である。純粋詩と言う代りに、絶対詩と言うほうが或いはよいかも知れず、そしてその場合これを、語の諸関係、或いはむしろ語の相互間の共鳴の諸関係より結果する効果の探索という意味に、解すべきであろう。

（中略）

もしもこの逆説的問題がことごとく解決され得たならば、すなわち、もしも詩人が散文に属するものはもはや何物も現われないような制作、音楽的連続が決して中断されることなく、意義の関係がそれ自体不断に諧調の連関に相似し、一の思想より他の思想に変ずる思想の変質があらゆる思想よりも一層重要に見え、文飾の遊戯が主題の現実性を包含するというような、かかる詩篇を幾つか構成するに到り得るならば、──その時こそ人々は、存在する一事物として純粋詩を語ることもできよう。しかし事実はそうは行かぬ。言語の実用的或いは実際的《プラグマチク》な部分、習慣と論理的形式、および既に指摘したごとく、語彙の中に在る無秩序、非合理性（言語の諸要素が導入された極めてさまざまの時代の、無限に多様な淵源のゆえに）、これらはかかる絶対詩創造の存在を不可能ならしめるのである。しかしかような理想的或いは想像的一状態の概念は、観察し得るあらゆる詩歌を評価する上に極めて貴重であるということは、容易に首肯し得るところである。

純粋詩の概念は、近寄ることの不可能な一範型、詩人の欲求と努力と能力との理想的一限界の概念である……。

（『ヴァレリー全集6』一九七八年、筑摩書房、36―43頁）

このヴァレリーの主張を整理すると、概ね次のようになる。

①純粋詩とは、非詩的な要素を全く含まない作品であり、具体的には次の要件のすべてを備えている。

a　散文に属するものは何物も含まれない。

b　音楽的連続が中断されない。

c　意義の関係がそれ自体不断に諧調の連関に相似している。

d　ある思想から他の思想に変ずる思想の変質が、あらゆる思想よりも一層重要に見える。

e　文飾の遊戯が主題の現実性を包含している。

②純粋詩とは、到達することの不可能な一目標である。それは以下の原因によるものである。

f　使用する言語に実用的あるいは実際的な部分がある。

g　使用する言語に習慣と論理的形式が存する。

h　使用する語彙の中に無秩序や非合理性といった性格がある。

③一般的に詩篇と称されるものは、純粋詩の諸断片から成立しており、極めて美しい一詩句とは、詩の極めて純粋な一要素である。

④純粋詩は現実的には存在しないが、純粋詩という概念は、現存する詩歌を評価する上で極めて貴重なものであり、また詩は常にこの純粋に理想的な状態に接近するために努力すべきである。

ヴァレリーは純粋詩を理想としながらも、詩の実作現場では、純粋詩の理想から後退したところで詩を作らざるを得ないことを指摘している。このことは、ヴァレリーがフレデリック・ルフェーヴルとの対話（滝田文彦訳「ポール・ヴァレリーとの対話」）で次のように述べていることからも明らかである。

わたしはただ、一種の窮極法によって、一詩篇のうちの散文的要素を徐々に除去してゆくことによって得られるだろう詩のことを言おうとしたにすぎません。わたしが散文的要素と言っているのは、損失なく散文で表現し得るあらゆるもの、——つまり、歴史、伝説、逸話、教訓、さらには哲学等、必然的な歌《シャン》の援助なしにそれだけで成立するあらゆるもののことです。推理の力をまたなくても、経験がつぎの事実を教えてくれるでしょう、すなわち、このように理解された純粋詩とは、人がめざし得る限界であり、一行の詩句よりも長い詩においてはほとんど到達不可能な限界であるということです。

（『ヴァレリー全集　補巻2』一九七八年、筑摩書房、401—402頁）

ヴァレリーの純粋詩論から見えて来るのは、詩を構成する言語を、いくら「詩的言語」あるいは「詩の言語」として峻別したとしても、その言語は日常私たちが使用している言語には違いないのであり、たとえ日常言語を非日常的に組み合わせて用いたとしても、詩の言語の最終単位としては日常言語を使用せざるを得ない、ということである。仮に、日常言語に全く拘束されない「詩語」というものが存在し、その言語のみで詩を作ったと仮定してみても、その詩は一般的には理解不能なものであり、詩であると認識されないかもしれない、という矛盾に陥ることになるだろう。

そこで、ヴァレリーのいう「純粋詩」の対極に、理論上の「純粋散文」というものを置いて考えてみたい。ここで言う「純粋散文」は「純粋詩」の概念の裏返しであるので、「現在の気温は二十五℃です」というような実用的な文章を想定すると分かりやすいだろう。そのように考えて見ると、現存する詩作品は、位置は特定できないまでも、「純粋詩」と「純粋散文」を結ぶ線上にはあるが、決して「純粋詩」と重なることはない、ということになるだろう。つまり、我々が、詩であると考える文学作品は、図表6のように揺れ続けているのである。そして、現代の代表的詩人の一人と目されている伊藤比呂美が小説家の津島佑子と対談した「詩と小説のちがい、という切実な問題」で、「何でも取り入れてしまって、何でもありなのが詩だと思っている」（「群像」二〇〇七年七月号、315頁）と語っているように、現代詩の大きなトレンドは純粋詩から乖離して表現の幅を広げる方向に拡散していく傾向にあると考えてよいだろう。

さて、長くなってしまったが、ここまでが本章の準備段階である。本当に議論したいのは、一般読者に届く現代詩を生み出すためには、現代詩人たちは純粋詩を目指して創作に

［図表6］現実の詩の位置

打ち込む方が良いのかどうか、ということなのである。小林秀雄は「現代詩の問題」の結論として、「サンボリスト運動の嶮岨な道は、元来凡庸な詩人達が堕落せずに堪えられる道ではなかった」（187頁）とし、我が国の「詩人達は、象徴派の文学の影響を受けて、この運動の根幹を為す批評精神を受入れる力はなかった」（188頁）と断じている。そして「現代詩の不振は、近代抒情精神に関する詩人等の自覚に俟《ま》たなければ救われまいと思う。韻律の問題、自由律の問題、定形、不定形の問題、そういうものはそもそも末の問題だと思う」（189頁）と述べている。つまり、小林は純粋詩かどうかということではなく、「近代抒情精神に関する詩人等の自覚」が問題だと言っているのである。これは、前章で触れた杉谷昭人の「本当に詩の技術、詩の技法が、完全に書き手の方法論として消化されていない」ということと同一の問題意識といえる。そして、「我が国の詩の伝統は「万葉集」以来、醇乎《じゅんこ》たる抒情詩である」（188頁）と考える小林が念頭においていた「近代抒情精神に関する詩人等の自覚」を促すためには、杉谷がいう「日本語で感動はどういう風に表現されてきたのかを考えていけば、平安時代あたりからの日本文学の理解なくしては、いい詩が書けるはずがない」という忠告にも真摯に耳を傾ける必要があるだろう。

詩の世界には、表面的な斬新さや言葉のおもしろさを追究する詩人も必要だ。言語の新しい用法や非日常言語で詩を紡ごうとする人たちの試みを全否定する必要もない。世人には解読不能な数式のような難解な詩を懸命に生み出そうと日々格闘する詩人がいてもよい。けれど、現代詩が一般的に大きな誤解を生んでいるのは、現代感覚をあたかも代弁したかのようなふりをした不安感を煽る難解詩や感性重視の詩が主流だと認識され、人々の生活の実相や感動を謙虚な描写で書き残した詩が過小評価されていることにあるように感じる。

ここで、難解詩を擁護した書評ではないが、現代詩の伝え方の一例として、「朝日新聞」（二〇二〇年十月二十四日、大阪本社版25面）に掲載された蜂飼耳「ことしの詩」を用いて考えてみたい。

蜂飼は、谷川俊太郎詩集『ベージュ』（新潮社）、三角みづ紀詩集『どこにでもあるケーキ』（ナナロク社）、マーサ・ナカムラ詩集『雨をよぶ灯台　新装版』（思潮社）の三冊を論評している。蜂飼はまず谷川詩集について詩「川の音楽」を次のように絶賛している。

「川の音楽」は、とくに素晴らしく、大好きになった。何度でも読みたい。第三連は、次の三行から成る。「川が秘めている聞こえない音楽を聞いていると／生まれる前から死んだ後までの私が／自分を忘れながら今の私を見つめていると思う」。『方丈記』を書いた鴨長明がこれを読んだら、いったい何というだろう。この詩を、鴨長明に教えてあげたい。

谷川こそが、これまで一般読者に届く詩を書いてきた代表的詩人であり、現代詩人の中では超越した存在であると認めることに私は異論はない。「ことしの詩」として最初に論評されることも妥当だろう。しかし、もし引用した詩の作者が谷川俊太郎でなかったとしても、蜂飼はこの詩をここまで絶賛しただろうか。特に「この詩を、鴨長明に教えてあげたい」というリップサービスは、一般読者向けの新聞紙面において極めて不適切に感じる。『方丈記』冒頭の「ゆく河の流れは絶えずして、しかも、もとの水にあらず」との水をテーマにした描写の関連性はないとは言えないが、この記述だけだと強引なこじつけであり、詩人の浮世離れした戯言だと軽んじられてしまうのではないか。

続く三角みづ紀詩集については、三十代の終盤に出した詩集で十三歳の少女を主人公とする連作的な作品であり「一人の少女を仮構し、創作的な視点を強く導入している」と巧みに詩集の輪郭が紹介されている。

授業中の教室を描いた「孵化《ふか》する日まで」は、「わたしは皆とはちがう／全員がささやかにあらがう／でも完全にちがうのはこわい」と、十三歳の気分と主張を切り取る。本書を彩る塩川いづみの装画も、詩と響き合って印象的だ。瀟洒《しょうしゃ》な作りのこの詩集は、手の上に載せると小鳥のようだ。子どものころ飼っていた文鳥を思い出した。

蜂飼は紙面で、三角が二十代で出版した詩集『オウバアキル』と『カナシヤル』では、「自らの病と向き合いながら生の苦悩を烈《はげ》しく表した」ことにも言及しており、今回の詩集が「これまでの著者の詩集とはかなり趣向が異なるという点に驚いた」と述べているので、三角の詩的遍歴に関心のある読者は興味を持つだろう。しかし多くの読者は引用された三角の詩行に深く心を揺さぶられただろうか。

最後はマーサ・ナカムラ詩集。第一詩集『狸《たぬき》の匣《はこ》』で中原中也賞を受け、今回論評対象とされた第二詩集で萩原朔太郎賞を受賞した「力作詩集」であることを紹介した後の記述である。

著者の詩は、深い想像力を感じさせる。たとえば、暗がりで子どもが一人、膝《ひざ》を抱えてじっと座っているとき、怖さと好奇心で、いくらでも想像が湧き上がる、といった感じの感触がみなぎっている。散文的な書き方の中にも、常に言葉に対する観察とわずかなためらいがある。それが作者の作品を詩に留まらせているのではないか。「新世界」に次の言葉がある。「幼い頃、全ての色を混ぜれば透明になると父から習った／自分で絵の具を混ぜたら黒くなった」。この黒さは、闇に通じる黒さだ。怖さや不安もあるが、心惹《ひ》かれるものも、闇の奥に宿るのだ。見つめていると、ぽつりと灯《あか》りがともる。きっとそこから、マーサ・ナカムラの詩は生まれてくるのだろう。遠い昔を思い描くときに浮かぶ哀感や諦念《ていねん》の向こうに、忘れたところに、希望の光が瞬く。この詩集には、そんな世界が広がる。

この年の萩原朔太郎賞を受賞した詩集であることもあり、当該年度の代表詩集としてマーサ・ナカムラ詩集を挙げることは妥当であろう。しかし、引用されたマーサ・ナカムラの詩行には衝撃を受けなかった。このように、私は現代詩に携わる一人であるにも関わらず、蜂飼が「ことしの詩」として推挙した三詩集をしっかりと読んでみたいという衝動に駆られなかったのである。これに対して、同日の「朝日新聞」の読書欄（26―27面）に掲載されていた次の書評を読んで貰いたい。

上原兼善著『黒船来航と琉球王国』（名古屋大学出版会）

19世紀前半、沖縄にはペリー来航の前から異国船が頻繁に現れ、国交・通商や布教

を求めてきた。（中略）
　禁教政策に阻まれて粗暴になっていく宣教師。首里城入城を強行する英国船の艦長。武装兵で交渉会場を取り囲み、条約調印を迫るフランスの提督。既成事実を積み重ね、最後は武力と恫喝《どうかつ》で横車を押す手法は、西洋が世界に広めた交易や布教の「自由」の実態を露《あら》わにする。アメリカの水兵による窃盗や性暴力も、民衆生活を不安に陥れた。通訳官を始めとする現場担当者には、那覇の市中こそ外交の「戦場」だった。（後略）

（戸邉秀明　評）

エリフ・シャファク著『レイラの最後の10分38秒』（早川書房）

イスタンブールで性を売る一人の女性レイラが悲惨な暴力で命を落とす。ゴミ箱に捨てられたその遺体はすでに心停止し、呼吸もないが、意識だけが残っている。それも微妙な10分38秒という時間だけ。（中略）
　第一部「心」では、わずかな時間にレイラは自分の抑圧された生い立ちを思い出し、かけがえのない数人の友人たちとのエピソードが様々に甘く追憶される。（後略）

（いとうせいこう　評）

「ことしの詩」よりも、これらの書物の方を読んでみたいと私が思うのは、なぜだろうか。

このような書評に私が心動かされるのは、その伝達内容に衝撃力があるからで、詩集評と比較するのはおかしいと糾弾されるかもしれない。しかし、優れた詩が表現を切り詰めて本質的な経験を読者に分かち合うことに適した形態であることを勘案すれば、同じ新聞紙面で散文作品の書評より詩行の引用の方が衝撃力が劣ることの理由をしっかりと考え抜くことは重要なことではないのか。そして言うまでもなく、二〇二〇年の詩は蜂飼が挙げた三冊の詩集だけではない。社会的な問題提起や深い感動を味わえる詩集もあったはずである。

勿論、詩に社会性を求める読者ばかりではなく、キャンディーのような甘やかさや清涼飲料水のような爽やかさを望む一般読者がいることも私は知っている。一口に「一般読者」といっても、求めるものは様々であり、蜂飼の書評を絶賛する読者もいるだろう。しかし、どうも一般読者に届く詩を書く上では、詩から詩ではない要素をできるだけ取り除こうとする純粋詩観を追い求める必要はなさそうである。詩の中に夾雑物があってもよいのである。それよりも、「新・民衆詩派詩論」では、いまを生きるための批評精神を重視し、人々の生活の実相や感動を大切にしていきたい。詩の姿が純粋であることの研究は、どこかの〝研究室〟にお任せしておこう。

第十二章　詩のリズムをめぐる考察

前章で、小林秀雄の「現代詩の問題」の結論が「現代詩の不振は、近代抒情精神に関する詩人等の自覚に俟《ま》たなければ救われまいと思う。韻律の問題、自由律の問題、定形、不定形の問題、そういうものはそもそも末の問題だと思う」（『小林秀雄全作品　7』、二〇〇三年、新潮社、189頁）であったことを確認した。しかし、一般読者に届く現代詩を書くためには、敢えて、小林が「末の問題」だと考えた、詩のリズムについて考察しておきたい。

改めて言うまでもなく、現代詩の特徴は「口語自由詩」である、ということだが、その始まりは、一九〇七（明治四十）年に川路柳虹が発表した詩「塵溜」（後に「塵塚」に改題）であったのが詩史の通説である。しかし発表当時から「口語自由詩」という名称が定着していた訳ではない。乙骨明夫は「自由詩創成期に関する小見」において、「口語詩」「自由詩」「言文一致詩」などを例示し、「それらの語は、「口語を使った詩」というだけの意味であったか（つまり「口語定型体」をも含んでいたか）、それとも「自由詩」の意味に近く、形式の自由という条件も考えていたかどうか」(『現代詩人群像　――民衆詩派とその周圏――』一九九一年、笠間書院、4頁)という点について詳細に検討している。乙骨によると、「自由詩」の名称がはじめて現れたのは「早稲田文学」35号(一九〇八年十月号)であり、その中で服部嘉香と判定される者が次のように述べている。

(前略)詩歌革新の気運が、暗黙の間に混融醸熟して渾然《こんぜん》たる要求となり、根底からの革新を企つるに至つたのが現下の所謂《いはゆる》口語詩問題である。便宜の為め口語詩問題と呼んでは居るが、厳密に云へば口語で詩を作ると云ふ風な簡単な形式上の問題でなくて、寧《むし》ろ詩歌の根本生命に触れた革新運動であると見なければならぬ。(中略)要するに這般《しやはん》の新傾向は自然主義派の詩が当然到らねばならぬ結果であつて、決して単に口語を以て詩の用語とすると云ふ如き形式問題ではない。形式から云へば寧ろ無制約無目的主義である。さてかくの如くして興り来つた新詩風(自由詩とでも仮称した方がよいかも知れぬ)は、今の所散文と如何なる差別を立つべきか、散文に対して有する特権は如何と云ふ疑問に遭遇したのである。

(「彙報」「文芸界(最近文壇諸問題鳥目観)」96―97頁、なお旧漢字は新漢字に改め、ふりがなは筆者が付した)

ここで「彙報」の筆者が、口語詩（あるいは自由詩）問題を、口語で詩を作るということだけでなく、無制約無目的主義である、と看破していることを見落としてはなるまい。この特徴が現代詩の表現の幅を大きく広げることに繋がっていくのだが、同時に「散文と如何なる差別を立つべきか、散文に対して有する特権は如何」という、今日の現代詩にも通じる問題提起がなされていることも重要である。

それでは口語自由詩の創設者とされている川路柳虹は、どのように考えていたのだろうか。川路は「詩の本質・形式　作詩楷梯」（福岡益雄編『詩の作り方研究』一九三〇年、金星堂）という現代詩講座用の文章を残しているが、以下の章立てで詩論を組み上げている。

序
一、詩の表出
A　「詩」とは何か
B　「詩」の性質
C　「詩《ポエジー》」と「詩句《ヹール》」
D　詩の表出過程
二、詩形の概念
A　西詩の形式

B　支那の詩形

C　邦詩の形式

特に川路は「二、詩形の概念」において、英仏詩の形式と音脚、漢詩の平仄と押韻について整然と分析した後で、日本語の詩には外国詩のような音の性質による平仄や押韻といった要素はなく、唯一詩の旋律を司っているのは、音数のみであると指摘している。そして、五音あるいは七音が基調になっているように考えられてきた日本語の詩の韻律について「即ち日本詩の音脚上の単位は決して五と七ではないのである。これは重大な注意を要する。日本詩の音脚としてはその単位は二音と三音の二つで、これがその倍数関係と、その両者の結合によつて種々なる音節を作つてゐるものであることを先づ承認せねばならぬ」(86頁)と主張している。その上で、川路は以下のように述べるのである。

私はここで度々問題となる詩と散文の形式上に於ける限界を明らかにして置かう。自由詩がその詩学に散文学を入れたとして、自由詩が散文と同一になるか、ならぬかは、第一作者その人の意識問題が根本で、作者が内容としての「詩《ポエジー》」(poésie)を散文の形式を意識し乍ら示すか、或はこれをその内心の呼動に応じて律調ある言語の形式即ち詩章《ポエーム》(poem)に表はすかは勿論作者その人の自由にある。前者はその意識が明瞭に表はさるる限りそれは散文詩ともなり、又小品ともなりえよう、これは形式としての散文の範囲に属する。しかし後者は律語の形式を採るのであるから、その結果は律語としての批判をうける必要がある。これの意識を漫然とさすことは詩文の限界を徒らに不明にさし、その不明にさすことがやがて詩の形式の独立性を失はすことであるから、両者が真実に作品としての価値を生かすためにはその両者が各々の形式に於て充分の効果を挙げることこそ本旨でなければならぬ。

　詩と散文の差はこれを本質的にいへば全然異る。「詩《ポエジー》」は散文の範疇にはないが故に「詩《ポエジー》」である。散文詩はこの「詩《ポエジー》」を散文の形で表はしたに過ぎぬ。しかし形式上からいへば律語と散文語は勿論程度の差と云へる。がこの程度の差はあいまいな程度でなくそこに充分の限界ある程度の差なることを私は断言する。語を換へていへば韻律的知覚の程度の差がそこに二者の限界を置く。

（106—107頁、旧漢字は新漢字に改めた）

　詩「塵溜」創作時の詩観を晩年に川路が変節させたことの検証は専門の研究者に任せるとして、「口語を詩語とする形式の解放者」である川路は「無自覚なる詩形の解放」（共に108頁）を推奨したのではなく、曖昧な主張ながらも「韻律的知覚の程度の差」を重視していたことについて、今一度考えてみることは無駄ではあるまい。

さて、本書で何度も確認してきたように、詩を表記する特別な言語は存在しない。特に一般読者に届く現代詩を書く場合には、読者に理解可能な社会性のある日常言語を用いなければならないのだが、その上で、詩と詩でないものを分かつ要素として、言葉の生み出すリズムとイメージの二つを挙げることができるだろう。この二つの要素（詩的リズムと詩的イメージ）を巧みに操ることにより、詩的言語は成立する。詩的言語とは、本書では詩の効果を高めるために日常言語を脱日常的に使用したものを指すものとする。日常言語の脱日常的な使用とは、簡単に言えば、読者が言葉から受ける印象が月並みなものでないということである。よって、詩的リズムと詩的イメージは、読者の新鮮な驚きによって感じ取られるものであって、読者が日常的に使い慣れた驚きのない言葉の結合では実現できないものだ、と考えることができる。勿論、読者の驚きは個人的な体験なので、画一的な線引きはできない。最終的には、鑑賞者の主観によるものとなる。

詩的リズムは韻と律の要素に分解できるが、この点について、筧槇二は「俳句と私」と題する講演で、次のような説を唱えている。

記紀万葉以来、日本の詩歌の歴史は長いにもかかはらず、不思議なことに、日本の詩歌には律はあつても韻がないのです。

韻と律、併せて、〝韻律〟といひ、これを兼ね備へるのが詩の定型の基本、といふのが世界の詩共通の理解です。

韻といふのは音のひびきを揃へること、律といふのは言葉の調子を整へることで、音楽にたとへると韻はメロディーの役割、律はリズムやタクトの役割と考へれば理解が早い。

インド・ヨーロッパ系文化の言語である欧米民族や漢民族の詩には、ちゃんと韻が踏まれてをります。ウラル・アルタイ系文化の言語である日本の詩にはそれがない。

（筧槇二『駄舌の部屋Ⅱ』二〇〇五年、山脈文庫、105頁）


これは、先に見た川路柳虹が日本語の詩には外国詩のような音の性質による平仄や押韻といった要素はない、という考え方に通じるものがあるが、「日本の詩歌には律はあつても韻がない」という主張に対して、異議を唱える人もいるだろう。九鬼周造は「日本詩の押韻」という論文で押韻の種類を体系化し、その価値を検証している。しかし、現代詩においては、一部の厳格なソネット作者以外は、ほとんど脚韻に注意を払っていないのが実状だろう。読み手には、語呂合わせや同一語の反復によるリズム感の良さに気づくことはあっても、余程意識的に調査しない限り、「平坦韻」「交叉韻」「抱擁韻」などの精緻な作者の配慮に気づくことは稀である。現代詩の作者としては、押韻のために語彙選択の制限を受けるにも関わらず、その詩的効果に気づいてもらえないのであれば、わざわざ押韻を行う必要がない、と考えて当然だろう。また谷川俊太郎は、日本語の単語のほとんどが母音で終わっていることから日本詩の押韻の難しさを指摘しており、よほどしつこく韻を踏まない限り、読者にその効果は伝わらないと語っている（谷川俊太郎・田原・山田兼士『谷川俊太郎《詩》を語る』二〇〇三年、澪標、53頁）。なお、くどいようだが、文末や文頭における同一語の反復や語呂合わせと押韻は別のものであり、同一語の反復や語呂合わせの効果が読者に伝わらないと言っている訳ではないので、混同しないようにお願いしたい。

それでは、律についてはどうだろうか。日本語の律について最も分かりやすいのは、短歌の五・七・五・七・七という音数律であろう。近代詩は当初、この音数律を有効活用する形で詩的効果を挙げていた。有名な島崎藤村の詩「初恋」を見ておこう。引用は『藤村詩抄』（一九五七年、岩波文庫）により、旧漢字は新漢字に改めた。

まだあげ初《そ》めし前髪《まへがみ》の
林檎のもとに見えしとき
前にさしたる花櫛《はなぐし》の
花ある君と思ひけり

やさしく白き手をのべて

林檎をわれにあたへしは
薄紅《うすくれなゐ》の秋の実《み》に
人こひ初《そ》めしはじめなり

わがこころなきためいきの
その髪の毛にかかるとき
たのしき恋の盃《さかづき》を
君が情《なさけ》に酌みしかな

林檎畑の樹《こ》の下《した》に
おのづからなる細道《ほそみち》は
誰《た》が踏みそめしかたみぞと
問ひたまふこそこひしけれ

「初恋」は全行が七音＋五音の計十二音で組み立てられている。念のため、次に確認しておこう。

まだあげ初《そ》めし（七音）＋前髪《まへがみ》の（五音）
林檎のもとに（七音）＋見えしとき（五音）
前にさしたる（七音）＋花櫛《はなぐし》の（五音）
花ある君と（七音）＋思ひけり（五音）

やさしく白き（七音）＋手をのべて（五音）
林檎をわれに（七音）＋あたへしは（五音）
薄紅《うすくれなゐ》の（七音）＋秋の実《み》に（五音）
人こひ初《そ》めし（七音）＋はじめなり（五音）

わがこころなき（七音）＋ためいきの（五音）
その髪の毛に（七音）＋かかるとき（五音）
たのしき恋の（七音）＋盃《さかづき》を（五音）
君が情《なさけ》に（七音）＋酌みしかな（五音）

林檎畑の（七音）＋樹《こ》の下《した》に（五音）
おのづからなる（七音）＋細道《ほそみち》は（五音）

誰《た》が踏みそめし（七音）＋　かたみぞと（五音）
問ひたまふこそ（七音）＋　こひしけれ（五音）

このように、同じ音数が反復される場合、声に出して読みやすく、しかも一定のリズムを形成する。一方、一般的な現代詩は厳格な音数の反復によって作られていないが、リズム感を感じられない詩ばかりであるかといえば、そうではない。作者の狙いによってリズム感の出し方に程度の差はあるが、次の三詩をもとに考察していきたい。

かっぱ　　谷川　俊太郎

かっぱかっぱらった
かっぱらっぱかっぱらった
とってちってた

かっぱなっぱかった
かっぱなっぱいっぱかった
かってきってくった

（『ことばあそびうた』一九七三年、福音館書店）

この詩のリズムを解明する場合、語数よりも拍数を基準に捉えるべきだろう。なぜなら「かっぱ」という言葉は、ゆっくり読むと三音であるが、この三音は同じテンポで読まれる訳ではないからだ。通常の会話では、「かっ／ぱ」と二拍で読まれることになる。このように詩的リズムを解明する場合には、音数よりも拍数を重視すべきものもある。谷川作品を拍数に直すと、次のようになる。

かっ　ぱ　かっ　ぱ　らっ　た　（六拍）
かっ　ぱ　らっ　ぱ　かっ　ぱ　らっ　た　（八拍）
とっ　て　ちっ　て　た　（五拍）

かっ　ぱ　なっ　ぱ　かっ　た　（六拍）
かっ　ぱ　なっ　ぱ　いっ　ぱ　かっ　た　（八拍）
かっ　て　きっ　て　くっ　た　（六拍）

促音によって、詩全体に切り詰めたようなスタッカート効果を出していることも特徴であるが、「六拍・八拍・五拍（休止）六拍・八拍・六拍」という拍数によって、反復するリズム感を創出するとともに、最後を五拍でなくて六拍にすることにより、詩の終了を印象づける形となっている。この最後の六拍が五拍でないことが現代詩には重要である。つまり詩的リズムの発生は、反復に基本を置きながら、単調性を避けるための「ゆらぎ」を必要とするのである。菅谷規矩雄は『詩的リズム――音数律に関するノート』（一九七五年、大和書房）において、五・七・五・七・七の句わけについて「明らかな長短リズムというよりは、等時的リズムを五回反復したのにちかいのではないか」（15頁）という考え方を紹介している。この「ちかい」と表現した部分こそ、詩的リズムを達成するための「ゆらぎ」であると解釈できるのである。逆に言えば、単に等時的リズムを繰り返しただけでは詩的リズムとはならないが、詩的リズム成立のためには、ある程度の反復性が必要なのである。

続いて、天野忠の「あーあ」という作品を見ていこう。

あーあ　　天野　忠

最後に
あーあというて人は死ぬ

生れたときも
あーあというた
いろいろなことを覚えて
長いこと人はかけずりまわる
それから死ぬ
わたしも死ぬときは
あーあというであろう
あんまりなんにもしなかったので
はずかしそうに
あーあというであろう。

（『動物園の珍しい動物』一九六六年、文童社）

この作品は、一見「あーあ」という語の反復により、リズム感が出ているように見えるが、語数に直して検証してみると、詩的リズムの構造が見えてくる。

①最後に　（四音）
②あーあというて人は死ぬ　（十二音）△

③生れたときも　（七音）★
④あーあというた　（七音）★
⑤いろいろなことを覚えて　（十二音）△
⑥長いこと人はかけずりまわる　（十五音）▲
⑦それから死ぬ　（六音）
⑧わたしも死ぬときは　（九音）
⑨あーあというであろう　（十音）☆
⑩あんまりなんにもしなかったので　（十五音）▲
⑪はずかしそうに　（七音）★
⑫あーあというであろう　（十音）☆

記号は同一音数を視覚的に判別しやすくするために、便宜的に付したもので、記号種別には特別な意味はない。ここで⑨行目と⑫行目は「あーあというであろう」の繰り返し表現であるので、音数が同じであることは当然であるが、この繰り返しが、③④⑪行目の七音とともに、詩全体のリズムを整える役割を果たしていることが分かるだろう。このことから現代詩の詩的リズムは、厳密な音数の反復に準拠した予測可能な展開を嫌っており、脱リズム化を目指しながら、辛うじてリズム性を維持しているといえるのではないだろうか。なお、改めて言うまでもないことだろうが、詩の代表的な技法であるリフレインは、詩の中の一節のある部分を繰り返す手法であり読者にそのメッセージを繰り返し印象付ける役割を果たすが、同時に詩全体のリズムのバランスもとっている。

それでは、次の山崎るり子の「ばんばが来るよ」の詩的リズムの仕掛けは何だろうか。

ばんばが来るよ

山崎　るり子

雨ばんばが来るよ
雨ばんばが海をこえて来るよ
ごぉおおん　ごおおおん
ざあぶ　ざあぶ　ざあぶ
ふしくれた手で
山の木を洗濯しに来るよ
雨ばんば　雨ばんば
椿のつぼみをつぶすなよ
カケスの古巣を落とすなよ

風ばんばが来るよ
風ばんばが山をこえて来るよ
しょろうろう　しょろうろう
ぴしん　ぴしん　ぴしん
お寺の屋根の雨だれで
おはじきしに来るよ
風ばんば　おはじきを
爪ではじいて空まで飛ばせ
銀色に光らせて月にぶつけろ

夜ばんばが帰るよ
凍てつく夜を刈り取って帰るよ
夜ばんば　夜ばんば
刈り取るのは闇だけにしておくれ
縁の下の黒猫が
ナーゴ　ナーゴ　ふるえてる
刈りあとの霜柱が光って

ここらはもうじき明けがただ
ざあらい　ざあらい
ぞーん　ぞーん

（『風ぼうぼうぼう』二〇〇四年、思潮社）

この作品は、擬音語の繰り返しによりリズム感を出しながら、内容の平板化を避けるために、擬音語の種類を変化させている。また、単純な反復技法ではなく、追加情報を付加することにより、単調性を避けた詩的リズムの創出を工夫している。具体的に見てみよう。

雨ばんばが（六音）＋　来るよ（三音）
雨ばんばが（六音）＋　海をこえて（六音）＋　来るよ（三音）

この一行目と二行目の表現から分かるように、文章の中間に新たな表現を挟むことにより、均一ではないが波状的なリズム感を形作っている。さらに、同一手法を第二連でも用いながら、続く第三連では用いず、予定調和を崩しているところにも作者の工夫がある。

以上見てきた三作品のみで、詩的リズムに関する結論を出すことは危険ではあるが、現代詩において推奨される詩的リズムの特徴として、反復性を基本にしながら意外性を孕ませる、ということを挙げておいてもよいだろう。勿論、意図的に厳格な律格を課して現代詩を制作することは可能であるが、定型詩ではない口語自由詩の特徴を最大限に活かすためには、読者が予測可能な画一的なリズムの使用は避けた方がよいだろう。また、詩的リズムについては、詩の主題によって、その特徴を前面に出した方がよい場合と、抑え気味で展開した方がよいものがある。その強弱の最適バランスを計量的に導き出すことは困難なので、曖昧な言い方になるが、作者の経験と勘に頼って用いるべきテクニックとなる。しかし、詩作品の出来不出来に関わらず、詩的リズムが保たれている作品は、言語の脱日常化が図られる傾向が強くなる、ということは言えるだろう。現代詩の世界では、詩的リズムは詩を成立させる必須条件ではないが、詩の効果を高めるためには有効な要因であることは確かなことなのである。

最後に「内在律」ということも考えておきたい。内在律とは、詩の形式、音数律、押韻などの外形的リズムではなく、作者自身の内部から生み出されるリズムのことであり、思想や感情の抑揚や文章の間合いなどによって生み出されるものである、と考えられている。厳密に説明し難いものなので、実例で示すしかないだろう。以下の散文詩は第六章で採り上げた以倉紘平が絶賛する幻想詩の傑作であるが、この作品を読めば、内在律というものがどのようなものか感得して頂けるのではないだろうか。

みずうみ

上村　肇

たけなす草をかき分けて　河にそった道を　幾日も幾日も私は歩いて行った道のつきたところに大きな湖があり　河も亦ここにつきているかと思われたこの湖のほとりに私が探し求めた四人の家族が住んでいた　軒も柱も半ば朽ちた家の端居に　洪水で死んだ筈の昔の家族が　黒い羽織にくるまっている足萎の老母《はは》　目が大きくて扁平足で　少しばかり跛行《びっこ》をひく妻　大きな白い毬を胸のあたりに抱いた眼の細い娘　ジャンパーの前のチャックを半分外した九歳の息子　それらは不思議と　十年近い前の雨の夜に別れた姿と変わりなかった私はこの湖に流れこんだ河水のように　もうこの静かな世界から外部《そと》に出ようとは思わなくなった　夜は妻の差し出す手燭の灯を船の舳において　櫂を操り独り湖心に出ては網を打った　朝は一面の朝霧の中を　灯を消した船に濡れた網をのせ　その網の上に下手な私の船歌をのせ　毎朝　葦の間の水鳥の眠りの中を帰ってきた　静かなあけくれの或る日の午後　私は漁《すなど》りの網の破れ目を拾っていた　その網の上に珍しく人影がさし　顔を上げて見ると　一人は街に置いてきた二度目の妻であり　一人はその妻との中に出来た　まだ幼い男の子で

あった　妻は何気なく通り過ぎて行ったが　男の子は私の前に立ちどまり「ママ　パパはここにも居ないネ　ママ　黒い蟹がいるよ　一匹　二匹　三匹　四匹　五匹いるよ　二匹は小さい蟹よ　みんなこちらを見ているよ」と言って走り過ぎた　その夜　よふけて湖には　少しばかり風が出た　だが大したこともなく　静かな朝がきて　又静かな夜がきた

（『みずうみ』一九六九年、黄土社）

散文詩は外形的には詩の形をしていないため、行分け詩以上に言葉の選び方に注意を払わないと、詩として見て貰えない。この作品は「たけなす草を（七音）＋かき分けて（五音）」の七五調で始まるが、以後は厳格な音数律で進行しているわけではないのに、不思議とリズム感が醸し出されていることに気づかないだろうか。中盤の「朝は一面の朝霧の中を　灯を消した船に濡れた網をのせ　その網の上に下手な私の船歌をのせ　毎朝　葦の間の水鳥の眠りの中を帰ってきた」なども、心地よい言葉の反復と詩的イメージの連関がある。終盤の詩の収め方も見事である。

上村肇は一九五七年の諫早水害で、一瞬にして家族四人を失った経験を持つ。小高根二郎は、詩集『みずうみ』の帯文で「その後に娶った新しき妻と、その間に恵まれた一子の側から、この五匹の蟹を凝視めさせている凄然とした抒情は、まだこの国に現れなかった運命の絶唱である」と絶賛している。

詩「みずうみ」に描かれている内容は虚構であるが、この虚構には上村肇の人生のドラマが凝縮されている。そして、この作品が小説やルポルタージュでなく詩作品として成立しているのは、上村が苦難の末に編み出した詩的リズムと詩的イメージの結合によるものだ。実人生に真摯に向き合い、自らの心の奥底にあるリズムとイメージに出会ったときに、詩は立ち現れる。しかし、そのリズムとイメージを言葉に書き記すには、訓練が必要だ。その訓練の一つとして詩のリズムをめぐる考察が必要なのだ。

第十三章　詩の比喩をめぐる考察

前章で、上村肇の詩「みずうみ」には上村の人生のドラマが凝縮されている、と書いたが、詩という文芸ジャンルの最も重要な特性は、言語表現によって達成される「凝縮性」にある、と私は考えている。

詩の表現技法を語る上で、必ず言及されるのが比喩である。それは、詩の凝縮性を達成するために、比喩が効果的に働くからである。比喩にはいくつかの分類があるが、もっとも一般的なのが「直喩」と「隠喩」である。鮎川信夫は『現代詩作法』（一九六七年、思潮社）において次のように述べている。

詩の表現に必要な言語の特性のひとつとして、その代表的なものに比喩があります。比（譬）喩は、直喩《シミリ》と隠（暗）喩《メタフォー》に分けるのが普通であり、もしこの意味の範囲を広くとれば、象徴《シンボル》も寓意《アレゴリー》も映像《イメージ》も、すべて比喩的表現のうちに含まれると思いますが、ここではいちおう直喩と隠喩を、その標準単位として考えてゆくことにします。

直喩と隠喩の区別をわかりやすく例示すれば、「鉄のような意志」というふうに、「……ような」とか、「……の如く」とかがつく場合が直喩形式であり、それを省略して「鉄の意志」といえば、隠喩形式になるわけです。このような慣用語では、その表現のよしあしは問題になりませんけれど、創造的な詩作品の場合においては、ある直喩、ある隠喩が適切であるか否かが、その詩全体の価値を左右することにもなるのです。（144―145頁）

比喩の全体像を捉える説明としては、とてもわかりやすい。『現代詩作法』では、この後、シェレー（筆者注・イギリスの詩人Shelleyのこと）の「秋風へのオード」、萩原朔太郎の「時計」、西脇順三郎の「無常」と「旅人」などの分析が進められていくのだが、本稿では説明の都合上、分析対象作品を変更して、詩における、直喩と隠喩の用例を確認しておきたい。

紙風船　　　　黒田　三郎

落ちてきたら

今度は
もっと高く
もっともっと高く
何度でも
打ち上げよう
美しい
願いごとのように

（『もっと高く』一九六四年、思潮社）

この詩で直喩法が使われているのは最終行であるが、その指している内容は、「美しい願いごとのように（紙風船を）打ち上げよう」ということである。「美しい願いごと」は「打ち上げる」という動作の形容表現として働いており、この言葉により文章に美的効果を与えていることが分かる。それと同時に最終行を読み終えたとき、読者はタイトルの「紙風船」そのものに「美しい願いごと」の姿を見る仕掛けになっている。ここでは具体的には示されていないが、紙風船に脆さや弱さを見ることもできるし、自由や楽しみを見ることも可能である。これらの判断は読者に任されている。ここで大事なことは、表現上はどこにも示されていないにもかかわらず、この詩から「美しい願いごとは紙風船のようなものである」と読み取ることができることだ。つまり隠喩も成立しているのである。もう一例、見てみよう。

ОЛЪГА——一九四五年ハルビンで応召の前に　　犬塚　堯

僕らには七つの薄い朝しかない　オーリャ
小さな太陽を七つ口移しすれば終る
声を殺した哈爾浜の固い空に囲まれて
尖塔の鳥たちは段々悪くなる気がする
キタイスカヤの犬は肩を咬みにくる
今では銃をもたないとどこにもゆけない

戦争になってやさしいものは姿を隠した
腰高い紐にも木曜の百舌の隠れた巣がある
明るい村が最後の井戸まで消え
河を失った草魚が海を向いて死ぬのを見た
哈爾浜郊外から長い手紙がくる

従順な馬が箱を負って隠れた道をやってくる

僕はこの頃眼に悪い色が出て苦しい
かつて先祖が火を放った部落があり
それ以来の山火事が眼に映るのだ
僕の発砲で倒れる人が遠く並ぶ気配がする
僕の腕は檻の二本の柵に似ている

曇ったくちづけの小さな太陽を一つ　オーリャ
お前の瞼は鬮《のろ》の室《むろ》をうつ屋根
お前の祈禱は獲物の憎しみを解き
小さな会釈しかしない生物を安心させる
その火照った髪に雪が降り
戦場につづく煙たい道に積もるといい
長い列車が今日も走ってゆく
うしろから銀狐が走ってゆく

林間にパン種のような希望を残してゆく
幾度か春の氷が割れて平和が来たら
僕が若しも人を殺さずに生きて帰ったら
塩入りのパンを焼いてくれ
お前の遠い故郷ネルチンスクの熱いパンを

（『犬塚堯全詩集』二〇〇七年、思潮社）

この詩の中の直喩表現は、「僕の腕は檻の二本の柵に似ている」と「林間にパン種のような希望を残してゆく」のみであるが、暗喩表現は、至る所に散りばめられている。例えば冒頭の「僕らには七つの薄い朝しかない」は、作者が徴兵され兵士となるまであと一週間しかないことを示しているし、三行目の「声を殺した哈爾浜の固い空に囲まれて」は、自由に話をしたり、喜んだりできない当時の雰囲気を伝えているように解釈できる。犬塚堯は、「記憶と詩　――半自伝風に」において「オリガは父の経営する満鉄のホテルに働く掃除婦の娘で、当時空想的な愛を托した少女だ。僕はまだ戦争が終ったら哈爾浜に帰れるつもりでいた。しかし、僕は〝内地〟にとどまり、九州から焼跡の東京に戻った。翌々年、一家七人はぼろぼろになって哈爾浜から博多港に引揚げてきた」（『犬塚堯全詩集』509頁）と記している。ここでは作品の詳細な解釈を行うよりも、一九四五年に犬塚堯が体験したことや、感じていたことが、比喩によって見事に凝縮され、時を経ても我々の心に訴えかける力を持っていることを確認すれば足りるだろう。

ところで、比喩を直喩法と隠喩法に分類することに対して、吉本隆明は『詩とはなにか』（二〇〇六年、思潮社）において「直喩とか隠喩とか寓喩とかいう分類は、喩法の本質論からは、あまり意味がなく、表現類型としてのみ意味があるとかんがえられる」（90頁）と述べている。その上で、比喩を感覚喩、意味喩、概念喩の三つに分ける方法を提唱している。吉本の述べる三種類の喩法の説明を整理すると、次のようになる。

〔意味喩〕言語の意味機能の面によって成立する喩法。
〔感覚喩〕言語の意味機能の面ではまったく関係のない言葉が、固有の感覚的継承を喚起する喩法。
〔概念喩〕意味喩としても感覚喩としても必然的な構成をもたないが、持続性の関係において必然性をもつ喩法。

なお、吉本は、喩法は意味喩・感覚喩・概念喩の三つしかないが、「これらの喩法は、しばしば、相互に重層化されてあらわれる。また、しばしば、感覚喩と意味喩とは未分化のかたちであらわれる」（98頁）と付言している。吉本は、感覚喩、概念喩、喩法の重層化について、具体的な例を引きながら説明を行っているので、興味のある方は吉本の『詩とはなにか』をお読みいただきたいのだが、本稿では、もっとも解り難い概念喩の例として示されている清岡卓行の詩を引いておこう。

セルロイドの矩形で見る夢

清岡　卓行

1

ぼくがぼくの体温を感じる河が流れ
その泡のひとつは楽器となり
それを弾くことができる無数の指と
夜のちいさな太陽が　飛び交い
ぼくのかたくなな口は遂にひらかず
ぼくはぼくを恋する女になる

2

ぼくであるきみの夜が急に明け放たれる
そのあまりにも細長い影は誰の影か
まぶしげなきみの瞳に映っている
涯しのない墓場の風景
今日　おびただしい鸚鵡が遠くで生まれた
きみの裸体は火葬の扉に似ている

3

最も微かな風よりも軽い接吻
きみは　夢の中の夢から
ぼくは　夢の中の現実から
ともに眼覚め　それは別れの合図
きみが気体でできているのは
ぼくがその中を歩いているから

4

きみが見えなくなったぼくの空白
おお　ぼくの物語を知るひと
それは　地球の中心部にある
壮麗で人間のひとりもいない円形劇場
ぼくは捉えられない自分にわななき
明日の見知らぬ歓笑の中で足が凍える

（『氷った焔』一九五九年、書肆ユリイカ）

吉本は「セルロイドの矩形で見る夢」の第一連を例示し、「ぼくがぼくの体温を感じる河が流れ」「その泡のひとつは楽器となり」「夜のちいさな太陽が　飛び交い」は一般的な分類では暗喩法を形成しているが、先の吉本流の喩法分類では感覚喩を構成していると述べ、その上で喩法構成に必然性がないことを指摘している。さらに暗喩または感覚喩と解するかぎり、これらの表現は失敗した喩法であるが、この喩法をまじえた詩の書き出しの一節は、感覚的な持続と転換の表現として、かなり成功したすぐれた表現であり、概念喩と名付けたい、と論じている（95―97頁）。

しかし、清岡卓行の「セルロイドの矩形で見る夢」の優秀性は、何かの譬えとしての言語配列というよりも、言葉が生み出すイメージの心地よさであり、脱日常感覚の喚起にあると考えられる。吉本自身が指摘しているように比喩表現上は失敗しているのだから、あえて概念喩として認めてしまえば、読者への伝達性が乏しい未熟な表現や、ランダムに言葉を組み合わせたに過ぎない偶然表現をも、喩法とみなしてしまう危険性を伴うだろう。そもそも、喩法とみなすか、みなさないか、ということが重要ではなく、大切なことはその喩法を用いることの効果の方である。そして、一般読者に届く現代詩を書く上で必要なことは、精緻な分類や命名ではなく、比喩の本質を理解し、実作品で効果的に使用することなのである。

それでは、比喩の本質とはいったい何だろうか。佐藤信夫は『レトリック感覚』（一九九二年、講談社、63—64頁）において、モンテーニュの用例を用いながら、次のように述べている。

レトリック嫌いを自称していたモンテーニュの書いた文章のなかに、たとえば次のようなことばがある。

法王ボニファキオ八世は、狐のようにその地位につき、獅子のようにその職務をおこない、犬のように死んだという。

（『エッセー』Ⅱ）

十三世紀から十四世紀初頭にかけて西洋史をにぎわせたこの勇ましいローマ法王（教皇）の生涯を二行ほどに要約しようとすると大変だ。なにぶん派手な活躍をした人物だから、百科事典類もかなりの行数をさいているだろう。その生涯を、このたとえは簡潔に、生き生きと伝えている。科学的に正確というわけではないが、印象的にはきわめて正確だと言ってもいい。くどくど説明しなくても、くだんの法王の登場のしかた、全盛時代の勢い、そして世を去るころの姿が、何となくわかってくるからおもしろい。

モンテーニュの例文では直喩法が三カ所用いられている。この比喩によって「科学的に正確というわけではないが、印象的にはきわめて正確」に法王ボニファキオ八世の生涯を伝えていると佐藤は説明している。この佐藤の説明から分かるように、比喩の最も重要な機能は、「認識の一足飛び」にあるといえるだろう。「認識の一足飛び」とは、理屈によって順を追って説明しなければならないことや説明によっては伝えきれないことを、譬えによって直接理解させる機能のことである。

法王ボニファキオ八世の生涯を二行程度に要約した比喩は、説明を重ねなければ語り尽くせないことを凝縮して伝えたといえる。つまり比喩とは凝縮された表現なのである。詩に比喩が多様されるのは、詩の凝縮性を実現するために比喩法が効果的であるからだ。しかし比喩法が使用されているから必ず詩になるわけではないことは、モンテーニュの例文を見ても明らかであろう。

このように、詩の凝縮性を高め、一足飛びに作者の思考の深淵まで読者を誘うことが詩における比喩の役割であるならば、鮎川信夫も記しているように、直喩法や暗喩法に留まらず、擬人法も広い意味で比喩の中に入る。擬人法とは、改めて説明するまでもないが、人でないものを人に見立てて表現する修辞技法である。具体例を見てみよう。

水のこころ

磯村　英樹

みつめると
うろたえて揺らめいた
はにかんで陽を照り返した
指を入れると　おどろいて
波紋をひろがらせながら

逃げて行こうとした

汲みとられると
静かになった
素直に壺の形にしたがった

運ばれながら　もう
たのしげにはしゃいでいた
谿《たに》川の歌をうたっていた

暗い土間の水甕の中で
かまどの火色を見ながら
息をひそめて待っていた
未知のよろこびが
はげしく沸騰《たぎ》りたつそのときを！

（『水の女』一九七一年、アポロン社）

この詩では、本来、人のような感情がない「水」に、感情表現を与えることにより、水を生き生きと描写することに成功している。普段見慣れた水を、新しく捉え直し、詩によって新鮮な形を与えた優れた詩だと思う。また、表面的には水を描いているが、そこに磯村が考える女性の本質を投射した多重構造の詩となっており、高度な擬人法の用い方がなされている、といえる。見方を変えれば、詩「水のこころ」は人を水に喩えて作品化したと解釈することもできる。

続いて、擬人法と反対に、人を人でないものとして描写した作品を見ておこう。

うさぎ　　西出　新三郎

狼は
「わかったな」と言った
ぼくらは
「はい　よくわかりました」と応えた
狼はぺろりと口の周りをなめまわしてから

うさぎの腹に爪を立てた
はじめはやさしく
うさぎは「きい」と叫んだ
狼の二本の牙が
つららのように光った
うさぎの腹に薔薇が咲いた

子どもが何か叫びそうにしたので
母親はあわてて口を塞いだ
めまいで倒れそうになる子もいた

ぼくらはぱちぱちと手をたたいた
自分の拍手が一番大きいことを
狼に聞いてもらおうとした

狼の口からうさぎの白い肢がとび出ていて
ぴくぴくけいれんした

ガラスを踏みくだくような音を立てて
狼はうさぎの頭を噛んだ
ぼくらは耳をおさえそうになる手を
けんめいに押しとどめて拍手をつづけた

狼が血走った眼をむいて
ぼくらをぎろりとにらみつけた
ぼくの隣に立っていた青年は小便をもらした

狼は大きなげっぷを一つすると
歯をしいしい言わせた

「わかっているな」と狼は言った
「はい」
「声が小せえんだよ」
「はい　よくわかりました」

ぼくらは仲間の中から
つぎに誰を出すか相談した
きのうの晩もそうしたように

あすの晩もきっとそうすると思う
ぼくらはうさぎだから

（『家族の風景』二〇〇六年、思潮社）

この詩も狼やうさぎを人のように描写した擬人法ではないのか、と考えられないこともないが、作品全体から受ける印象から判断すると、人間社会の現状を動物に仮託して表現したと理解すべきだろう。つまり寓意性を孕んだ表現となっているのである。それは「ぼくらはぱちぱちと手をたたいた／自分の拍手が一番大きいことを／狼に聞いてもらおうとした」や「ぼくらは耳をおさえそうになる手を／けんめいに押しとどめて拍手をつづけた」という表現から、権力者に対する弱者の態度を連想させられるからだ。この詩がただ単に狼とうさぎの関係を描いた作品であるならば、作者は最終行で「ぼくらはうさぎだから」という当たり前の説明を加えなかったはずである。

読者が詩「うさぎ」を読んで、学校でのいじめ問題や社会での上下関係を連想し、問題の有り様を直感的に捉えることができるのであれば、この詩は説明に頼らず、一足飛びに読者に事実を伝えたことになるだろう。なぜなら詩「うさぎ」には、人間社会のことが一言も書かれていないのに、人間社会の問題を読者に理解させることに成功したからだ。また表面的には狼とうさぎの物語でありながら、その伝達内容は狼とうさぎの物語を越えて人間社会の物語を伝えているのであるから、詩「うさぎ」は、個々の表現というよりは作品全体が「大きな喩え」となるような構造を持った作品となっている。

以上、ここまで比喩について一緒に見て来たが、最後に、「詩の本質としての比喩」と「詩のレトリックとしての比喩」について、峻別しておきたい。児玉忠『詩の教材研究——「創作のレトリック」を活かす』（二〇一七年、教育出版）は、国語教育現場での詩の教育をテーマにした書籍であるが、第四節で比喩と象徴が考察されている。以下は138—139頁からの抜粋である。

阿毛久芳も、文学研究の立場から、詩における「比喩」や「象徴」のもつ特徴を同様に説明している。

比喩[注2]　比喩を引き起こす基本的要因は、比較するということである。比喩は外形的、質的に共通し類似している事物の一方を引用しながら、他を暗示し象徴する方法といわれるが、詩においては言葉にならない思いや領域を表象する上で、通例の共通、類似の結びつきを踏み外した表現となり、新鮮な驚きを生じさせる場合が多い。

象徴[注3]　シンボル　symbol（英）の訳語。象徴の本質は「形而上のもの」を指定している（萩原朔太郎）、というように具象的な物が抽象的観念に結びつけられることをいう。通常は、何か類似した性質や連想を呼ぶ点があるが、特に詩の場合はそれらの結び付きを超えた結び付きに、新しい意味を付け加える。

ここに示した阿毛の説明は、ふつうに定義されているような一般的意味の説明ではなく、詩におけるそれぞれの特徴が説明されたものである。（中略）

このように、異質な言葉を結びつけることで新しい意味を生み出す「比喩・象徴」は、詩にとって異化の作用を生み出す基本的なレトリックとみることができる。

注2　阿毛久芳「詩を読むための基礎用語事典」（「日本語・日本文学への視点　國文學」学燈社

一九九六年一一月）一三二頁

注3　注2に同じ。一三三頁

学校の国語教科の中で、ある程度均質に詩を教えるためには、レトリック重視とならざるを得ないだろう。また、児玉の著書は「「創作のレトリック」を活かす」が副題となっているため、その記述の収束のさせ方も理解できるが、「異質な言葉を結びつけることで新しい意味を生み出す」ことが詩における比喩の役割である、と単純に考えて欲しくないのである。また、安易に「異化」という用語を用いているが、異質な言葉を結びつけさえすれば、日常感覚とは疎遠な効果が得られ、それが詩的言語であると誤認させてしまう危険性がある。そうではなくて、詩における比喩が異質な言葉を結びつけるのは、あくまでも結果であって、その本質は、詩の凝縮性を実現することと、「認識の一足飛び」機能にあるのだ。

比喩の「認識の一足飛び」機能は第五章の若松英輔の「詩的直観」に関連して触れた、シェリングの「美的直観」という考え方に通じる。ここで、私が以前、佐川亜紀から受けたインタビュー「書くことで思想的に深まる詩をめざして」で発言した内容を、掲載しておきたい。

佐川　今後のご自身の目指す詩の方向は？

苗村　原典は確認できていないのですが、ドイツの哲学者のシェリングは、「知的直観」と「美的直観」という考え方を述べたそうです。哲学は知的直観による洞察ゆえに、知という「人間の一断片」を高めるに過ぎないが、「芸術は全体的人間そのものを高みへともたらす」と言ったようです。シェリングの思想を援用すれば、哲学的な論理の積み重ねによる説得ではなく、詩は読者の「美的直観」に訴えかけることにより、一足飛びに、作者の思考の深淵まで読者を誘うことができるはずです。一篇の詩は小さな完結した世界です。一冊の詩集も完結した世界です。ここまでは見やすいことです。しかし詩人にとって重要なことは、詩集から次の詩集への思想的な成長にあります。僕の詩集のテーマは、その時々の関心に応じて変化するでしょうが、書くことによって思想的に成長していきたいと願っております。

（「詩と思想」二〇〇八年三月号、29頁）

読者の「美的直観」に訴えかける表現技法は詩だけでなく他の芸術表現でも可能である。例えば、一目見た絵画から大きな感動を受けることがある。仏像の姿から古の人たちの熱い想いを感じることもある。また耳にした音楽の旋律に心躍ることもある。これらの体験は一瞬であり、どちらかと言えば、受け手は受動的な鑑賞姿勢であっても構わない。しかし、文学作品では、読者に積極的に文字を読み進めて貰わない限り、その本質的な感動を伝えることはできない。つまり、読者は最初の一行しか読まずにその作品との付き合いを止めてしまうかもしれないのである。だから、できるだけ短い表現で読者との関係性を繋ぎ止める必要がある。数ある文学ジャンルの中でも、詩は読者の「美的直観」に訴えかけることにより、一足飛びに、作者の思考の深淵まで読者を誘うことに適した特性を持っている。その特性を最大限に引き出す手法が比喩なのである。

また、一篇の詩だけでなく、一冊の詩集も大きな喩えとなる。小松弘愛の詩集『狂泉物語』や『幻の船』は、現代社会の大きな喩えとなっているが、そこで訴えかけた大きなテーマは、一冊の詩集に凝縮されて表現されている。杉谷昭人が拘って書き続けた詩集『宮崎の地名』シリーズや『農場』、『十年ののちに』には、各詩集間に跨がる大きな喩えがある。そして詩を書く者は、一篇の詩を生み出すことで、また一冊の詩集を世に送り出すことによって、自分の思想を読者に手渡すのである。もし、その一篇の詩がなければ、その思想を獲得するまでに数多くの苦難に直面しなければならないような経験が、詩によって読者に一瞬にして手渡される瞬間がある。それが、優れた詩の醍醐味であり、比喩の本質なのである。

第十四章　詩の感動をめぐる考察

前章では比喩の本質について考察したが、レトリックとしての比喩はあくまでも詩の器に過ぎない。読者の「美的直観」に訴えかけるためには、詩の器を満たす美酒が必要なのだが、詩の器を満たすものは感動であると私は考えている。

詩の感動について考察していくためには、そもそも「感動とは何か」、ということを明らかにしておく必要があるのだが、これがなかなか簡単なことではない。感動の研究家を自認している前野隆司は『感動のメカニズム　心を動かすWork & Lifeのつくり方』（二〇一九年、講談社）の冒頭で「広辞苑によると「感動」とは「深く物に感じて心を動かすこと」とあります。意外と難解なようですが、要するに、心を動かされることですね」（11頁）と、ありきたりの説明で論を進めてしまっている。感動の定義という観点からは、以下に引用するWEBサイト「現役東大院生が教える心理学」の方が親切である。

感動とは，戸梶（1998）によると，情動的に心動かされる状態であると定義されています。

情動というのは，ある重要な事象に接した際に私たちが経験する，比較的強い一過性の（短時間で終結する）反応を指しています（遠藤，2013）。

また感動は，複数の感情との間に密接な関係を持ち，従来の枠組みである単一感情では捉えることが出来ない（戸梶，2001）と言われています。

単一感情とは，「悲しい」「嬉しい」「楽しい」「尊敬」等といった他の感情とは関係性を持たない感情です。

戸梶（1999）の調査では，「感動」には，喜び・嬉しさ，悲しみ・哀れみ，共感・同情，驚き，尊敬，達成感，素晴らしさの単一感情が含まれていることが分かっています。

よって感動は，これらの単一感情が複数絡まりあいながら，人の心を動かす比較的強い感情であると定義出来ます。

二〇一八年年二月十七日のブログ「そもそも感動とは何か?」(http://www.shinrigakunokyokasyo.com/article/456946904.html、二〇二一年一月二十五日、筆者閲覧)

これらの定義を、詩から受ける感動に置き換えてみると、ある詩を読んだときに、喜び、悲しみ、哀れみ、共感、同情、驚き、尊敬、素晴らしさなどの単一感情が複数絡みあって読者の心を動かす強い感情のこと、と捉えることができる。ここで再び、前野隆司『感動のメカニズム』に戻ると、前野はバーンド・H・シュミットの「経験価値マーケティング」という考え方を基盤に自身の「感動のSTAR分析」という手法を生み出している。興味がある方は同書をお読みいただきたいが、私に有用なのはシュミットの経験価値の分類の方なので、前野が説明の便宜上要約したシュミットの五分類(34—35頁)を引いておく。

SENSE:五感で感じた価値
FEEL:感情の高ぶりとして感じた価値
THINK:知見の拡大として感じた価値
ACT:体験の拡大として感じた価値
RELATE:関係性の拡大として感じた価値

シュミットがいう経験価値とは「製品やサービスそのものが持つ物質的・金銭的な価値ではなく、その利用経験を通じて得られる効果や、満足感のような心理的・感覚的な価値」を指すので、感動と同義ではない。前野は「「感動」も、経験から生じる心の状態ですから、経験価値の一つと言うべきでしょう」（34頁）と解釈しているが、自身が感動分析を行った結果から「感動する際には必ず最後にFEEL（感情の高ぶり）を伴っていた」（40頁）と判断している。その上でシュミットの五分類からFEELを抜き出し、他の四分類に加えた上で、SENSE＋FEEL、THINK＋FEEL、ACT＋FEEL、RELATE＋FEELと置き換え、各要素の頭文字を採って「感動のＳＴＡＲ分析」と命名しているのである。しかし、詩から受ける感動体験を分類する場合には、シュミットの五分類の方が適している。

私たちが購入する商品やサービスには、その本来の機能や性能である「機能的価値」と、その商品・サービスを用いることで得られる満足度に当たる「情緒的価値」がある、と考えることができる。例えばどの服を購入するかを決める際には、単に体を覆ったり寒さを防ぐという機能以外に、デザイン性や自分に似合うかどうか、ということも考慮に入れるだろう。「機能的価値」は定量的に比較分析しやすいが、「情緒的価値」の判断は個人の主観によるところが大きいため単純な比較が難しい。そのためにシュミットは「経験価値マーケティング」という分析手法を生み出しているのだ。詩は「情緒的価値」そのもので構成されているので、前野が手を加える前のシュミットの五分類の方が相性がよいのである。次に挙げるのは、シュミットの五分類を基に、私が考えた詩から受ける感動の分類である。

1　**SENSE→五感刺激力**

詩そのものの姿や詩に描かれたイメージから強く五感を刺激される体験。非日常的なリズムや言葉遣いに心地よさや衝撃を受ける場合も含む。

2　**FEEL→感情刺激力**

詩を読んで感情が高ぶる体験。作者の喜怒哀楽の感情をそのまま書き表す「直接表現」よりも、詩の情景描写や省略技法を用いた「間接表現」の方が一般的に効果が高い。

3　**THINK→思考拡張力**

今までわからなかったことや知らなかったことを、詩を読むことで鮮やかに気づかされる体験。特に普段見慣れているものに新しい見方を与えられたときに、「眼から鱗」の感動体験となる。詩における対比や飛躍の鮮やかさも含む。

4　**ACT→実用推進力**

詩に描かれたことや作者の体験を読者が自分事として追体験し、他者の経験の最も重要な部分を分かち合う体験。詩を読むことで読者が自分の考え方や生き方を変える体験が最も深い感動体験である。

5 RELATE→関係拡張力

詩を通じて作者と読者の心が繋がる体験。作者は詩を手放した後は作品がどのように解釈されても仕方がないが、読者がその作品に心打たれたとき、作者と読者の心の関係性が構築される。読者がその感動を他者と分かち合いたいと願ったとき、その関係性はさらに拡張する。

この分類を以後の説明上「詩の感動力学モデル」と呼んでおこう。なお、改めて言うまでもないが、この五つの力はそれぞれの作品によって強度が異なる。つまり、作品1では「五感刺激力」が極めて強いが「思考拡張力」は弱い、作品2では五つの力とも均等にあるが作品全体から受ける感動は小さい、ということがあり得る（図表7参照）。また、五つの力の判定は読者の感受性の影響を受ける。つまり、同じ作品1を読んでも、読者Aは「五感刺激力」が極めて強いと感じるが、読者Bはそうでもない、と判断する場合がある、ということだ。具体例を挙げて考えてみよう。次に引くのは現代詩について論評した記事ではないが、「朝日新聞」に歌人の山田航が書いていたこと（「小説嫌いが好きな小説」二〇二一年一月二十三日、大阪本社版13面）で、私がアンダーラインを引いた箇所である。

「詩の感動力学モデル」の
5つの力の判定評価例

項目	作品1	作品2
1　五感刺激力	10	4
2　感情刺激力	5	4
3　思考拡張力	1	4
4　実用推進力	2	4
5　関係拡張力	2	4
合計評価点数	20	20

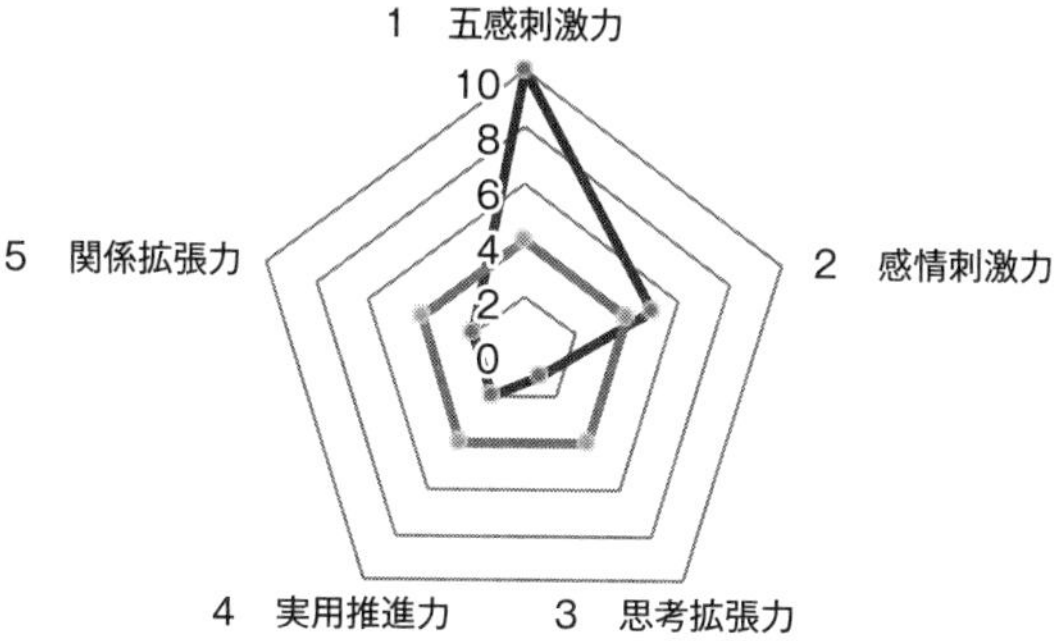

［図表7］「詩の感動力学モデル」レーダーチャート例

> 小説の良し悪《あ》しや面白みがわからない。一方で、詩や短歌の良し悪しはわかる。声に出して読んでみて気持ちのいいものが、良い作品である。とてもシンプルじゃないか。
> 文章において一番重要だと感じるのがリズムや音韻、その次がイメージ。ぎりぎり理解できるのはキャラクターで、一番興味がないのはストーリー。1ページ目から順に読んでいかないと意味がとれない本はどうも肌に合わず、好きなところから読みたい性分だ。
>
> 形式そのものを常に疑いながら書くのは、現代詩ではごく普通の姿勢なのだけれど。

私がアンダーラインを引いて読んでいた箇所は、山田の主張に私が同意できなかった部分であるが、一方でこのように考える人もいる、ということを覚えておきたかったからでもある。恐らく私の「詩の感動力学モデル」の中で山田が重視するのは「五感刺激力」のみであり、しかも刺激の受け方も、標準的な新聞読者とはかなり異なることが推察される。ここで標準的な新聞読者とはどのような読者なのか、と突っ込んで質問されると、答えに窮する。標準的な読者に明確な基準などなく、あくまでも概念的なものでしかないが、少なくとも文章の意味を理解するためには書籍の「1ページ目から順に読んでい」くことを厭わない読者であるはずだ。勿論、飛ばし読みや自分の興味のある記事しか読まない読者がいてもよい。しかし、どこから読んでも、部分的に読んでも、順番を変えて読んでも意味が理解できる文章で伝達できる新聞記事があったとすれば、それは感覚の羅列でしかないだろう。標準的な新聞読者は、世の中の出来事を知りたいから新聞を読んでいる（と苗村は考えている）ので、そのような記事は望んでいない（と苗村は考えている）。だから、標準的な新聞読者は、自分が興味のある記事を最初から順番に読むことは厭わないはずで、同じように自分の興味のある書籍の意味を理解するために書籍の「1ページ目から順に読んでい」くことを厭わないはずだ、と苗村は考えたわけである。

まどろっこしいことを書いているが、「標準的な読者」や「一般読者」というものが指す曖昧さや、個人の文章や書籍に対する評価に絶対基準がないことを認識してはいるものの、それでも一般読者に届く現代詩を書くための詩論を前に進めたいのだ。正確性に拘るあまり歩を進めることができないということでは、現代詩は坐して死を待つということにもなりかねない。山田航のような判断基準を持つ読者がいることも認識しておいた上で、私が考える詩の感動について、具体例を挙げて説明してみよう。

□…叫び　　与那覇　幹夫

私は、何と詰《なじ》られようが
あの夫の〈絶叫〉を差し置くほどの
美しい叫びを、知らない。

それは戦後間もなく
降りそそぐ陽ざしに微睡《まどろ》むがごとき
宮古の村里の、とある村外れの農家に
十一人の米兵《アメリカー》が、ガムを噛みながら突然押し入り
羽交い締めに縛った夫の、その目の前で
その家の四十手前の主婦を、入れ代わり犯したが
十一人目の米兵《アメリカー》が、主婦に圧《の》し掛かった瞬間
夫が「ワイドー[*1]加那、あと一人!」と、絶叫したというのだ。

あ、私は、一瞬、脳天さえ眩《くら》む、これほど美しい叫びを、知らない。
いや全く、人づてにも、ついぞ聞いたことがない。
そう私は、この世には言葉を越えた言葉があることを、初めて知った。
きっとその日は、世にも壮麗な稲妻が村内《むらうち》を突き抜けたであろう。

私は「ワイドー加那、あと一人！」と、またもや口ずさみ
この、身の引き締まるような、究極の祈り、夫婦愛の煌めきに
人間の素心とは、いや人間の魂とは、こんなにも美しいものなのかと
〈叫び〉の余韻に、投身さえする始末である。

そして、「ワイドー加那、あと一人！」という
あの閃《ひらめ》きが、私の背に一本の添え木をあてがう。
犯され殺された数多《あまた》の主婦やみやらび*2、いたいけな幼女たちの鎮魂
嘉手納《かでな》、普天間《ふてんま》、金武《きん》、辺野古《へのこ》——、襲われ続ける守礼の島のために
ホーハイ・ホーハイ*3！と、魔除けの呪文を唱え
明日を招来する「世栄《ゆうばえ》・島栄《しまばえ》の神歌《ニーリ》*4」を、海鳴りのよう、反復反唱せよと！

「ワイドー沖縄！　ワイドー沖縄！」と
念じつづけよと

*1　ワイドー＝耐えろ・しのげ・頑張れ、という意味合いの宮古ことば。

＊2　みやらび＝結婚前の若い女性。乙女。
＊3　ホーハイ＝沖縄のある島に伝わる悪霊・魔除けの呪文。
＊4　「世栄《ゆうばえ》・島栄《しまばえ》の神歌《ニーリ》」＝神前等で平穏で豊穣な世《よ》を乞い願い謡われる神歌《ニーリ》。
※　特記：私はこれまで「ワイドー事件」については一切、口を噤んできましたが、事件から半世紀余の歳月が流れたので、もう時効であろうと、口を開きました。なお「加那」は、むろん仮名です。

（『ワイドー沖縄』二〇一二年、あすら舎）

与那覇幹夫は一九三九年、沖縄県宮古島市生まれ。詩集『赤土の恋』（一九八三年、現代詩工房）で第7回山之口貘賞、『ワイドー沖縄』で第46回小熊秀雄賞と第15回小野十三郎賞を受賞。二〇二〇年に他界したが、死後、詩集『時空の中洲で』（二〇一九年、あすら舎）で第15回三好達治賞を受賞している。私はこの詩から受けた衝撃を忘れることはできない。大阪文学学校の「詩・エッセイクラス」でこの詩を紹介したときに、ある女性生徒が、「このような詩を読むと鳥肌が立つ」という感想を述べた。この詩に描かれたエピソードに強い嫌悪感を感じたようだが、紙に書かれた単なる文字の配列が読者に鳥肌を立たせるほどの身体的影響を及ぼした、という詩の力について考えてみることは決して無駄ではあるまい。また、読者の中には詩の衝撃力と詩の感動は別のものである、と考える人もいるかもい。

しれないが、私は読者が詩から衝撃を受けたということは、その詩に感動した範疇に入ると考えている。つまり、単に涙腺が緩んだということではなく、喜怒哀楽の感情の中の怒りの部分が強く呼び覚まされたとしても、他の感情と絡み合って衝撃を受けたのであれば、これは感動という体験なのである。本章冒頭の「感動は，これらの単一感情が複数絡まりあいながら，人の心を動かす比較的強い感情」という心理学の定義をいま一度思い起こしていただきたい。一方で、「この詩が嫌い、二度と見たくない」というネガティブな思いだけが沸き起こったのであれば、この詩には感動していないと判断してもよいだろう。それでも、後々まで強く印象に残っている詩というものは、読者がその詩を受容する際に強く感動したと考えるのが妥当であろう。

さて、読者が作品に感動するという経験はその経験だけを味わえばよいのだが、本稿は詩論なので、その感動を「詩の感動力学モデル」に落とし込んで分解して点検することによって、詩の感動とは何かということを考えてみたい。

1　五感刺激力（SENSE）

日差しの強い宮古島での惨劇の様子が読者の視覚・聴覚・嗅覚を刺激するように具体的にイメージできるような描き方がなされている。抽象表現では、ここまで強い衝撃力を与えることはできない。沖縄の言葉や地名も五感を刺激する要因となっている。

2　感情刺激力（FEEL）

「ワイドー事件」そのものへの怒り、妻を助けてやれない夫の無力感、夫の目の前で陵辱される妻の無念、事件後の夫婦の感情の疑似体験など、さまざまな感情が湧き起こる。しかも作品中には、辛い、苦しい、恨めしい、といった「直接表現」は使われていない。そして「ワイドー加奈、あと一人！」というネガティブ世界の中で発せられたポジティブな叫び声を聞いて、読者の感情は複数絡み合い、その感動は最高潮に達するのである。

3　思考拡張力（THINK）

読者はまず、いままで知らなかった「ワイドー事件」について知る。その上で、いまでも沖縄では同じような惨劇が続いていることに気づく。そして沖縄という場所そのものが、詩で描かれた加奈と同様に米軍基地に陵辱され続けていて、沖縄の人たちは加奈の夫と同様にその惨劇を無力に見続けるしかない、というところまで読者の思考を拡張させる。「ワイドー加奈」という一個人の叫び声が、いつしか「ワイドー沖縄」という大きな唱和となっていく鮮やかさに、読者は感動する。

4　実用推進力（ACT）

もし、自分が加奈であったなら、また加奈の夫であったならどうしたであろうか、と考えてみることによって、実際に惨劇を体験していなくても、その人たちの気持ちを疑似体験することができる。人が一生の内に経験できることには限りがあるが、詩を通じて他者の経験を追体験することにより、他者の経験を自分に取り込み成長していくことができる。人によっては、この詩を読んで自分の考え方や生き方を変える人もいることだろう。

5

関係拡張力（RELATE）

読者はこの詩を通じて、実際に会ったことのない「ワイドー事件」の被害者の人たちと心が繋がる。また、この事件を題材に詩を書いた今は亡き与那覇幹夫とも心が繋がる。そしてこの詩を紹介することにより、本書の読者へと感動は連鎖する。なお、与那覇は生前、本土の日本人が沖縄の人を虐げた以上に沖縄本島の人が宮古島の人たちを虐げていた、と語っている。そのようなことを知ることができたのも、与那覇の詩のおかげである。

このように分類して記述していくと、この詩から受ける感動の姿がより具体的に見えてくる。勿論、それぞれの要素が独立しているわけではなく、各要素は関連しながら相乗効果を挙げている。詩「□…叫び」は、「詩の感動力学モデル」の五つの力のすべてにおいて強いと感じるが、さらにその力を底上げしているのが、与那覇幹夫が沖縄に深く根ざして詩を書き続けた人であった、という事実であろう。本来、作品の良し悪しは書かれた文字だけから判断すべきであるが、実際には誰が書いたのか、ということも加味して鑑賞されてしまう。つまり、この詩の主題に限っては、沖縄に何の関係もない詩人が聞き書きで書いた場合と、宮古島生まれの与那覇が書いた場合とでは、明らかに作品の衝撃力は異なるのである。また、詩「□…叫び」だけを鑑賞した場合と、詩集『ワイドー沖縄』を通読して受ける詩「□…叫び」の印象は異なる。作品に惚れ込んだ読者は、通常はその作者のことが気になるものだろう。詩の感動とは、そのような総体的な経験である、ということも改めて認識しておきたい。また、山田航のように「文章において一番重要だと感じるのがリズムや音韻、その次がイメージ。ぎりぎり理解できるのはキャラクターで、一番興味がないのはストーリー」という判断基準で評価した場合、この詩に感動することはないかも知れない。詩の評価とは、そのような曖昧なものであり、最終的には読者の好み次第と言うことになる。しかし、一般読者と違って、詩の選者や詩時評担当者は、問われれば、自分が評価する詩の鑑賞のポイントを説明する義務があるだろう。勿論、すべての詩の感動を明確に説明できるわけではない。言葉にならない感動というものもある。しかし、鑑賞のポイントを指摘することなく、単に「これまでにない新しい表現」や「新しい言語の結合」といった説明だけで押し切ろうとする者が推奨する詩は、まず疑ってかかった方がよいだろう。
それでは、詩の感動は、事実に基づいた主題からしか受けないのだろうか。次の作品を通じて考えてみよう。

白い鳥

盲いた母親についてのお伽噺

北森　彩子

かあさん　おいしいですか
今夜の御馳走は　あたたかい湯気も立ち
長いことかかって煮こんだ青い蕪菁《かぶら》はあまくとけ
シチュウの中にはいっているのは第一等の肉ですよ
かあさん　おあがりなさい　こんな御馳走をさし上げられるのも
今夜がおしまいですから
……朽ちかけたかまどの壁に灯《とも》る　白いその湯気……

かあさん　わたしはもう遠くに行きます

この冬の荒れ果てた野のどこにも
あなたにさし上げられる一かけらの獣肉《にく》も野菜もなくなってしまいました
かあさん　それでわたしは　凍った夜の沼の面にぼんやり佇《た》つ
白い鷺のように　遠くへ　遠くへとんで行きます
暗い炉端に蹲《うずくま》り　いつでも飢えているあなたの　盡きない食べ物を探すため
まっくらな　べつの空間に
……まっくらな　風もない　その場処をとおって彼方へ……

かあさん　おいしいですか
その肉は截ち切った　わたしの手と足の肉ですよ
浮いているのはわたしの眼玉ですよ
シチュウの薬味《やくみ》は　わたしの血ですよ
わたしの声がすっかり消えてしまったら　とうさんは残りの部分を火にかけて　かあさんといっしょに食べるでしょう
……まだ鳥にならないで　白いおぼろげなきれのように　井戸端の棘のある木の梢にひっかかっているわたしの　その声……

かあさん　わたしの上げられるかぎりのものは
わたしはあなたにさし上げました
わたしにはもう　あなたにあげるものがないので
わたしはあなたにさよならを言います
窓のない家の中に住み　ごきぶりの這う床の上で　いつの間にか
見る事も　歩く事も忘れてしまった　かわいそうな　かあさん
知らないうちにわたしを食べてしまった　かあさん
わたしの大すきなかあさん
さようなら

（『塔のある風景』一九六二年、思潮社）

この詩は、虚構性を前面に出した作り方をしているが、私はこの詩を読んで心打たれる。それはなぜだろうか。読者はぜひ、「詩の感動力学モデル」の五分類に従い、その感動の内容を自分なりに整理して貰いたい。自分で分析することは手間暇がかかるが、実際に自分で手を動かして感動の要素分析を行ってみると、その詩の感動の正体が見えてくるものだ。

なお、詩から受ける感動の正体を探るためには、必ずしも作者のことを知る必要はないが、読解の手掛かりとして、小柳玲子『サンチョ・パンサの行方』（二〇〇四年、詩学社）に収録された「かぎりなく渇いて　——北森彩子の思い出」から引用しておこう。

北森彩子（一九二六—一九九九年）は東京生まれで、小柳によれば、三十六歳で出版した第一詩集『塔のある風景』は、「作品はあぶなげのない、しっかりとできあがった風格があり、H氏賞を受けるのではないかと〈詩学〉誌上に書かれたほどのもの」であったようである。そして詩「白い鳥」については、「この詩には彼女の詩を特色づけている、ヨーロッパ中世の街か館に迷いこんだかと思わせる重々しい城壁や彫像が姿を見せないが、珍しくストレートに己の悲しみを書きあげている作品で、彼女がすでに故人となった現在において読むとあたかも二重の自画像のように私には思えるのである」（259頁）と論評している。その上で次に引くのが、小柳の作品の解釈の部分である。

さて詩に表された「かあさん」は現実の彼女の母親に非常に近いと思われる。才色兼備の女性だった彼女の母親はどちらかというと内省的にすぎて、てきぱきと行動しない娘が歯がゆかった。彼女はそういう母のもとでかなり抑圧を感じながら育ったようである。ここでは娘は母親にあげられるだけのものはあげて姿を消していくのであるが、そして娘は確かに詩人自身なのであるが、窓のない家の中で見ることも出歩くことも拒否してしまった「かあさん」はまたそのまま晩年の彼女そのものなのである。年月が過ぎてみればこの母子、大変似通った同士で深い部分では愛しあっていたに相違ない。しかし母が自分を愛していないという感覚は生涯彼女につきまとい、その後のあらゆる愛情、友情、好意を素直に受け入れない人格を形成してしまったようである。（260頁）

北森彩子の個人的な経験は詩ではデフォルメされ、発表された後は作品は一人歩きを始める。読者は北森の作品を読んで、五感を刺激され、感情を呼び起こされる。その呼び起こされる感情は読者の個人的な体験に基づくものである。それは例えば、母親の介護に疲れた自分自身の感情かも知れない。母親の希望に添う形で諦めた進学先や結婚相手の思い出かも知れない。そうして、現実世界では出会うことのなかった作者と読者の心に、その読者だけが構築する唯一絶対の強固な橋が架かるのである。

ここまで考察してきて、詩における感動とは、我が国の文学に見られる「もののあはれ」と同義であることに私は思い至るのである。本居宣長は『石上私淑言』で「見る物、聞く事、なすわざにふれて、情《こころ》の深く感ずる事」を「あはれ」と言うと述べている。そして、歌や物語は、この心の動きが出発点となると考えた。日本語表現は時代と共にその姿を変化させてきたが、文学作品の中心にはいまもなお「もののあはれ」は存在し続けている。現代詩の書き手は、いま一度、その源流を訪ねねばならぬのだろう。

第十五章　民衆詩派と新・民衆詩派をつなぐもの

本書の最終章として、一般読者に届く現代詩を書くための詩論に、なぜ「新・民衆詩派詩論」と私が命名したのか、その理由を明らかにしておきたい。「詩と思想」二〇一六年八月号の特集は「口語自由詩１００年」であり、私は「民衆詩派の言語特性」というテーマを与えられて寄稿している。次に再録するので、まずはそちらで、大正期の民衆詩派詩論の概要を捉えていただきたい。なお、再録に当たって、一部字句修正を施している。

民衆詩派の言語特性

高校国語科の副教材等として使用される『新訂国語総覧〈第三版〉』（二〇〇三年、京都書房）に「近代詩人系譜」という図説があるが、民衆詩のカテゴリーには、百田宗治『最初の

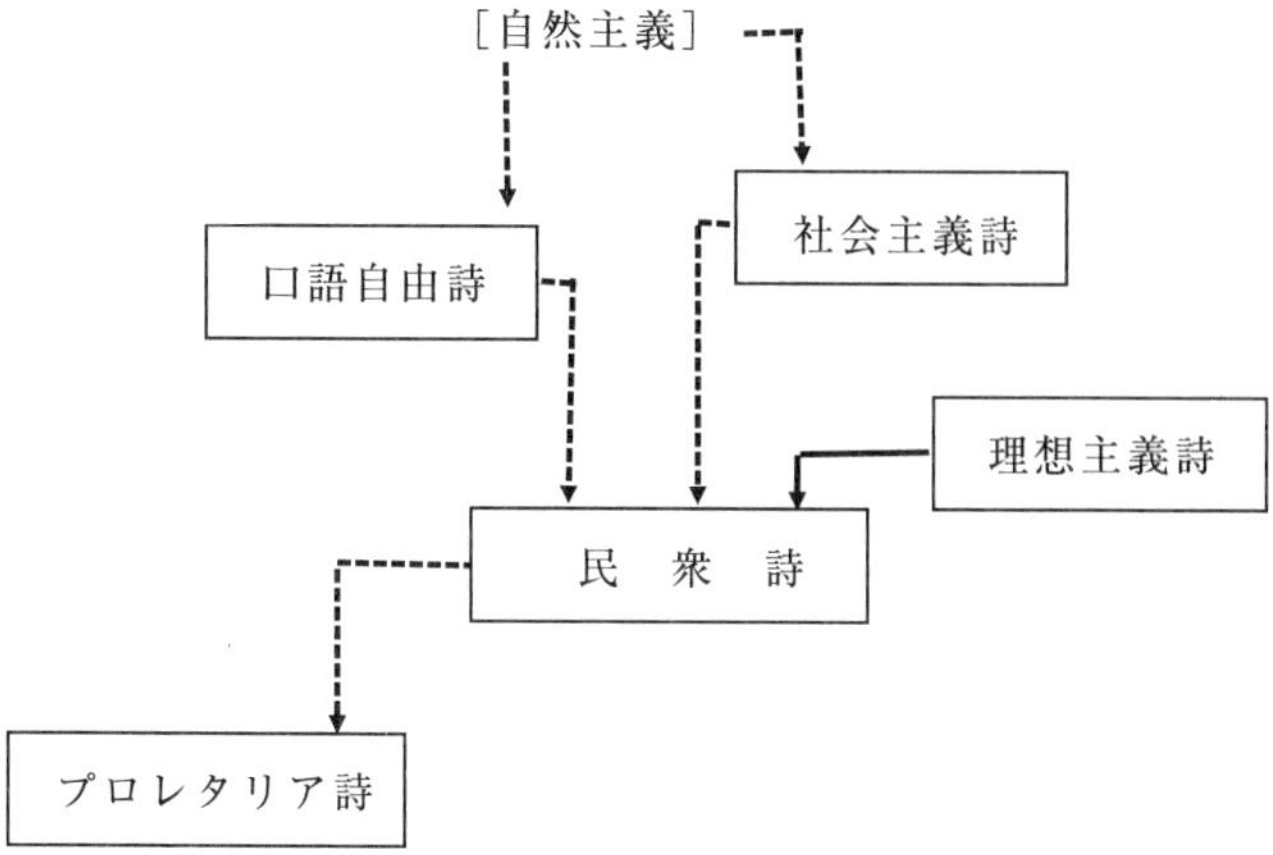

［図表８］「近代詩人系譜」の筆者による部分抜粋

一人』、白鳥省吾『大地の愛』、富田砕花『地の子』、尾崎喜八『空と樹木』、山村暮鳥『聖三稜玻璃』、室生犀星『愛の詩集』『抒情小曲集』の六名の詩人とそれぞれの代表詩集名が記されている。ここで民衆詩は理想主義詩から直接の影響を受けて、口語自由詩と社会主義詩の間接影響を経て、プロレタリア詩に間接影響を与えたという矢印が付されているのだが、このような系譜図は、詩史の大枠を捉えることには有用であるが、あくまでも便宜的な分類法であると認識しておくべきであろう。

　我が国の詩史研究上、「民衆派」と「民衆詩派」、また「民衆詩人」と「民衆詩派詩人」という用語が混在して使用されており、その定義に確定したものもないが、それらの名称の使用が一九一八（大正七）年に、福田正夫・井上康文らが小田原で創刊した文芸雑誌「民衆」に拠ることを鑑みたとき、私はまず、「民衆」に寄稿した詩人を「民衆詩派詩人」と捉えることにしている。先の「近代詩人系譜」に挙げられていた六名の内、尾崎喜八、山村暮鳥、室生犀星は、一般民衆に寄り添い民衆から愛された詩を作ったという意味で「民衆詩人」と呼ぶことができるかも知れないが、詩史的用語の「民衆詩派詩人」の範疇に含めることは適切ではない。また、「民衆」の中心メンバーであり大正詩壇で活躍した福田正夫の名も欠落している。本稿の目的は、口語自由詩百年の歴史の中での民衆詩派の詩史的役割を限られた誌面で明らかにすることなので、民衆詩派の代表的詩人を、白鳥省吾、福田正夫、百田宗治、富田砕花の四人に絞り込んだ上で、その言語特性について考察していくこととする。

白鳥省吾は、死の四年前に出版した『白鳥省吾自選詩集』（一九六九年、大地舎）の「後記――民衆詩の五十年」で、民衆詩派詩人に共通する特徴として、次の三点を挙げている。

一、現代に対する情熱を持ち、同時に未来へ飛躍する肯定的な精神。
二、着実なる現実味、ひいてはこれまでの詩人が気づかなかったあらゆる人間、あらゆる事物に詩を見出す取材の広汎。
三、言葉の自由で平明であること。従って愛誦風のロマンテックな歌ふ要素よりも現実を描くことにウエートを置き、文語と雅語よりも口語と日常語を用ゐることが多い。

この三点については、一九二四（大正十三）年に発行された白鳥省吾『現代詩の研究』（新潮社、197頁）で既に説明されていて、民衆詩派が詩壇での力を失ってもなお、白鳥の詩観が揺るがなかったことが伺い知れるのであるが、「後記　――民衆詩の五十年」では、更に次のようなことが述べられている。

民衆詩が漸次、詩壇の主流を形成するやうな勢を示すや、それに対する一部の批難もきこえて来た。その形式に於いて用語の平明と自由が極めて日常語に近くなったし、内容に於いても詩感に対しての範囲が広くなった。従って、詩といふものに典雅と優美を求めてゐる旧式の詩人にとって、それは驚くべき変化であり嫌悪でもあった。彼等の攻撃する要点は、民衆詩の表現が粗雑、冗漫であり、詩の本質は別にあり、民主主義は浮薄な一時的な社会現象に過ぎないといふことにあった。しかし、この民衆詩の運動は、詩壇に於いて自由詩の運動以後、ほぼ十年を隔てて、詩壇に於ける大きい変革であったことは事実である。

『現代詩の研究』の方では、民衆詩派への批難を行った者として、「それは言ふまでもなく民衆詩人に否定された立場にある形式の彫琢を旨とし刹那の感動を象徴的に示さうとする詩人若しくはその詩に同感する詩評家から発せられたものである」（198―199頁）と述べられており、具体的に山宮允、柳澤健、日夏耿之介、三木露風の名を挙げている。一方で、民衆詩派の主力詩人の一人であった百田宗治は、一九二五（大正十四）年五月に発行された「日本詩人」に「所謂民主《ママ》詩の功罪」を発表して、次のような否定的な回顧を行っている。

吾々四人（筆者注・白鳥省吾、富田砕花、福田正夫、百田宗治のこと）の詩人としての出発点が兎に角前に云つたやうにどこまでも思想的内容本位的だつた（筆者注・デモクラティックな思想を取り入れ「民主詩」を目指していて、そもそも「民衆詩」と呼ばれたこと自体がおかしいこと）から、勢ひ詩の形式といふやうなことは殆んど念頭になかつたのである。形式と云へばただ自由詩でさへあればいいといふ位の程度で、白鳥、富田の二君は別として、わたし、福田などは、それ以前に開拓されてゐた福士君、高村君（筆者注・福士幸次郎、高村光太郎のこと）、それから富田白鳥二君らの口語様式をそのまま、しかも極めて我流そつくり取入れてゐたのである。（中略）吾々の民主詩運動は、外形的には詩壇の口語詩運動といふものを一般的のものとし、進めはしたが、それは悪く無技巧なものに透徹せしめたといふそしりを免れない。

ここで百田は、民衆詩派詩人の言語特性を「形式と云へばただ自由詩でさへあればいい」「しかも極めて我流そつくり取入れてゐた」と消極的な説明をしているが、白鳥は『現代詩の研究』において、民衆詩派と口語自由詩との関係を次のように積極的に説明している。

明治四十年頃に提唱された口語の自由詩は形式だけの破壊で、新しき革袋は出来たが、それに盛るべき新しき酒が無かつたために、中ごろには雅語、文語の混淆となり或は定型詩の諧調に立ち返るものも多くなり、中途半端に低迷してゐたのである。象徴詩、抒情詩は必らずしも口語の自由詩を要しないが、民衆詩の運動は徹底的に口語の自由詩を必要とした。或る意味に於て自由詩は民衆詩の発生によつて、始めてその真意義と完成とを見出したのである。（117頁）

民衆詩派詩人たちは大正デモクラシーという世の中の動きの中で、ホイットマンやトラウベルらのアメリカ民主主義詩人の作品の受容を通じて、「在来の詩人は詩であると考へない範囲まで自由に歌ひ込んであることに」（17頁）気づき、その翻訳や紹介から民衆詩派運動が出発したのであるが、大衆の中に根を下ろし現実世界と遊離しない詩を提示するためには、人々が日常使用する平易な言葉を用い、形式に囚われず自由に創作が可能な口語自由詩の採用は必須のものであった。口語自由詩とは、口語で書く自由律の詩であるが、何を、どれだけ、どんなふうに書いてもよい、というところまで拡大解釈される宿命を帯びている。広範な主題を形式的な制限なしに自由に創作する道を開いたことにより、特別な言語鍛錬を積んでいない未熟な書き手たちも詩を発表し始めると、当然のことながら駄作も数多く生まれることになる。

福田正夫は、一九二九（昭和四）年に刊行した『自由詩講座』（資文堂出版）の序文で「誰れにでも自由詩はつくれるかも知れない。そして遂に生むことが出来るかも。……が、それは苦しんで出来得ることで、現代の自由詩を見るとそこに自由詩としての僅かな約束すら守られてゐないものがある」と嘆いているが、そのことは口語自由詩の性格上、回避できない現象である。むしろ「自由詩としての僅かな約束」があることが、自由詩の存在を否定してしまうことになる。福田は、一九三九（昭和十四）年には、小学国語読本『詩の新しい味ひ方』（育英書院）を執筆して「自由詩一行の必然性」といったところまで、作法上の理論を整理していくことになるが、口語自由詩の場合は形式上の制約がないため、用例で表現の部分的有用性を示すことができても、その用例を普遍化する理論構築は難しい。また、たとえ理論構築が出来たとしても、その理論を基に創作した詩が、必ず名詩になるとは限らない。この問題はここで論ずべき主題ではないので、民衆詩派詩人が創作理論に無関心であったわけではないが、その活動の出発点において精緻な口語自由詩作法理論が構築されていなかった、ということを提示することに留めたい。このことは、一九二二（大正十一）年に、北原白秋が白鳥省吾の詩「森林帯」と福田正夫の長篇叙事詩「恋の彷徨者」の二作品の行分けを排して散文体に書き下した上で、「詩であるか」と批判的に問い掛けたことに対する、白鳥と福田の反論を見ればよく分かる。翌年にかけて行われた論争を通じて、民衆詩派側は完全に敗北していないが、「詩であるか」という重要な問い掛けに対して明晰な回答も示せていない。この論争内容に興味のある方は小著『民衆詩派ルネッサンス』（二〇一五年、土曜美術社出版販売）を参照願いたいのだが、私の見解では、そもそも「詩であるか」という質問の仕方が間違っていたのであり、口語自由詩の発展のためには「読者の心を打つ優れた詩であるか」という質問に置き換えて民衆詩派側は回答すべきであった、と考えている。

ここで民衆詩派詩人の作品の一例として、『福田正夫詩集一　種播く者』（一九二七年、福田正夫詩集刊行会）より、次の作品を引用しておこう。なお、引用は『福田正夫全詩集』（一九八四年、教育出版センター）によっている。

石工《いしく》の歌　　福田　正夫

山遊びの帰りを路で石工の歌、

曇り日のチラチラと雪のふる日、
いたましいメロデイでひびく石工の歌。

その歌には労働の神聖がこもる、
その歌には汎労働の精神がこもる、
そして家に働く妻と父を待つ子供の愛慕とが。

ああ、君のうちふる槌の音、
重たげにひびく槌の音、
地を掘り石を割るその音、
戦ひは君の腕に、
勇気は君の心に、
愛は君の満身にこめられる。

うたへ、君の歌を、
そして労働の歌を、
そして林をふるはして君の心が世界にふるえるだらう、

そして君の槌は永遠に歌に和して石を割るであらう。

民衆詩派詩人が残した詩のすべてが傑作ではないが、自由平明な言葉であらゆる生活の中に詩を見ようとした彼らの言語特性を踏み台にして、やがて「労働者出身の詩と労働者自身の詩」(白鳥省吾の分類)が産み出されていくことになる。そして、口語自由詩を用いて生活に根ざした現実的な詩を作ろうとする思いは、今日の現代詩の多くの書き手たちにも、しっかりと受け継がれているのである。

民衆詩派の挫折を踏み台にして

以上が「詩と思想」二〇一六年八月号に寄稿した内容である。作者の生活や人生に関係した主題を口語自由詩で書き表している現代の詩人は、意識するしないは別として大正期の民衆詩派詩人の系譜に連なっている、と私は考えている。そして、本書でこれまで見て来たように、一般読者に届く詩を書くためには、理解不能な言葉の組み合わせではなく、普段使用している日常用語で詩を書かざるを得ない。大正期の民衆詩派詩人が「形式の彫琢を旨とし刹那の感動を象徴的に示さうとする詩人」に忌み嫌われ、新興のモダニズムやプロレタリア文芸運動によって追い落とされた様相は、現代詩の最先端を自認する有力詩人と目されている詩人たちが平易な生活詩を軽んじ、歌謡曲やＳＮＳ（ソーシャル・ネットワーキング・サービス）の言語表現の勢いに呑まれている現代詩の状況と似ていなくもない。そうであれば、民衆詩派詩人たちの挫折を踏み台にすることで、一般読者に届く現代詩を書くことができるかもしれない、というのが私の考えであり、そのための詩論が「新・民衆詩派詩論」なのである。

それでは民衆詩派が挫折した一番の原因は何だったのか。百田宗治は「所謂民主詩の功罪」で「形式と云へばただ自由詩でさへあればいいといふ位の程度で、白鳥、富田の二君は別として、わたし、福田などは、それ以前に開拓されてゐた福士君、高村君、それから富田白鳥二君らの口語様式をそのまま、しかも極めて我流そつくり取入れてゐたのである」と告白している。しかし、私も含めて、現代詩の書き手は、多かれ少なかれ、みな同じような詩の始め方をしていないだろうか。

口語自由詩には制約がないので、自分が書きたいように書けばいい。それぞれの心の中に、「詩とはこのようなもの」という漠然としたイメージがあり、詩を書いてみる。学校教育の一環として詩を書かされる、という場合もあるが、あくまでも自分がこれまで詩と呼ばれる作品を読んだ範囲で「詩とはこのようなもの」と解釈して我流で書くしかない。百田の場合は、その手本が、福士幸次郎、高村光太郎、白鳥省吾、富田砕花の口語自由詩だったわけである。
ここで、他者に読まれることを想定せずに自分一人の愉しみや心の必要性に迫られて詩を書く場合（A）と、他者に読んで貰うことを前提に書く詩（B）とを混同して考えてはいけない。（A）の詩の場合は、自分が書きたいように書けばいいのだが、（B）の場合は他者がどのように読むかを想定した配慮が必要だ。もっとも天才肌の詩人は解釈が違うようで、次のように考える人もいる。伊藤比呂美と平田俊子の対談「詩のある人生　日本語・身体・文学」（「現代詩手帖」二〇〇四年九月号）の一部である。

平田　こんどの新作「河原の婆」はむずかしい詩ですね。
伊藤　詩がむずかしい？　詩ってかんたんじゃない。みればパッとわかるじゃない。
平田　三回ぐらい読んだけど、よくわからなかった。「ひいる　ひいる　ひいる　ひいる」っていう音がおもしろいなと思ったけど、読む手がかりがつかめないっていうか――
伊藤　いいのよ。
平田　あなたはよくても、読者としてはさ（笑）。
伊藤　いまリハビリだからさ、あたし。
平田　リハビリ詩なの？

伊藤 あたしが書いて楽しければいいんだよ。
平田 あなたはいつもそういうひとだよ（笑）。
伊藤 そうよ、他に何が必要って言うの？ 読者？ 誰それ？ いったいあんたに読者いた？ あたしに読者いた？ わかんないでしょ。そんなもの目に見えていないしさ。いいのよ、書けば。

このような考え方で読者に受け入れられる詩が書ける人は、余程才能のある書き手に違いない。一般的には、第一章で触れた新川和江の「私は自分のなかにもうひとり読者がいて、その読者と相談しながら書いているんです。表現についても「これでわかる？」って聞いて「ちょっと通りが悪そう」と言われると、また工夫する。読んでくださる方々への、それが礼儀だと思っていますから」という考えで詩作に挑むべきであろう。
しかし、読者を意識した書き方を心掛けても必ずしもよい詩が書けるとは限らない。特に、民衆詩派詩人たちのように詩を広く一般の人たちに解放したために詩の通俗化を招いてしまったことは、民衆詩派の罪状としてこれまで挙げられてきたことである。それでも通俗化を入り口として、多くの書き手が詩の世界に参画し、その中から読者の心を打つ優れた詩が現れることは期待できないだろうか。ここで、中村不二夫『戦後サークル詩論』（二〇一四年、土曜美術社出版販売）で紹介されている、関根弘の二段階理論が突破口となる。

以下は中村の著作（425頁）からの孫引きとなるが、一九五三年三月に発行された「列島」四号に掲載された関根弘の「サークル詩に対する詩人の責任」の一部分である。

下手な詩にも場所を与えるということは、書くという行為そのものが、すでに認識への第一歩であり、それをより高度な認識への通路たらしめるという意味においてである。（略）つぎには必ず第二の段階がおとずれてくるであろう。この過程を経てサークル員は具体的現実の把握ならびに抽象力の不足を克服し、詩を詩として問題にするようにもなるであろう。政治的にも成長し、必ずしも詩にこだわりをもたないようになるかもしれない。それでも良い――というのではなくて、サークルの詩の運動はそうあらねばならぬものとして捉えられねばならない。

中村はこの引用の後で、次のように論評している。

関根は、サークル詩に政治と芸術の統合という高度な技術の修得を求めながら、それには段階があり、当面は書く行為そのものが大事なのだと述べている。この関根の二段階理論はサークル詩を見ていく上で重要である。なぜなら、それは現在でもそうだが、たいていの論者は、専門家とサークル詩人、言語詩と生活詩、芸術派と社会派、

これをはじめから色付けし分けて考えていて、ほとんど関根のような柔軟な思考がない。（426頁）

民衆詩派と戦後サークル詩との思想的な連なりや、サークル詩の定義については、ここでは考えないが、戦後の職場、学校、療養所等でのサークル詩運動に代わる詩の活動は、現在では、カルチャースクールの詩の教室や各地で開催されている詩人団体等の合評会・研究会、ということになるだろう。また「詩と思想」のように定期購読者の寄稿を受け入れている開かれた商業誌も関根のいう書くという行為の第一歩になり得る運動体である。二〇二〇年からの新型コロナウイルス感染症の蔓延は、多くの人たちにリモートワークへの取り組みを余儀なくさせたが、思いがけない速度で普及したビデオ会議等の仕組みを利用して、地理的制約を受けない詩の新・サークルも形成されていくことだろう。

いずれにせよ、まずは「書く行為」（第一段階）そのものが大事であり、その活動を継続しながら、詩の「高度な技術の修得」（第二段階）を心掛けていくことが必要であるということに変わりはない。そして、第二段階に移行するためには、サークル内に優れた指導者や批評家がいたり、サークル内で書かれた優れた詩を紹介して読みたい人が読める状態にしておく仕組みが必要となるが、本書で考察してきた詩人たちの詩観を統合した

「新・民衆詩派指針」も、第二段階への移行に貢献できるものと考えている。要するに百田の言うような口語自由詩を我流に取り入れるだけの書き方ではなく、優れた詩人の詩作に関する方法論を自分なりに消化して作品を生み出していく努力がなければ、第二段階への昇格の見込みはないのである。

民衆詩派の挫折から学ぶために、もう一点考えておきたいことがある。「民衆詩派の言語特性」では引用していないが、百田宗治「所謂民主詩の功罪」の中で、私が最も重要だと感じた部分である。

詩はいつも「心」をあらはすべきに、吾々はまだこの「心」に成り切つてゐないものを、従つて円滑を欠いた生硬な言葉であらはさうとした、それは単に結末であるところの言葉の問題ではなく、やつぱり「人」の問題である、言葉は粗雑でも、室生君の昔から書いてゐる詩には古い言ひ草だがこの「心」がちやんと現れてゐる、落着いた天成の詩だ、しかしわたしなどのかいて来たものはその反対だ、わたしはむしろ詩によつてその「心」を匿した、自分自身のものを他《よそ》にして、後天的な素材で一個の家を組立てようとした、これは特にわたしの場合にだけ云へることなのだが、よしわたしがこれまでの仕事で一の立派な完成したものを残したとしても、それなら一層この後悔を大きくしたことであらう、わたしが破れたのは、いまのわたしにとつては反つて心からの慰めなのである。

詩の技巧だけでは、よい詩は生まれない。よい詩の中心には感動がなくてはならないが、百田はこれを「心」の問題だと捉えたのであろう。このことは第二章で採り上げた池井昌樹が、詩は「やってきた感動を、ただ、取り出してるだけ」「誰のものでもない、誰のものでもある、その感動を取り出してやる」「私《わたくし》を他者に伝えることじゃない」と言っていたことに通じる。百田は、自分の中に感動が胚胎していないのに、新しい表現や新しい思想を伝達することに急かされて未熟な作品を発表してしまったことを深く恥じたのである。

大正時代における民主主義の捉え方は、今日の我が国の民主主義とは違い、政府からみれば体制を揺るがす危険思想に通じるところもあった。大正デモクラシーという言葉に象徴されているように、大正期に勢いのあった民主主義の主役となるべき存在は民衆であった。そんな民衆の心に響く詩を書こうとした民衆詩派詩人たちの意気込みは強かったが、民衆としての心を置き去りにして詩を書いてしまっていた、と百田は恥じたのである。同じように、現代詩の前衛と称されてきた詩人たちは、詩の新規性を追い求めるために、詩の感動性を置き去りにして来なかっただろうか。本書で何度も述べているように、前衛的な表現を全否定する必要はなく、新しい表現に取り組む詩人も必要である。しかし、前衛的であるために無理を重ね、振り返れば読者は誰もいなかった、というのでは、詩の存在価値はないだろう。勿論、伊藤比呂美のように「あたしが書いて楽しければいいんだよ」という考え方もあるだろうが、一般読者に届く現代詩を書くためには、作品鑑賞の手がかりが摑めない、何が書いてあるか分からないような難解な表現は避け、できるだけ平易な表現で感動を伝える詩が望まれる。この評価軸は、詩を書くときにも、詩を評価するときにも明確に意識しておく必要があるだろう。そのために有用な概念図を示しておきたい。

図表9は、「失われた現代詩への信頼を求めて〈総括篇〉〉（「詩と思想」二〇一八年一・二月号）に掲載した「［概念図」詩集評価のポジショニングマップ」を修正したものである。基になった図は中村不二夫『現代詩展望　Ⅲ』（二〇〇二年、詩画工房、103—105頁）で述べられている詩の区分の考え方を参考に私が作成したものである。

概念図の縦軸は伝達性、横軸は感動性を示し、比較評価する詩の強弱関係を示すものである。ここで各々の「強い」「弱い」の判定は何を基準に行うのかという問題が生じるが、勿論、科学的測定ができるはずがないので、評価者の基準ということになる。その上で「感動性」については前章で示した「詩の感動力学モデル」による総合判定結果ということになるが、「伝達性」については補足説明が必要である。

グラフの縦軸名は改変前は「表現面」であり、両極をそれぞれ「難しい」「易しい」と表記していた。参考までに横軸は改変前は「内容面」と表記していて、両極はそれぞれ「深

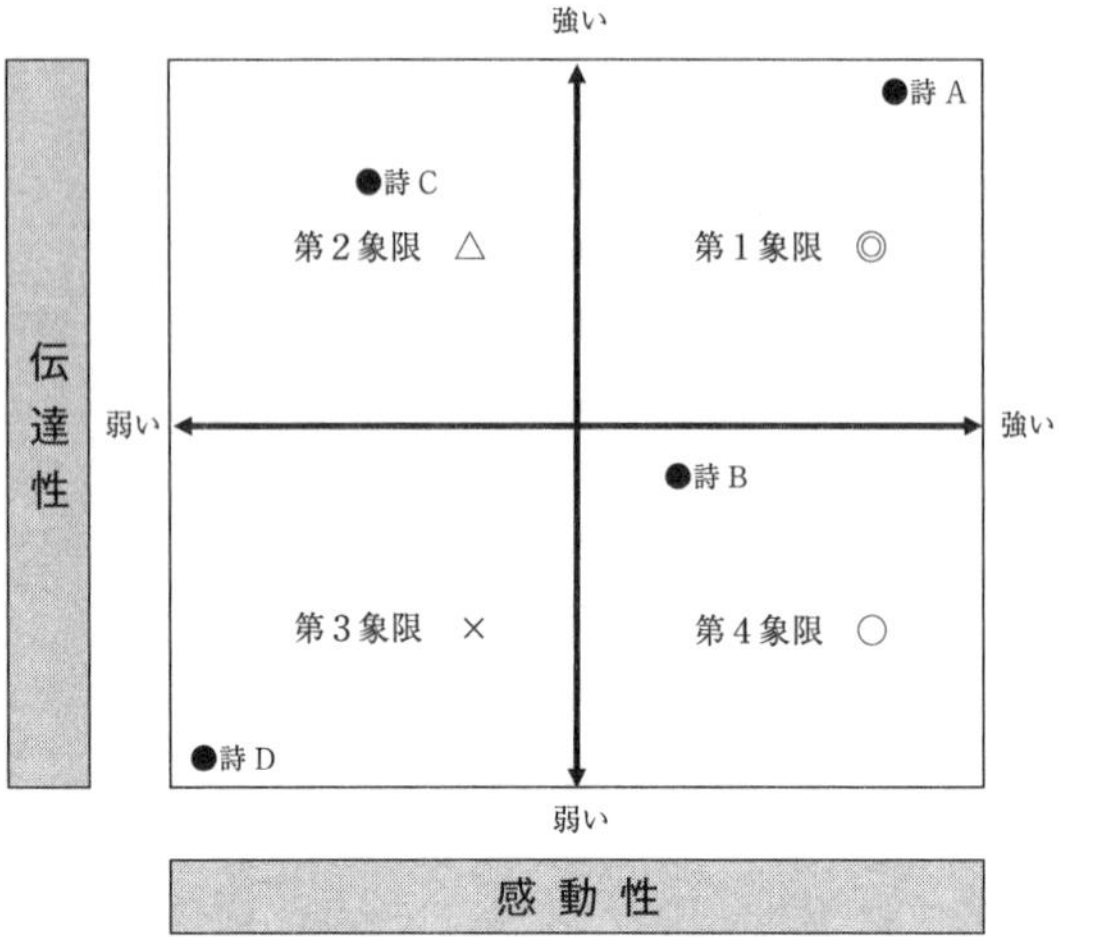

［図表9］詩の評価ポジショニングマップ

い」「浅い」であった。今回縦軸名を変更した理由は、単に表現面を「難しい」「易しい」で判定してしまうと、平易に書きさえすればよいと安易に判断されてしまう恐れがあるからである。反対に難解な表現がすべて悪いというわけではなく、伝達内容によっては難解な表現とならざるを得ない場合もあるだろう。従って、縦軸評価については読者への伝わりやすさという観点で強弱を比較分析することにした。なお、伝達効果が同じであれば、難解な表現より平易な表現、長い詩より短い詩の方が上質の詩となる。

ここで補論を含めた本書の結論となる。一般読者に届く現代詩の理想型は第1象限の詩である。しかし、すべての詩人が第1象限の詩を書けるとは限らない。優れた詩人であっても、いつも、第1象限の詩が書けるわけではない。それでも、生涯に一篇でも多く、第1象限に位置すると認められる詩を書くことが私の願いであり、一篇でも多く第1象限に位置する詩を読みたい。そのような詩に日々接することができる人生は、きっと豊かな人生に違いない。そのためには、現代詩の世界に多くの人たちが参入して貰うことが必要だ。詩を書く人だけでなく、詩を読みたい人、詩を伝えたい人の協力が必要だ。そうした詩のサークルが広がるために、本書が僅かながらでもお役に立てるなら幸いである。

付録

新・民衆詩派指針〈統合版〉

【環境整備篇】

□心を羽ばたかせる創作環境を意図的に作る。

□「詩的直観」を育み感受性を開花させる。そのために「思想」「嗜好」「習慣」を意識的にリセットする。

【心得篇】

□自分の詩をできるだけ客観視する。

□知性と感性の割合を最適配分する。

□日常手垢にまみれた言葉や一般的に詩的と思われている言葉の使用をさける。

□虚構としての詩を意識する。

□詩とはやってきた感動を胚胎して、それを、そっと取り出すことである。

□純粋に詩を愛し、現代に生きながら書かざるをえなかった詩を書きつづける。

□詩とは行動である。自分ができる範囲で自分の詩を伝える手段を考え続ける。

□詩とは、言葉の器には収まらないコトバが世に顕現することである。
□普遍性を獲得するためには特殊性が必要である。
□誰かがこの世で読む最後の言葉になるかもしれないと思って詩を書く。
□現実の社会や人生にひそむ豊かな意味を読みとる。
□詩はおいしい果実であることを意識する。
□詩は作者の実生活をそのまま記録したものではないが、よい詩は実生活で得た「強い言葉」で構築されている。
□一見、詩とは関係のないものから自身の詩に活かせるものを学び続ける。
□自分の属する階層に忠実に、生活感覚の獲得を徹底する。
□「書くのは今だ、今しかない」をスローガンに、日々、詩作に励む。
□詩に憧れ、思想的技術的な成熟を目指して努力する。
□「見えないものを見る」ことの真の意味を問い、身のまわりの矛盾に気づく想像力を養う。

【技術篇】
□虚構を成立させるためにしっかりと詩の素材の調査を行う。
□五感に訴える表現として物体を活かす。
□詩の中で空間的広がり（横軸）と時間的広がり（縦軸）の十文字をできるだけ大きく描く（十文字法）。

□日常言語を使用しながら日常言語を脱する手掛かりとして抒情性がある。言葉だけで抒情性を表現するためには、韻律や文字の視覚効果、象徴力のある言葉の組み合わせが必要である。
□私たちの心を本当に揺り動かす言葉はいつも、私たち自身の日常に潜んでいる。
□詩は「光陰」の芸術であることを意識する。
□題名は、作者自身による作品の「批評」である。
□〈正述心緒〉と〈寄物陳思〉の両方の詩法を活かす。
□作者の人生の切実な問題意識から生み出される幻想表現を用いる。
□日常生活の小さな一コマを、しっかりと観察して細部を描き上げる。
□表層的な隠喩法を乱用せずに、詩全体が大きな比喩となる書き方をする。
□詩を成り立たせるために、したたかな意志と生き生きしたリズムを用いる。
□詩の素材を一定の距離を置いて「見る」ための対象化の手法を持つ。
□必要であれば積極的に虚構《フィクション》を導入して、体験のみに頼る私性——閉鎖性を越える。
□自分なりの推敲のルールを決める。
□自然観察、自然描写をおろそかにしない。
□「この一行」としか言うほかはないフレーズを発見する。

【内容篇】
□読者が生きていくために有益なヒントを入れる。

□何より自分自身の寄る辺になる言葉を探し、心の底の暗がりをのぞく灯火のような詩を書く。
□言葉によって容易に言葉たり得ないものを表現する。
□ネガティブな実体験をポジティブに解釈する視点を持つ。
□人々の心に届く詩を書くために、そこに住んでいる人がそこに住んでいる人のことを書く。
□無名の人々との出会いを大切にして、人々の心の支えとなるような詩を書く。

参考文献一覧

各章を執筆するに当たって参照した文献を記しておく。掲載順は〈全詩集〉、〈選詩集〉、〈単行詩集〉、〈その他〉としている。〈その他〉には共著を含む論評対象詩人の単行本の他に、論評に用いた書籍、雑誌、新聞、WEBサイトなどがあり、媒体種別毎にグループ分けしている。グループ内での配列は発表日付順となっている。

また、ブックリストとして活用して貰うために、執筆後に刊行された詩集についても一部補っている。

第一章　新川和江から始めよう

〈全詩集〉

『新川和江全詩集』花神社　二〇〇〇年四月五日

〈選詩集〉

『新川和江詩集』（ハルキ文庫）角川春樹事務所　二〇〇四年三月十八日

『続続・新川和江詩集』（現代詩文庫210）思潮社　二〇一五年四月三十日

〈単行詩集〉

新川和江　詩／甲斐清子　画『人体詩抄』玲風書房　二〇〇五年五月十五日
新川和江『名づけられた葉なのだから』大日本図書　二〇一一年三月二十五日
新川和江『千度呼べば』新潮社　二〇一三年九月三十日

〈その他〉

新川和江『詩の履歴書「いのち」の詩学』（詩の森文庫）思潮社　二〇〇六年六月十日
新川和江『詩が生まれるとき』みすず書房　二〇〇九年五月二十日
『新版五訂　新訂総合国語便覧』第一学習社　二〇一九年一月十日
竹本寛秋「新川和江の表現機構　――中学校国語科教材を手がかりとして――」「詩と思想」通巻381号（特集　新川和江）土曜美術社出版販売　二〇一九年三月一日

第二章　池井昌樹と夕焼けを見る

〈選詩集〉

『池井昌樹詩集』（現代詩文庫164）思潮社　二〇〇一年九月十五日
『池井昌樹詩集』（ハルキ文庫）角川春樹事務所　二〇一六年六月十八日

〈単行詩集〉
池井昌樹『理科系の路地まで』思潮社　一九七七年十月十四日
池井昌樹『鮫肌鐵道』露青窓　一九七八年八月十五日
池井昌樹『これは、きたない』露青窓　一九七九年五月二日
池井昌樹『旧約』七月堂　一九八一年七月三十日
池井昌樹『沢海』七月堂　一九八三年十月二十六日
池井昌樹『ぼたいのいる家』七月堂　一九八六年七月一日
池井昌樹『この生は、気味わるいなあ』七月堂　一九九〇年九月七日
池井昌樹『水源行』思潮社　一九九三年八月一日
池井昌樹『黒いサンタクロース』思潮社　一九九五年六月二十日
池井昌樹『晴夜』思潮社　一九九七年六月一日
池井昌樹『月下の一群』思潮社　一九九九年六月一日
池井昌樹『一輪』思潮社　二〇〇三年七月一日
池井昌樹『童子』思潮社　二〇〇六年八月一日
池井昌樹『眠れる旅人』思潮社　二〇〇八年八月一日
池井昌樹『母屋』思潮社　二〇一〇年十月一日

池井昌樹『明星』思潮社　二〇一二年十月一日
池井昌樹『冠雪富士』思潮社　二〇一四年六月三十日
池井昌樹『未知』思潮社　二〇一八年三月二十日
池井昌樹『遺品』思潮社　二〇一九年九月二十日
池井昌樹『古い家』思潮社　二〇二一年三月九日

詩・池井昌樹／写真・植田正治／企画と構成・山本純司『手から、手へ』集英社　二〇一二年十月十日

〈その他〉
安藤元雄・大岡信・中村稔　監修『現代詩大事典』三省堂　二〇〇八年二月二十日
金時鐘　編訳『尹東柱詩集　空と風と星と詩』（岩波文庫）岩波書店　二〇一二年十月十六日
金時鐘『朝鮮と日本に生きる　――済州島から猪飼野へ』（岩波新書）岩波書店　二〇一五年二月二十日
「一九九九年代表詩選」「現代詩手帖」第42巻・第12号　思潮社　一九九九年十二月一日
池井昌樹・谷内修三・秋亜綺羅　鼎談「谷川俊太郎と「感想」という方法」「現代詩手帖」第57巻・第9号　思潮社　二〇一四年九月一日

第三章　最果タヒに共感する詩人はみんな嘘つき?

〈単行詩集〉

最果タヒ『グッドモーニング』思潮社　二〇〇七年十月二十五日

＊文庫本化　最果タヒ『グッドモーニング』（新潮文庫）新潮社　二〇一七年二月一日

最果タヒ『空が分裂する』講談社　二〇一二年十月五日

＊文庫本化　最果タヒ『空が分裂する』（新潮文庫）新潮社　二〇一五年九月一日

最果タヒ『死んでしまう系のぼくらに』リトルモア　二〇一四年九月十五日

最果タヒ『夜空はいつでも最高密度の青色だ』リトルモア　二〇一六年五月十七日

最果タヒ『愛の縫い目はここ』リトルモア　二〇一七年八月八日

最果タヒ『天国と、とてつもない暇』小学館　二〇一八年十月一日

最果タヒ『恋人たちはせーので光る』リトルモア　二〇一九年九月七日

最果タヒ『夜景座生まれ』新潮社　二〇二〇年十一月二十六日

〈その他〉

最果タヒ『星か獣になる季節』筑摩書房　二〇一五年二月十五日

最果タヒ『かわいいだけじゃない私たちの、かわいいだけの平凡』講談社　二〇一五年二月二十四日

最果タヒ『きみの言い訳は最高の芸術』河出書房新社　二〇一六年十月三十日

最果タヒ『十代に共感する奴はみんな嘘つき』文藝春秋　二〇一七年三月二十五日

最果タヒ『百人一首という感情』リトルモア　二〇一八年十一月二十一日

最果タヒ『ことばの恐竜　最果タヒ対談集』青土社　二〇一七年九月五日

最果タヒ『もぐ∞（もぐのむげんだいじょう）』産業編集センター　二〇一七年十月十三日

「二〇〇七年代表詩選一四〇篇」「現代詩手帖」第50巻・第12号　思潮社　二〇〇七年十二月一日

「二〇一四年代表詩選一五〇篇」「現代詩手帖」第57巻・第12号　思潮社　二〇一四年十二月一日

「二〇一六年代表詩選一四〇選」「現代詩手帖」第59巻・第12号　思潮社　二〇一六年十二月一日

「二〇一九年代表詩選」「現代詩手帖」第62巻・第12号　思潮社　二〇一九年十二月一日

いぬのせなか座「最果タヒ全単行本解題」「ユリイカ」第49巻・第9号（通巻702号）「特集　最果タヒによる最果タヒ」青土社　二〇一七年六月一日

宮川匡司「詩人の肖像⑪　三角みづ紀／最果タヒ／暁方ミセイ」「日本経済新聞」（大阪本社版）二〇一九年九月二十八日　30面

ＮＨＫ【ストーリーズ】ノーナレ「謎の詩人　最果タヒ」二〇二〇年二月三日二十二時五十分から放映

第四章　和合亮一の原点　詩とは行動である

〈選詩集〉

『和合亮一詩集』（現代詩文庫240）思潮社　二〇一八年八月二十日
『続・和合亮一詩集』（現代詩文庫241）思潮社　二〇一八年八月二十日

〈単行詩集〉
和合亮一『入道雲入道雲入道雲』思潮社　二〇〇六年十月二十五日
和合亮一『ふたたびの春に　―震災ノート20110311―20120311』二〇一二年三月十日
和合亮一『私とあなたここに生まれて』明石書店　二〇一二年三月十日　＊写真・佐藤秀昭
和合亮一『昨日ヨリモ優シクナリタイ』徳間書店　二〇一六年三月三十一日
和合亮一『木にたずねよ』明石書店　二〇一五年四月二十八日
和合亮一『ＱＱＱ　キューーキューーキュー』思潮社　二〇一八年十月三十一日

〈その他〉
和合亮一『ふるさとをあきらめない　フクシマ、25人の証言』新潮社　二〇一二年二月二十五日
和合亮一『心に湯気をたてて』日本経済新聞出版社　二〇一三年十二月十七日
若松英輔・和合亮一『往復書簡　悲しみが言葉をつむぐとき』岩波書店　二〇一五年十一月十九日
和合亮一『詩の寺子屋』（岩波ジュニア新書）岩波書店　二〇一五年十二月十八日
和合亮一『生と死を巡って　未来を祀る　ふくしまを祀る』イースト・プレス　二〇一六年三月二十三日
　＊編集・発行人・木村健一

細見和之・山田兼士『対論　この詩集を読め　2008―2011』澪標　二〇一二年四月三十日
赤田康和「震災と詩と社会と」「朝日新聞」（大阪本社版）夕刊　二〇一三年九月二十五日　5面
宮川匡司「詩人の肖像　⑫　和合亮一／岸田将幸／カニエ・ナハ」「日本経済新聞」（大阪本社版）二〇一九年十月五日　24面
山之上玲子「パブリックエディターから　新聞と読者のあいだで　しみついた「新聞脳」を溶かす」「朝日新聞」（大阪本社版）二〇二〇年一月二十一日　13面
山口市のWEBページ「第4回中原中也賞が和合亮一さんの『AFTER』に決定しました」https://www.city.yamaguchi.lg.jp/soshiki/23/19316.html　二〇二〇年三月一日　筆者閲覧

第五章　若松英輔が切り開く「詩」という民藝

〈単行詩集〉

若松英輔『見えない涙』亜紀書房　二〇一七年五月二十六日
若松英輔『幸福論』亜紀書房　二〇一八年三月十六日
若松英輔『燃える水滴』亜紀書房　二〇一九年二月十日
若松英輔『愛について』亜紀書房　二〇二〇年四月二十二日

若松英輔『たましいの世話』亜紀書房　二〇二二年一月二十三日

〈その他〉
若松英輔『霊性の哲学』（角川選書555）ＫＡＤＯＫＡＷＡ　二〇一五年三月二十五日
若松英輔『叡智の詩学　小林秀雄と井筒俊彦』慶應義塾大学出版会　二〇一五年十月二十八日
若松英輔・和合亮一『往復書簡　悲しみが言葉をつむぐとき』岩波書店　二〇一五年十一月十九日
若松英輔『イエス伝』中央公論新社　二〇一五年十二月十日
若松英輔『生きていくうえで、かけがえのないこと』亜紀書房　二〇一六年九月十日
志村ふくみ・若松英輔『緋の舟　往復書簡』求龍堂　二〇一六年十月二十七日
若松英輔『言葉の贈り物』亜紀書房　二〇一六年十一月二十五日
若松英輔『言葉の羅針盤』亜紀書房　二〇一七年九月七日
若松英輔『小林秀雄　美しい花』文藝春秋　二〇一七年十二月十日
若松英輔『常世の花　石牟礼道子』亜紀書房　二〇一八年五月二十二日
若松英輔『種まく人』亜紀書房　二〇一八年九月二十五日
若松英輔・山本芳久『キリスト教講義』文藝春秋　二〇一八年十二月十五日
若松英輔『中学生の質問箱　詩を書くってどんなこと？　こころの声を言葉にする』平凡社　二〇一九年三月六日
若松英輔『詩と出会う　詩と生きる』ＮＨＫ出版　二〇一九年七月二十五日
若松英輔『本を読めなくなった人のための読書論』亜紀書房　二〇一九年十月七日

若松英輔『悲しみの秘義』（文春文庫）文藝春秋　二〇一九年十二月十日

ミッチェル・メイ／若松英輔　監修『ミッチェル・メイ・モデル』ヴォイス　二〇〇七年五月十六日

NHKテキスト100分de名著『石牟礼道子　苦海浄土　悲しみに真実を見る』NHK出版　二〇一六年九月一日

別冊NHK100分de名著『読書の学校　若松英輔特別授業『自分の感受性くらい』』NHK出版　二〇一八年十二月三十日

小林秀雄「詩について」『新訂　小林秀雄全集　第八巻・無常といふ事・モオツァルト』新潮社　一九七八年十二月二十五日

インタビュー「書くことで思想的に深まる詩をめざして（苗村吉昭）」「詩と思想」通巻260号（特集　社会への新視点）土曜美術社出版販売　二〇〇八年三月一日

「読むと書く」若松英輔公式ホームページ　https://yomutokaku.jp/　二〇二〇年四月一日　筆者閲覧

NHKFMラジオ【トーキングウィズ松尾堂】「言葉の深みにふれる」二〇一八年十一月四日〇時十五分から放送

第六章　現実の熟視から生まれる以倉紘平の詩と詩論

〈選詩集〉

『駅に着くとサーラの木があった』編集工房ノア　二〇一七年十二月二十日

〈単行詩集〉

以倉紘平『二月のテーブル』かもめ社　一九八〇年三月十五日
以倉紘平『日の門』詩学社　一九八六年一月一日
以倉紘平『地球の水辺』湯川書房　一九九二年十月二十日
以倉紘平『沙羅鎮魂　私の平家物語』湯川書房　一九九二年十二月十五日
以倉紘平『プシュパ・ブリシュティ』湯川書房　二〇〇〇年十二月三十一日
以倉紘平『フィリップ・マーロウの拳銃』沖積舎　二〇〇九年八月二十一日
以倉紘平『遠い蛍』編集工房ノア　二〇一八年十月一日

〈その他〉

以倉紘平『朝霧に架かる橋　――平家・蕪村・現代詩』編集工房ノア　二〇〇〇年十二月十日
以倉紘平『心と言葉』編集工房ノア　二〇〇三年十二月二十日
以倉紘平『夜学生』編集工房ノア　二〇〇三年十二月三十一日

以倉紘平『気まぐれなペン　――「アリゼ」船便り』編集工房ノア　二〇一八年七月一日

第七章　金井雄二の詩集をひらく喜び

〈単行詩集〉
金井雄二『動きはじめた小さな窓から』ふらんす堂　一九九三年六月二十日
金井雄二『外野席』ふらんす堂　一九九七年七月二十八日
金井雄二『今、ぼくが死んだら』思潮社　二〇〇二年十月一日
金井雄二『にぎる。』思潮社　二〇〇七年八月二十五日
金井雄二『ゆっくりとわたし』思潮社　二〇一〇年七月二十五日
金井雄二『朝起きてぼくは』思潮社　二〇一五年七月三十日
金井雄二『むかしぼくはきみに長い手紙を書いた』思潮社　二〇二〇年九月二十五日

〈その他〉
金井雄二『短編小説をひらく喜び』港の人　二〇一九年二月八日
小笠原眞『すこし私的な詩人論　続・詩人のポケット』ふらんす堂　二〇二〇年二月二十八日
『近代詩基本文献叢刊第三期「民衆」全十六冊・合本（復刻版）』教育出版センター　一九八三年八月二十五日

第八章　甲田四郎の庶民性と詩の力

〈選詩集〉

『甲田四郎詩集』（日本現代詩文庫・第二期7）土曜美術社出版販売　一九九六年十月一日
『新編　甲田四郎詩集』（新・日本現代詩文庫130）土曜美術社出版販売　二〇一六年十月三十日

〈単行詩集〉

甲田四郎『陣場金次郎洋品店の夏』ワニ・プロダクション　二〇〇一年六月二十五日
甲田四郎『くらやみ坂』ワニ・プロダクション　二〇〇六年八月十五日
甲田四郎『冬の薄日の怒りうどん』ワニ・プロダクション　二〇〇七年九月一日
甲田四郎『送信』ワニ・プロダクション　二〇一三年九月二十日
甲田四郎『大森南五丁目行』土曜美術社出版販売　二〇一九年五月三日

〈その他〉

井上康文「『民衆』」創刊前後」『近代詩基本文献叢刊第三期　『民衆』復刻版別冊』教育出版センター　一九八三年八月二十五日

「第4回小野十三郎賞受賞作品+受賞者インタビュー」「樹林」第457号　大阪文学学校・葦書房　二〇〇三年二月一日
日本現代詩人会　編「二〇一四現代詩　第64回H氏賞　第32回現代詩人賞　先達詩人の顕彰」二〇一四年四月三十日

第九章　世界の見方を変える小松弘愛の逆転の詩の論理

〈選詩集〉
『小松弘愛詩集』（日本現代詩文庫44）土曜美術社　一九九一年三月二十五日

〈単行詩集〉
小松弘愛『狂泉物語』混沌社　一九八〇年十月二十日
小松弘愛『幻の船』花神社　一九八四年五月一日
小松弘愛『ポケットの中の空地』花神社　一九八六年七月二十五日
小松弘愛『愛ちゃん』花神社　一九八九年十一月三十日
小松弘愛『どこか偽者めいた』花神社　一九九五年十一月三十日
小松弘愛『平鍬《じょうれん》を肩にした少年』花神社　一九九八年八月二十日
小松弘愛『「びっと」は“bit”——土佐方言の語彙をめぐって——』花神社　二〇〇〇年十月十日

小松弘愛『銃剣は茄子の支えになって』花神社　二〇〇三年十月十日
小松弘愛『のうがええ電車　――続・土佐方言の語彙をめぐって――』花神社　二〇〇九年十一月十日
小松弘愛『ヘチとコッチ　第三集・土佐の言葉　その語彙をめぐって』土曜美術社出版販売　二〇一二年十月三十日
小松弘愛『眼のない手を合わせて』花神社　二〇一六年九月五日

〈その他〉
井坂洋子・入沢康夫・平出隆・三木卓　編『詩のレッスン』小学館　一九九六年四月二十日
『高知詩集　2005年』ふたば工房　二〇〇六年二月二十日
小松弘愛「散文詩の世界　――井上靖他――」「高知学芸高等学校研究報告」第29号別冊　一九八九年七月
小松弘愛「詩と散文のはざまで　――散文詩について――」「高知大学　教育実践研究」第7号別冊　一九九三年三月
小松弘愛「生者を見つめる・死者を見つめる　――詩集『愛ちゃん』をめぐって――」「高知大学　教育実践研究」第8・9号合併号別冊　一九九五年九月
小松弘愛「詩はどこから生まれるか」「高知学芸高等学校研究報告」第37号抜刷　一九九八年三月
小松弘愛「詩的自叙伝Ⅰ「赤いミルク」を流した時から」「詩と思想」通巻319号　土曜美術社出版販売　二〇一三年七月一日
小松弘愛「詩的自叙伝Ⅱ　井戸を掘り続けて」「詩と思想」通巻320号　土曜美術社出版販売　二〇一三年

八月一日
小松弘愛「詩的自叙伝Ⅲ　いろいろかいろ」「詩と思想」通巻321号　土曜美術社出版販売　二〇一三年九月一日
小松弘愛「地方の消滅、そして方言の消滅」「詩界」第262号　日本詩人クラブ　二〇一五年四月
小松弘愛「三足の草鞋《わらじ》を履いて　――H氏賞の頃――」「詩と思想」通巻351号　土曜美術社出版販売　二〇一六年六月一日
小松弘愛「現代詩への提言　――詩を読む人が増えてほしい」「詩と思想」通巻378号　土曜美術社出版販売　二〇一八年十一月一日
小松弘愛「方言の消滅について」「詩界」第266号　日本詩人クラブ　二〇一九年四月

第十章　無名の人たちに支えられる杉谷昭人の詩と思想

〈全詩集〉
『杉谷昭人詩集 全』鉱脈社　二〇一七年三月三日
〈選詩集〉
『杉谷昭人詩集』(日本現代詩文庫95)土曜美術社出版販売　一九九四年九月二十日

〈単行詩集〉

杉谷昭人『日之影』思潮社　一九六五年八月一日
杉谷昭人『わが町』鉱脈社　一九七六年一月三十一日
杉谷昭人『杉の柩』鉱脈社　一九八二年九月二十六日
杉谷昭人『宮崎の地名』鉱脈社　一九八五年七月三十日
杉谷昭人『人間の生活　——続・宮崎の地名』鉱脈社　一九九〇年七月十五日
杉谷昭人『村の歴史　——続々・宮崎の地名』鉱脈社　一九九四年六月十五日
杉谷昭人『耕す人びと　——宮崎の地名　完』鉱脈社　一九九七年八月二十三日
杉谷昭人『小さな土地』鉱脈社　二〇〇〇年十月三十一日
杉谷昭人『霊山』鉱脈社　二〇〇七年九月十日
杉谷昭人『農場』鉱脈社　二〇一三年九月三十日
杉谷昭人『十年ののちに』鉱脈社　二〇二〇年七月九日

〈その他〉

杉谷昭人『詩の起源　——生きる意味　問い続ける詩——』鉱脈社　一九九六年五月十五日
杉谷昭人『詩の海　詩の森』鉱脈社　二〇一三年三月四日
曽田蕭子・樋口恵子・高史明・養老孟司・杉谷昭人『先生へのメッセージ』（ブックレット「生きる」⑪）
アドバンテージサーバー　一九九四年三月三十一日

富松良夫／編集・解説　杉谷昭人『新編　黙示』（みやざき21世紀文庫1）鉱脈社　一九九六年八月十日
「第四十一回H氏賞選考のことば」「詩学」第491号　詩学社　一九九一年五月二十日
「第16回小野十三郎賞発表」「樹林」第599号　大阪文学学校・葦書房　二〇一四年十二月一日
「第16回小野十三郎賞受賞作品＋受賞者インタビュー」「樹林」第601号　大阪文学学校・葦書房　二〇一五年二月一日

第十一章　純粋詩論との対峙

〈その他〉

ポール・ヴァレリー／佐藤正彰　訳「純粋詩　――或る講演の覚書」『ヴァレリー全集6　詩について』筑摩書房　一九七八年二月十五日
フレデリック・ルフェーヴル／滝田文彦　訳「ポール・ヴァレリーとの対話」『ヴァレリー全集　補巻2　補遺　講義・講演　対談』筑摩書房　一九七八年十月十五日
小林秀雄「現代詩について」『小林秀雄全作品7　作家の顔』新潮社　二〇〇三年四月十日
小林秀雄『近代絵画』『小林秀雄全作品22　近代絵画』新潮社　二〇〇四年七月十日
伊藤比呂美・津島佑子　対談「詩と小説のちがい、という切実な問題」「群像」第62巻第7号　二〇〇七

年七月一日
蜂飼耳「ことしの詩」「朝日新聞」（大阪本社版）二〇二〇年十月二十四日、25面

第十二章　詩のリズムをめぐる考察

〈選詩集〉
島崎藤村『藤村詩抄』（岩波文庫）岩波書店　一九五七年七月五日
『天野忠詩集』（日本現代詩文庫11）土曜美術社　一九八三年十一月二十日
『谷川俊太郎詩集　続』思潮社　一九九三年七月二十五日
『山崎るり子詩集』（現代詩文庫185）思潮社　二〇〇七年七月一日

〈単行詩集〉
川路柳虹『路傍の花』東雲堂　一九一〇年十月三日
上村肇『みずうみ』黄土社　一九六九年四月一日

〈その他〉
川路柳虹「詩の本質・形式　作詩楷梯」福岡益雄　編『詩の作り方研究』金星堂　一九三〇年二月十五日

菅谷規矩雄『詩的リズム　――音数律に関するノート』大和書房　一九七五年六月三十日
九鬼周造「日本詩の押韻」『九鬼周造全集　第四巻』岩波書店　一九八一年三月十九日
乙骨明夫「自由詩創成期に関する小見」『現代詩人群像　――民衆詩派とその周圏――』笠間書院　一九九一年五月二十五日
谷川俊太郎・田原・山田兼士『谷川俊太郎《詩》を語る』澪標　二〇〇三年六月二十日
筧槇二「俳句と私」『駃舌の部屋Ⅱ』山脈文庫　二〇〇五年八月二十日
「彙報」「早稲田文学」第35号　早稲田文学社　一九〇八年十月一日

第十三章　詩の比喩をめぐる考察

〈全詩集〉
『犬塚堯全詩集』思潮社　二〇〇七年四月十三日

〈選詩集〉
『黒田三郎詩集』（現代詩文庫6）思潮社　一九六八年一月一日
『清岡卓行詩集』（現代詩文庫5）思潮社　一九六八年二月一日
『磯村英樹詩集』（日本現代詩文庫48）土曜美術社　一九九一年六月一日

〈単行詩集〉
西出新三郎『家族の風景』思潮社　二〇〇六年六月一日

〈その他〉
鮎川信夫『現代詩作法』思潮社　一九六七年三月十五日
佐藤信夫『レトリック感覚』（講談社学術文庫）講談社　一九九二年六月十日
吉本隆明『詩とはなにか　世界を凍らせる言葉』（詩の森文庫）思潮社　二〇〇六年三月一日
児玉忠『詩の教材研究　――「創作のレトリック」を活かす』教育出版　二〇一七年四月五日
インタビュー「書くことで思想的に深まる詩をめざして（苗村吉昭）」「詩と思想」通巻260号（特集　社会への新視点）土曜美術社出版販売　二〇〇八年三月一日

第十四章　詩の感動をめぐる考察

〈単行詩集〉
北森彩子『塔のある風景』思潮社　一九六二年一月一日
与那覇幹夫『ワイドー沖縄』あすら舎　二〇一二年十二月五日

〈その他〉
本居宣長『排蘆小船・石上私淑言　――宣長「物のあはれ」歌論』（岩波文庫）岩波書店　二〇〇三年三月十四日
小柳玲子『サンチョ・パンサの行方　――私の愛した詩人たちの思い出』詩学社　二〇〇四年十二月十六日
前野隆司『感動のメカニズム　心を動かすWork & Lifeのつくり方』（講談社現代新書）講談社　二〇一九年九月二十日
山田航「小説嫌いが好きな小説」「朝日新聞」（大阪本社版）二〇二一年一月二十三日、13面
二〇一八年年二月十七日のブログ「そもそも感動とは何か？」WEBサイト「現役東大院生が教える心理学」http://www.shinrigakunokyokasyo.com/article/456946904.html、二〇二一年一月二十五日、筆者閲覧

第十五章　民衆詩派と新・民衆詩派をつなぐもの

〈全詩集〉
『福田正夫全詩集』教育出版センター　一九八四年一月一日

〈選詩集〉
『白鳥省吾自選詩集』 大地舎 一九六九年八月十五日

〈その他〉
白鳥省吾『現代詩の研究』 新潮社 一九二四年九月三日
福田正夫『自由詩講座』 資文堂出版 一九二九年五月二十日
福田正夫『小学国語読本 詩の新しい味ひ方』 育英書院 一九三九年■月一日 *発行月判読不能
中村不二夫『現代詩展望 Ⅲ 詩と詩人の紹介』 詩画工房 二〇〇二年十月十四日
『新訂国語総覧〈第三版〉』 京都書房 二〇〇三年一月十日
中村不二夫『戦後サークル詩論』 土曜美術社出版販売 二〇一四年十二月十日
百田宗治「所謂民主詩の功罪」「日本詩人」第5巻・第5号 新潮社 一九二五年五月一日
伊藤比呂美・平田俊子 対談「詩のある人生 日本語・身体・文学」「現代詩手帖」第47巻・第9号 思潮社 二〇〇四年九月一日
苗村吉昭「民衆詩派の言語特性」「詩と思想」通巻353号 土曜美術社出版販売 二〇一六年八月一日
苗村吉昭「失われた現代詩への信頼を求めて〈総括篇〉」「詩と思想」通巻369号 土曜美術社出版販売 二〇一八年一月一日

おわりに

二〇一八年の十月に神戸で開かれたある詩集の出版祝賀会で、たかとう匡子さんから、こんなことを言われた。『民衆詩派ルネッサンス』（二〇一五年、土曜美術社出版販売）の問題提起はなかなかよかったので、その後に繋がる作品を書いて欲しい。自分も『私の女性詩人ノート』（二〇一四年）だけでは充分に評価されなかったが、『私の女性詩人ノートⅡ』（二〇一七年、何れも思潮社）を出すことで日本詩人クラブ詩界賞を受賞することができた。詩界の活性化のために諦めずにがんばれ、というような内容だった。そのとき私は、白鳥省吾『現代詩の研究』（一九二四年、新潮社）と福田正夫『自由詩講座』（一九二九年、資文堂書店）の復刻と注解を行うことで、民衆詩派詩人の詩の原理を探り現代詩へ応用する方法があるかも知れない、と答えたが、たかとうさんは「そんな遠回りの道を行かずに、直接、現代詩の問題を論じた方がよい」とアドバイスをくださった。しかし、私は雑事に追われて具体的な行動を起こすことはなかった。

翌年の五月に、私は現代詩研究会のシンポジウム「詩に何を求めるか」（柴田三吉・花潜幸・青木由弥子の各氏と苗村）に出席するために上京したが、その際に、「詩と思想」の中村不二夫編集長から次のような提案を受けた。それは、一般読者に届く現代詩を考えていくために、各回一名の詩人を採り上げて「新・民衆詩派」に関する実践的な連載を行わないか、というものだった。その後の電子メールで、一年間の毎月連載とするが、忙しければ二年間の隔月連載でも構わない。採り上げる詩人は苗村に一任するが、「詩と思想」関係者に偏ることなく、「現代詩手帖」などにも広く目配りしながら、一般読者に届く完成度の高い詩を書いている詩人を論じて欲しい、という私にとってたいへん温情的な提案を頂いた。

私は、たかとうさんの助言を思い出し、一年間の毎月連載（正確には年鑑号である一・二月号を除いた十回）に挑戦させて貰うことにした。全十回で採り上げる詩人については、予め計画したが、どのような内容にするかは、毎回、可能な限り作品を読み込んだ後で、実際に書いてみないと分からなかった。「出たとこ勝負」の毎月ではあったが、時間に追われながらも毎回新たな発見があるスリリングな一年であった。なお、連載で採り上げた十名の詩人のうち、女性詩人が二名しかいなかったのは、やや問題があるようにも感じているが、資料の収集を含めて私が論評しやすい詩人を選んだ結果であり、お許し願いたい。女性詩人の論考については、『私の女性詩人ノート』『私の女性詩人ノートⅡ』で補っていただきたい。

最後に、『民衆詩派ルネッサンス』に引き続き出版を引き受けてくださった、土曜美術社出版販売の高木祐子社主とスタッフのみなさまに衷心より感謝申し上げたい。

二〇二一年五月

苗村　吉昭

著者紹介

苗村吉昭（なむら・よしあき）

一九六七年滋賀県生まれ、滋賀県在住。詩人。森哲弥との二人誌「砕氷船」編集発行人、日本現代詩人会会員。

主な著書に、詩集『武器』（一九九八年、編集工房ノア／第13回福田正夫賞）、『バース』（二〇〇二年、編集工房ノア／第5回小野十三郎賞）、『オーブの河』（二〇〇五年、編集工房ノア／第17回富田砕花賞）、エッセイ集『文学の扉・詩の扉』（二〇〇九年、澪標）、評論集『民衆詩派ルネッサンス』（二〇一五年、土曜美術社出版販売）などがある。

また、編著に『大野新全詩集』（二〇一一年、砂子屋書房）、『結核に倒れた小学校教師　中村正子の詩と人生』（二〇一四年、澪標）、『詩の立会人　大野新 随筆選集』（二〇二〇年、サンライズ出版）などもある。

民衆詩派《みんしゅうしは》ルネッサンス　実践版《じっせんばん》
――一般読者に届く現代詩のための詩論

発　行　二〇二一年十一月一日

著　者　苗村吉昭
装　丁　高島鯉水子
発行者　高木祐子
発行所　土曜美術社出版販売
〒162-0813　東京都新宿区東五軒町三―一〇
電　話　〇三―五二二九―〇七三〇
ＦＡＸ　〇三―五二二九―〇七三二
振　替　〇〇一六〇―九―七五六九〇九
印刷・製本　モリモト印刷
ISBN978-4-8120-2651-9　C0095